두 개의 고향

두 개의 고향

초판 1쇄 발행 2023년 1월 10일

지은이 김덕영
펴낸이 임수영
발행인 김덕영
인 쇄 삼아인쇄
디자인 소호디자인
마케팅 다큐스토리
문 의 010-4732-7001
이메일 docustory@gmail.com
홈페이지 http://www.2twohomes.com
블로그 http://blog.naver.com/altna84
페이스북 https://www.facebook.com/altna84
인스타그램 https://www.instagram.com/kimpdbook

발행처 다큐스토리
출판등록 2011년 11월 18일

ISBN 979-11-91858-07-5 (03810)

이 책은 한국출판문화산업진흥원 2022년 중소출판사
출판콘텐츠 창작지원사업 선정 작품입니다.

장편소설

두 개의 고향

김덕영 지음

다큐스토리 출판사

1990년대 북한의 핵확산금지조약(NPT) 탈퇴 선언은
한반도를 긴장으로 몰고 갔다.
북핵 위기가 최고조에 달하고 있던 시기,
폴란드 바르샤바 주재 대한민국 대사관에는
의문의 편지 한 통이 배달된다.
편지 안에는 절반이 찢겨진 사진이 들어 있었는데……

이 이야기는 그 반쪽 사진으로부터 시작된다.

차례

제1부. 검은 머리 아이들이 왔다

폴란드와 체코의 국경 지대 프와코비체, 하늘 높이 치솟은 전나무들이 군락을 이룬 거대한 침엽수림에는 오래 전부터 전설처럼 내려오는 이야기가 있었다. 멀리 아시아 동쪽 땅에서 왔던 검은 머리 아이들에 관한 이야기였다. 그들의 삶은 냉전이 낳은 산물이었고 숨겨진 냉전의 역사였다. 아이들은 그 숲을 '검은숲'이라 이름 붙였다. 그것은 숲속 한가운데로 들어서면 마치 빽빽하게 솟은 나무들 때문에 한낮에도 빛이 들지 않아서 생긴 이름이었다.

언제부턴가 숲 한가운데에는 마치 물음표를 거꾸로 세워놓은 것처럼 생긴 나무들이 자라났다. 대지 위로 가지를 뻗자마자 기둥은 갑자기 둥그렇게 방향을 틀어 활처럼 아치를 만들었다. 그 모양이 꼭 물음표를 거꾸로 세워놓은 것 같았다. 다른 곳에서는 자라지 않는 신기한 나무들이었다. 어떤 사람들은 나무가 어릴 적에 심한 눈보라 때문에 제대로 성장을 하지 못했기 때문이라고 했다. 신비로운 대지의 힘에 이끌려 줄기가 둥그렇게 휘었다고 말하는 이들도 있었다. 하지만 누구도 그 원인을 제대로 설명할 수 있는 사람은 없었다. 숲속 깊은 곳, 오직 그 한 장소에서만 자라는 물음표 모양의 나무들이었다.

1950년대 한반도에서 일어난 전쟁을 피해 이곳 폴란드로 이주해 왔던 북한 아이들에게 검은숲과 물음표처럼 생긴 나무들은 낯선 땅에서 뿌리내리고 자라야 하는 자신들의 처지와도 같았다. 그들은 세상을 등진 채 오랫동안 검은숲에서 생활해야 했다. 감춰졌던 그들의 존재가 세상에 모습을 드러내기 시작한 것은 베를린 장벽이 무너지고 소련이 해체된 이후인 1993년 경이었다. 동유럽 곳곳에 살았던 그들의 존재는 철저하게 비밀에 부쳐졌고 아이들은 비밀의 역사가 되어야 했다. 그들의 이야기는 우연히 발견된 한 장의 찢겨진 가족사진에서부터 시작되었다.

* * *

폴란드와 체코 국경 사이에 위치한 보헤미안 숲속의 어느 작은 마을, 하얀 눈으로 뒤덮인 숲속 사이로 검은 색 밴 한 대가 빠른 속도로 달리고 있다. 창문이 온통 검게 선팅된 탓에 누가 타고 있는지 확인하는 것은 불가능했다. 다만 이른 아침에 숲속 길을 빠른 속도로 달리고 있는 것으로 봐서 예사로운 일이 아닌 것만은 확실해 보였다. 잠시 후 자동차는 언덕 위에 세워진 통나무집에서 멈췄다. 자동차 문이 열리고 말쑥한 정장을 입은 두 명의 동양인이 내렸다. 그들은 조심스럽게 주위를 살핀 뒤 통나무집 계단을 올라가 현관문 초인종을 눌렀다. 잠시 후 문이 열리자 이국적인 느낌을 풍기는 한 여성이 두 남자를 맞이했다. 여성의 얼굴은 동양인과 서양인의 모습이 절반씩 섞여 있는 모습이었다. 동양인 남자가 먼저 고개를 숙여 그녀에게 인사를 했다.

"안녕하세요. 레나 폴리니 씨 댁이 맞나요?"

"네. 맞습니다. 어서 오세요."

뜻밖에도 여성은 한국어로 대답을 했다. 두 남자는 잠시 놀라는 표정을 지었다. 그녀가 말하는 한국어 발음은 외국인이라고 볼 수 없을 정도로 정확했다. 그녀는 손짓으로 거실을 가리켰다. 두 남자는 그녀를 따라서 안으로 걸음을 옮겼다. 잔잔한 피아노 협주곡이 울려 퍼지는 거실 벽난로에는 손님을 맞이 하기 위해 장작들이 타오르고 있었다.

"어머니, 손님들이 오셨습니다."

벽난로 앞에서 불을 쬐고 있던 금발의 노인이 천천히 의자에서 몸을 일으켜 세우며 일어났다. 호리호리한 몸매에 지적인 외모, 젊었을 때 꽤나 미인이라는 소리를 들었을 법한 얼굴이었다. 두 남자는 정중한 자세로 머리를 숙여 노파에게 인사를 했다.

"폴란드 주재 대한민국 대사관에 근무하는 선우진이라고 합니다. 이쪽은 제 보좌관입니다. 이렇게 시간 내주셔서 감사합니다."

"반갑습니다. 어서 오세요. 레나 폴리니라고 합니다. 저 아이는 제 딸 파란이고요."

"두 분 다 한국말을 잘 하시는군요."

"잘 하긴요. 그저 잊지 않으려고 했을 뿐입니다."

폴란드 노인의 입에서도 능숙한 한국말이 튀어 나왔다. 선우진과 보좌관은 다시 서로 얼굴을 쳐다보며 놀라는 표정을 지었다. 두 사람은 벽난로 옆에 있는 소파에 자리를 잡고 앉았다. 레나의 딸 파란이 손님들을 위해서 차를 가져다 테이블 위에 올려놓았다. 차를 마시며 그들 사이에서 몇 마디 일상적인 대화가 오갔다. 선우진은 찻잔을 내려놓고 가방에서 낡은 사진 한 장을 꺼냈다.

"우선 먼저 이 사진부터 확인해주시기 바랍니다."

놀랍게도 사진은 반쪽이 잘려진 상태였다. 누군가 손으로 찢은 듯한 흔적이 그대로 남아 있었다. 선우진이 사진을 레나에게 건넸다. 갑자기 레나의 두 눈이 커졌다.

"아니. 이 사진을 어떻게 당신들이……?"

사진 속에는 젊은 시절 레나와 어린 파란이의 모습이 담겨 있었다.

"사진 속 인물이 레나 씨 본인 맞나요?"

"네. 맞아요! 저예요. 아니 어떻게 이 사진을 당신들이 갖고 있는 거죠?"

레나는 놀라고 당황하는 기색이 역력했다. 곁에 있던 딸 파란이 흥분한 레나의 손을 잡아주며 마음을 진정시켰다.

"얼마 전 저희 대사관으로 편지 한 통이 도착했습니다. 북한을 탈출했다고 주장하고 있는 인물로부터 온 것이었습니다. 편지 안에는 사진 속 여성을 찾아달라는 메모가 함께 들어 있었습니다."

“그 사람이 찾고 있다는 사람이 나인가요?”

“네. 맞습니다. 반드시 전달해야 할 물건이 있다고 했습니다.”

“그 사람이 누구죠?”

“아직은 저희도 모르겠습니다. 다만 저희 쪽에 제공할 북측의 중요한 정보가 포함되어 있다고 했습니다.”

“그랬군요. 갑자기 옛날 사진을 보니 제가 당황했습니다. 잠깐 실례해도 되겠죠?”

“저희가 너무 놀라게 해드린 것 같군요.”

“아니요. 괜찮습니다. 제가 보여드릴 것이 있어서 그럽니다.”

레나는 자리에서 일어나 조용히 방으로 걸음을 옮겼다. 선우진은 거실에 걸려 있는 장식물들로 시선을 옮겼다. 순간 한자로 쓰여진 ‘화이부동(和而不同)’이란 족자가 눈에 들어왔다. ‘조화를 추구하지만, 결코 같은 길을 걸을 수 없다.’ 네 글자밖에 안 되는 족자였지만 왠지 모르게 이곳에 있는 여성들과 깊은 관계가 있는 느낌이 들었다. 방 안에서 레나가 헛기침을 하는 소리가 들려 왔다. 잠시 후 레나가 거실로 돌아왔다. 그녀의 손에는 작은 사진 한 장이 들려 있었다. 레나는 의자에 앉아 손에 들고 있던 사진을 테이블 위에 올려놓았다. 선우진이 사진을 보기 위해 몸을 숙였다. 가까이서 보니 놀랍게도 사진은 자신들이 갖고 온 것처럼 반쪽 뿐이었다.

“그동안 제가 보관하고 있었던 나머지 반쪽입니다.”

레나의 사진을 선우진이 조심스럽게 손으로 집어 들었다. 사진 가운데 부분이 날카롭게 잘려져 있는 모양이 자신들이 갖고 있던 사진과 동일했다. 사진 속에는 정장을 입은 남자의 모습이 담겨져 있었다. 선우진은 사진을 집어 들어 레나가 갖고 온 나머지 반쪽과 맞춰 봤다. 예상대로 사진 한가운데 찢겨진 흔적이 퍼즐 조각들처럼 정확히 맞춰졌다.

"같은 사진이 맞습니다. 뜻밖이네요. 여기서 나머지 반쪽을 찾게 될 줄은 몰랐습니다."

선우진은 사진 뒤에 적혀 있던 레나 폴리니라는 이름 하나만을 가지고 몇 달 동안 사진의 주인을 찾기 위해 분주히 노력했던 시간들이 떠올랐다. 하지만 아직 풀리지 않은 의문들은 여전히 남아 있었다. 누가, 왜 이 사진을 자신들에게 보냈는지, 그리고 사진 속 인물들 사이에선 무슨 일이 있었는지 그로서는 해결해야 할 문제들이 여전히 남아 있었다. 선우진이 조각난 사진을 테이블 위에 가지런히 놓으면서 말했다.

"혹시 사진 속 남자는 남편 되시는 분인가요?"

"네. 북한인 남편 리명준 씨입니다. 가운데 앉아 있는 어린 아이가 제 딸이구요. 1961년 평양을 떠나기 직전에 찍은 사진이었습니다.

"북한인 남편?"

"그 사람과 정식으로 결혼해서 평양에서 신혼 생활을 했습니다."

선우진은 테이블 위에 놓인 사진으로 다시 시선을 돌렸다. 두 개로 조각난 사진은 자신 앞에 앉아 있는 폴란드 여인과 북한인 남편 사이의 숨겨진 운명을 상징하는 듯했다. 오래전 한반도에서 벌어졌던 전쟁과 그로 인해 갈라진 남과 북 사이에 가로놓인 분단의 비극을 보는 기분마저 들었다.

"이 사진에 대해서 좀 더 이야기를 해주실 수 있겠습니까?"

선우진의 말을 듣고 레나는 조용히 자리에서 일어나 창가로 향했다. 언제부터 내렸는지 창밖에는 온통 하얀 눈이 휘날리고 있었다. 물끄러미 창밖을 응시하고 있던 레나가 힘겹게 말문을 열었다.

"1951년 겨울 북한 아이들이 도착했습니다. 그때도 지금처럼 눈이 많이 내렸죠. 아이들을 태운 열차는 시베리아를 거쳐 열흘 만에 목적지에 도착했습니다. 아이들이 도착하던 날, 우리 마을에 살고 있던 모든 아이들이 역으로 나갔습니다. 아시아에서 온 아이들을 환영하기 위해서였습니다. 솔직히 동양 아이들은 그때 처음 봤습니다. 우리들도 그렇고 북한 아이들도 다들 서로 신기해 했죠. 아이들이 열차에서 모두 내린 다음에 맨 마지막으로 한 남자가 기차 밖으로 모습을 보이더군요. 키가 훤칠하게 크고 피부가 유난히 하얀 남자였어요. 동양 남자를 본 적은 없었지만, 정말 잘 생긴 남자였습니다. 그 사람이 바로 제 남편 리명준 씨였습니다."

* * *

1950년 10월, 폴란드 바르샤바 시청 앞에는 한국전쟁의 전시 상황을 알리는 현황판이 놓여졌다. 신기한 구경거리가 생긴 듯 행인들 몇몇이 발길을 멈추고 커다란 전시 현황판 앞을 서성거렸다. 대학교에서 교직 수업을 마치고 집으로 돌아오던 레나에게도 새로 생긴 큼지막한 현황판은 신기하기만 했다.

한반도의 모습을 그린 지도 위에는 서울, 평양 같은 도시의 이름들이 적혀 있었다. 누군가 전구의 불빛이 반짝이고 있는 곳은 현재 전투가 치열하게 벌어지고 있는 곳을 의미한다고 알려줬다. 처음에는 전구의 불빛들이 빠른 속도로 남쪽으로 내려갔다. 불빛들을 선으로 연결하면 그것은 곧 전선을 의미했다. 얼마 전까지만 해도 전선은 한반도 지도의 오른쪽 부분 한 귀퉁이만을 남겨놓고 거의 지도 끝까지 내려가 있었다. 이제 곧 인민군의 승리로 전쟁이 끝날 것이란 소문도 들려왔다. 하지만 9월 말에 접어들면서 미군은 대대적인 반격을 시작했다. 이제 전선은 새로운 방향으로 흘러가고 있었다. 전구의 불빛 역시 어지럽게 지도 곳곳에서 빛나기 시작했다.

"미군이 인천에 상륙해서 서울을 곧 탈환하게 될 거라는군."

"인민군이 승리를 거의 눈앞에 두고 있었는데 말야."

"앞으로 전쟁이 어떻게 될지 이젠 아무도 모를 것 같아."

레나는 전시 현황판 앞에서 노인들의 이야기를 물끄러미 듣고 있었다. 왜 전쟁이 일어났는지, 누가 우리 편이고 누가 적인지 잘 분간도 되지 않았다. 솔직히 한국전쟁이 일어나기 전까지 레나는 코레아라는 나라에 대해서 잘 몰랐다. 남북으로 길게 뻗은 한반도 지도 중간쯤에서는 노란 빛을 내는 작은 전구들이 강렬하게 반짝거렸다. 그 불빛이 레나의 눈에는 크리스마스 트리에서 반짝거리던 전구의 불빛을 연상시켰다. 문득 레나의 머릿속에 한 가지 생각이 스쳤다.

'저 불빛이 반짝이는 곳에서 실제론 많은 사람들이 죽고 있을 텐

데……'

생사를 가르는 치열한 전투가 벌어지는 전선의 상황이 그저 반짝이는 작은 전구의 불빛으로만 비춰지고 있다는 사실이 레나로서는 안타까울 뿐이었다. 시간이 지나면서 전구의 불빛은 점점 북쪽을 향해서 올라가기 시작했다. 내려올 때 속도만큼이나 빠른 속도로 북쪽을 향해서 올라갔다. 미군의 기세는 놀라울 정도였다. 전선은 중국과 국경을 맞닿은 곳까지 이르렀다. 그리고 중공군이 국경을 넘어 전쟁에 참여했다. 전쟁은 삽시간에 세계 여러 나라들이 참여하는 전쟁으로 확산되었다. 2차 대전이 끝난 지 5년밖에 안 지난 시점이었지만, 그것은 냉전의 시작을 의미했다.

폴란드에서도 긴급 의료진이 구성되어 코레아로 파견되었다는 소문이 들렸다. 미국과 영국을 필두로 하는 유엔군도 속속 한반도 땅으로 파견되었다. 전투가 벌어지는 현장은 삶과 죽음이 교차하는 곳이었지만, 그로부터 수만 킬로미터 떨어진 폴란드에서는 그저 남의 일에 불과했다. 여전히 폴란드에서도 전후 복구 사업이 한창이었다. 남을 돕기에는 자신들이 처한 상황이 여유롭지 못했다. 그것이 레나가 기억하는 1950년 겨울의 풍경들이었다. 하얀 눈이 쌓인 시청 앞, 전선의 상황을 알리는 현황판 위에 반짝이는 노란 전구의 불빛들, 이제 스무 살이 된 호기심 많은 레나의 눈에는 모든 것들이 신기하게만 보였다. 그해 겨울 전시 현황판 위의 노란 전구들은 크리스마스 트리에 켜진 형형색색의 불빛보다 더 강렬했다.

1951년 12월, 그 해 겨울부터 평양과 모스크바를 오가는 시베리아 열차들이 운행을 시작했다. 북한 전쟁고아들의 유럽 이송을 위해 마련된 특별 열차였다. 한 번에 수백 명의 아이들을 태워야 했기 때문에 열차 안에 있던 좌석을 떼어내고 가능한 많은 숫자의 아이들을 한꺼번에 실어 날라야 했다. 의자를 떼어낸 곳에는 나무 널빤지를 얼기설기 엮어서 평평하게 자리를 만들었다. 아이들은 열차로 이동하는 내내 옹기종기 모여서 재잘거렸다. 밤에는 새우처럼 몸을 웅크리고 잠을 잤다. 잠든 아이들 몸 위에는 소비에트 공산당의 구호가 적힌 모포가 덮여 있었다. 밤이 되면 열차 내 기온은 순식간에 떨어졌다. 난방도 제대로 들어오지 않았다. 아이들은 차가운 열차 마룻바닥에 누워 서로 몸을 껴안은 채 잠이 들었다.

그렇게 북한 아이들을 태운 시베리아 횡단 열차는 모스크바까지 일주일을 달렸다. 모스크바에 도착한 뒤 아이들은 하루를 머물며 당에서 준비한 깨끗한 유니폼으로 갈아 입었다. 폴란드로 갈 아이들에게는 노란색 유니폼과 모자가 제공되었다. 아이들은 각기 다른 목적지인 루마니아, 체코, 헝가리, 불가리아를 향해서 다시 기차에 올랐다. 폴란드까지는 또 이틀이 걸렸다. 폴란드로 입국한 뒤에도 아이들은 각자 자신들이 생활할 도시에 따라 여러 그룹으로 구분되었다. 말이 통하지 않는 낯선 이국 땅에서 혹시라도 아이들이 낙오될지도 모른다는 우려 때문에 아이들에게는 최종 목적지에 따라 유니폼을 달리 입혔다. 그리고 이들과 함께 북한에서 파견된 교사 십여 명도 함께 이동을 했다. 폴란드까지 아이들의 안전을 책임져야 하는 교장 리명준과 정치사상 교육을 담당하는 보위부 소속의 정치 장교 강충식,

그리고 역사 교사 최순옥도 무리에 합류하고 있었다.

"최순옥 동무, 아이들 중에 아픈 아이가 없는지 각별히 관찰해 주시요!"

"네. 책임성 있게 관찰하고 있습네다. 그런데 열차 내부 온도가 차가워서 감기에 걸린 아이들이 많은 것 같습네다. 교장 동무, 몸이 아픈 아이들만을 위해서 별도로 객실 하나를 따로 마련해 주시면 좋갔습네다."

"가능한 지 알아보겠소."

순간 옆에서 듣고 있던 정치 장교 강충식이 못마땅하다는 표정을 지으며 둘의 대화에 끼어들었다.

"목적지에 도착할 때까지 아이들 사상 교육을 게을리 하지 말았으면 좋겠소. 정신만 똑바로 박혀 있다면 그까짓 감기 같은 건 문제 되지 않을 것이요."

아이들의 사상 투쟁을 담당하는 강충식에게 정신 무장을 점검하는 일은 최우선 과제였다. 하지만 긴 여행으로 지친 아이들이 많았다. 아이들에겐 안정과 휴식을 취하는 것이 더 급한 문제였다.

"당에서는 특별히 이동 중에 사상 교육에 대한 지침은 없었던 것으로 알고 있습니다. 그리고 지금 아이들은 너무 지쳐 있소. 무리해서 사상 투쟁을 진행하는 것은 반대요."

"경애하는 지도자 동지는 무장보다 사람을 더욱 강하게 만드는 것은 정신이고 사상이라고 하셨소. 어떤 경우에도 아이들의 사상 투쟁을 게을리 할 수 없는 이유요. 어차피 시간도 많고, 열차 내에서 상호 비판을 통한 사상 교육 투쟁을 진행하는 게 문제 될 것은 없다고 생각하오."

"공화국에서 적용했던 원칙들을 그대로 따라할 수는 없는 것 아니겠소. 동유럽 사람들과도 잘 어울리는 것이 공화국을 위하는 것이라 생각하오. 게다가 지금 막 전쟁터를 빠져나온 아이들이요. 당분간은 그냥 기차 여행을 즐길 수 있도록 그냥 둡시다. 아이들의 사상 교육은 폴란드에 도착한 다음에 조금씩 진행시켜 나가도록 합시다."

교육자 리명준과 보위부 소속의 강충식은 그렇게 처음부터 물과 기름처럼 쉽게 어울리지 못했다. 평양 당국은 이런 상황을 미리 예견하고 리명준과 강충식을 동급의 책임자로 파견했다. 이미 폴란드에 도착하기 전부터 교사들 내부에서는 서로가 서로를 감시하고 책임을 묻는 감시 체계가 작동되고 있었다. 형식적으로는 교장을 맡게 될 리명준이 상급자였지만, 당 정치보위부에서 직접 파견한 강충식의 역할도 만만치 않았다. 실제로 평양과의 직접적인 교신이나 지시는 주로 강충식을 통해서 이뤄졌다. 리명준과 강충식, 두 사람은 같으면서도 서로 다른 성격의 소유자였다. 교육자 집안에서 태어나 어려서부터 다른 나라의 문화를 접할 기회가 많았던 리명준과 달리 강충식은 아버지가 노동당 정치부 소속의 고급 간부였다. 한 가지 공통점은 두 사람 모두 유력한 정치 가문의 자식들이란 점이었다. 둘 다 특별히 문제만 일으키지 않는다면 앞날이 창창한 젊은이들이었다. 사회주의자로서의 자부심이나 공화국에 대한 애국심도 만만치 않았다. 다만 두 사람은 사람을 바라보는 시선이 달랐다.

원칙이나 규칙보다 인간이 먼저라고 생각하는 리명준과 달리, 강충식에게 인간은 철저하게 지배계급과 피지배계급으로 나눠져 있는 존재였다. 그에게 당의 역할은 서열을 통해 질서를 잡는 것이었다. 당연히 자신과 같은 엘리트 집단이 평범한 사람들을 올바로 이끌어야 사회가 제대로 발전할 수 있다고 믿었다.

그해 겨울부터 운행을 시작한 전쟁고아 특별 열차는 1953년 전쟁이 막바지에 이르던 시점까지 계속해서 운행되었다. 루마니아에 도착한 3천 명을 비롯해서 폴란드에는 1,200명의 전쟁고아들이 입국했다. 체코, 불가리아, 헝가리에는 500명에서 700명 정도의 아이들이 배정되었다. 소비에트와 동유럽 공산당 정부 사이에서 북한 아이들의 존재는 비밀로 부쳐졌다.

동유럽 각국에서 전후 복구 사업이 끝나지도 않은 시점에서 아이들을 위해 기숙사와 학교를 마련한다는 것이 재정적인 측면에서도 큰 부담이 됐기 때문이었다. 수백 명씩 아이들을 태운 기차가 동유럽 도시들로 이동했기 때문에 실제로 아이들의 존재를 완전히 비밀로 할 수는 없었다. 하지만 공식적으로는 어디까지나 모든 게 비밀이었다. 유럽 사람들은 이런 사실을 알고도 모른 척해야 했다. 아이들의 존재를 입 밖에 누설하는 것도 금지됐다. 한국전쟁으로 북한에서는 5만 명의 전쟁고아들이 발생했다. 그중에서 20퍼센트를 이주시키는 것이 소비에트의 목표였다. 줄잡아 1만 명에 해당하는 대규모 이동이었다. 엄청난 규모의 인원이 동아시아 끝에서 유럽까지 이동했다. 이것은 냉전 시기 최대의 정치 프로젝트였다. 비밀 작전을 방불케 하는 북한 전쟁고아 수송 작전은 폴란드 공산당 입장에서도 정치적으로 민감한 사안이었다.

바르샤바 중앙역에서 그리 멀지 않은 곳에 위치한 폴란드 교육부에서는 북한에서 아이들이 도착한다는 소식에 모두 분주했다. 교육부에서 잔뼈가 굵은 폴란드 교육부 관리 야코비치에게 이번 북한 아이들 이송 작전의 특명이 맡겨졌다. 야코비치는 모스크바에서 유학할 당시 리명준과 동창이었다. 4년 동안 함께 공부하면서 두 사람은 기질이 잘 맞았다. 호탕하면서도 자유분방한 성격에다 사회주의에 대한 충성심까지 둘은 닮은 점이 많았다. 자신이 맡은 일을 처리할 때만큼은 철두철미한 완벽주의자들이었다. 그런 점에서는 야코비치와 리명준은 마음이 통했다.

야코비치는 몇 년만에 다시 만나게 될 리명준과의 재회가 기대되고 있었다. 하지만 얼마 전까지만 해도 폴란드 교육부 내에서는 여러 가지 의견들이 있었다. 무조건 아이들을 수용해야 한다는 입장과 폴란드가 처한 여러 가지 사정을 고려해야 한다는 입장이 서로 팽팽히 맞섰다. 교육부 내에서는 연일 논쟁이 벌어졌다.

"아이들을 받는 것은 좋다고 칩시다. 그런데 언제 돌아간다는 기한도 없이 무작정 고아들을 받는 것은 좀 문제가 있다고 생각합니다."

북한 아이들의 수용에 반대하는 사람들은 기한도 없는 수용이 가져올 막대한 비용을 걱정했다. 그건 가뜩이나 재정이 부족한 폴란드 공산당에게 피해가 갈 수 있는 일이었다. 하지만 당시 폴란드를 실제로 지배하고 있던 것은 모스크바 세력들이었다. 야코비치에게는 반대 의사를 밝힌 관리들을 설득해야 하는 책임이 있었다.

"동무들! 우리가 스탈린 동지의 뜻에 따라 사회주의를 강화하기 위해서라도 전쟁으로 모든 걸 잃어버린 아이들을 위해 헌신적인 모습을 보여줘야 한다는 것을 잊었소? 그것이 국제 사회주의 연대이고 사회주의 공화국의 이상을 실현하는 길 아니겠소?"

"뜻은 좋다고 말하지 않았소. 다만 한두 명도 아니고 입국하는 아이들 숫자가 1,200명이요. 이건 보통 숫자가 아니요."

"맞소. 우리 폴란드에서도 아직 전후 복구 작업이 끝나지 않은 상태요. 의료진도 부족하고 폴란드 아이들도 부모를 잃어버린 고아들이 많은 실정이요. 자칫 우리 인민들에게 북한 아이들만 배려한다는 것으로 비쳐질까 걱정이요."

반대파들의 의견은 현실적이었다. 무턱대고 당의 명령이니까 따르라고만 할 수는 없는 노릇이었다. 야코비치는 인간적인 감정에 호소할 수밖에 없었다.

"동무들 의견 잘 알겠소. 하지만 전쟁으로 부모를 잃고 상처받은 아이들이지 않소. 힘든 상황인 것은 잘 알지만, 우리가 받아주지 않으면 아이들이 어떻게 전쟁터에서 살아남을 수 있겠소. 인간적으로 생각해 봅시다."

"그렇지만 우리 나라에도 전쟁고아들이 한둘이 아니요. 그 아이들을 위해서도 고아원과 의료시설이 필요하단 말이요. 만약 우리 인민들이 남의 나라 자식부터 챙긴다는 사실을 알게 되면 큰 반발이 일어날 것이요."

"그 점도 잘 알고 있소. 그래서 우리가 북한 아이들이 머물 곳을 프와코비체 같은 은폐된 장소로 결정한 것 아니겠소. 아이들의 존재를 완전히 비밀로 할 수는 없겠지만, 일단 프와코비체로 이동한 다음부터는 철저하게 관리를 할 계획이요. 공식적으로 우리 당에서는 일단 아이들의 존재를 비밀로 할 생각이요."

"그걸 언제까지 비밀로 할 수 있겠소? 한두 명이 아닐 텐데…… 게다가 더 큰 문제는 북한에서 오는 아이들이 얼마나 쉽게 적응할 수 있는가, 하는 문제 아니겠소?"

"그렇소. 낯선 환경에다 음식도 다르고 아이들이 말도 통하지 않아서 처음에 적응하는 게 쉽지는 않을 것이요."

"이런 부분들은 폴란드 교육부에서 신속하게 지원 방안을 마련하도록 하겠소. 그리고 이번에 아이들을 데리고 오는 관리자 중에는 내 오랜 친구가 포함되어 있소. 그 친구와 서로 협력하면서 문제가 발생하지 않도록 철저히 준비하겠소."

실제로 폴란드 공산당과 모스크바 소비에트 당국은 서로 입장이 달랐다. 소련 공산당 입장에서는 이번에 입국하는 아이들을 통해 국제 사회에서 정치적 입지를 강화하고 널리 사회주의 체제의 우수성을 선전할 수 있다는 장점이 있었다. 무리를 해서라도 수만 명의 북한 전쟁고아들을 이주시키는 프로젝트가 성공한다면, 그것은 자본주의 종주국인 미국에 대한 승리를 의미했다. 전쟁고아들을 이주시키는 계획은 그렇게 실행에 옮겨지고 있었다.

야코비치의 말대로 프와코비체는 독특한 지역이었다. 지도 위에서 보면 프와코비체는 독일과 체코의 국경이 만나는 지역에 위치해 있었다. 나치가 점령할 당시 프와코비체는 히틀러의 '레벤스보른'이라는 이름의 인종 차별 정책이 비밀리에 실행에 옮겨진 곳이기도 했다. 노르웨이 남자와 독일 여자를 강제로 결혼을 시키고 그 사이에서 순수한 아리안족의 혈통을 이어받은 독일인을 배양한다는 것이 목적이었다. 독일이 2차 대전에서 패전한 뒤 프와코비체는 폴란드 땅이 되었다. 그래서 아직도 독일어를 사용하는 사람들도 적지 않고, 건물들도 2차 대전 이전에 독일군이 지은 것들이 그대로 남아있었다.

그곳엔 프와코비체를 둘로 가르는 보브르 강이 남북으로 흐르고 있어 자연스럽게 마을도 두 부분으로 나눠졌다. 강물은 상류에서 두 개의 지류로 갈라졌다가 백 미터쯤 아래서 다시 하나로 합쳐졌다. 강물이 합류하면서 강 위에는 자연스럽게 작은 섬이 하나 생겨났다. 그곳에 바로 북한 아이들이 머물게 될 기숙사가 자리를 잡을 예정이었다. 작은 다리를 제외하면 그곳은 외부 세계와 완벽하게 차단되었다. 강물은 폭이 10미터도 안 되는 작은 지류였지만 물살이 빨라 어른도 헤엄쳐 건너기에는 쉽지 않았다.

강물 사이에 만들어진 그 작은 섬을 마을 사람들은 '천사의 눈물'이라고 불렀다. 섬의 모양이 마치 눈물 같았기 때문이었다. 외부와 차단된 곳이라서 예전부터 은밀하고 참혹한 일들이 자주 일어났다. 천사의 눈물이라는 이름처럼 슬픈 역사가 간직되어 있었던 것이다. 마을에서 섬으로 들어가기 위해선 다리를 건너야 했다. 자동차 한 대가 겨우 지날 수 있을 정도로 폭이 좁은 오래된 나무 다리가 섬에서 마을을 연결하는 유일한 통로였다. 외부로부터 아이들을 차단하고 혹시나 발생할지 모르는 아이들의 탈출을 방지하기에 적합한 천연의 요새 같은 곳이었다.

소비에트는 아이들이 외부와 접촉하는 것을 최대한 통제하려는 목적으로 동유럽 곳곳에서 비밀 기지처럼 수용소를 설치했다. 일종의 작은 무인도에 아이들을 집어 넣고 생활하게 했던 것이다. 아이들이 머물게 될 기숙사는 2차 대전이 일어나기 전에 독일군이 사용하던 정신병원들을 개조한 건물이었다. 독일군은 전쟁의 트라우마로 고통받는 군인들을 요양하기 위해 정신병원들을 세웠다. 나치에게 정신병에 걸린 군인은 수치스런 존재였다. 그래서 그들을 외부로부터 철저하게 격리시켰다. 이유는 달랐지만 북한 아이들을 외부와 차단시키고 그 존재를 감추기에는 최적의 장소였다. 이런 조치는 유럽인들과 어울리는 것을 원하지 않았던 북한 당국의 요청사항이기도 했다. 1951년 아이들은 그렇게 천사의 눈물이라는 작은 강 위의 섬에서 둥지를 틀었다.

폴란드 측에서도 북한에서 오는 아이들을 위해서 특별 교사들을 배치했다. 레나는 폴란드 교육부가 선발한 교사들 중 한 명이었다. 며칠 전부터 그녀 역시 아이들이 도착한다는 소식을 듣고 마음이 설레기 시작했다. 아이들이 함께 생활할 기숙사에서부터 학교 건물 내부의 책상이나 집기 등을 점점하는 것도 빼놓지 않았다. 프와코비체 마을에는 레나를 비롯해서 모두 20여 명의 폴란드 교사와 요리사,

의료진을 비롯해서 기숙사 생활을 관리하는 직원들이 파견되었다. 모두가 하나같이 폴란드 공산당에서 선발된 젊고 유능한 직원들이었다.

"아이들이 오기 전까지 부족한 점들이 없는지 꼼꼼히 체크하길 바랍니다."

폴란드 교사 중에서 가장 나이가 많은 프시미스와프 씨가 젊은 교사들과 함께 기숙사를 점검하면서 말을 꺼냈다.

"아이들 나이가 서너 살 어린 아이부터 열다섯 살까지 차이가 많이 난다고 합니다. 나이에 따라 아이들에게 적절한 교육 프로그램들이 마련되어야 할 것입니다."

"긴 시간 열차 여행 때문에 아픈 아이들이 많이 있을 것 같습니다. 하지만 당에 요청한 의약품들이 아직 도착하지 않은 상태입니다. 그 점도 잊지 말고 계속 요청해주시기 바랍니다."

의료진을 대표해서 파견된 젊은 의대생 마렉은 벌써부터 아이들이 도착한 이후에 자신이 해야 할 일들을 챙기느라 정신이 없었다. 전쟁터를 빠져나온 아이들의 건강 상태가 걱정이 됐다.

"프와코비체에는 큰 병원이 없기 때문에 응급 상황이 발생하면 아이들을 이동시킬 수 있는 앰뷸런스가 하나 배치되는 것도 좋겠군요."

"현재 우리가 보유하고 있는 의료 장비만으로는 간단한 응급 처치 정도밖에는 할 수 없습니다. 혹시나 큰 수술이라도 해야 하는 상황이 발생하면 아이들을 신속히 이동할 수 있는 수단이 필요합니다."

"식당은 현재 어떤 상태입니까? 단체 급식을 실시해야 하는데 혹시 필요한 것은 없습니까?"

아이들의 식사를 책임질 주방 요리 담당자로는 전문 요리사 베로니카가 배정되었다.

"당에서 특별 배급을 명령했다고 들었습니다. 기본적인 식자재 공급은 문제 없이 진행될 것으로 보입니다."

채식 위주의 식사를 주로 해왔던 북한 아이들이 폴란드에서 기름이 많은 육류나 유지방 섭취로 바뀔 경우를 대비해서 아이들이 폴란드 음식에 적응할 수 있도록 식단을 짜는 것이 필요했다.

"일단 아이들의 입맛에 맞는 식단을 개발하는 것이 급선무입니다. 처음부터 무리해서 폴란드식으로 음식을 제공했다가 탈이 나면 곤란하니까요."

"김치라는 음식을 아이들이 자주 먹었다고 하는데, 혹시 그걸 만들 수 있겠소?"

"쉽지는 않겠지만 노력해 보겠습니다. 하지만 아이들이 고향에서 먹었던 김치와 같은 맛을 낼 수는 없을 겁니다. 저희도 처음 만들어 보는 음식들이라서요."

"알겠습니다. 각자 자신의 처지에서 최선을 다해 봅시다. 고향에서 부모를 잃고 전쟁의 아픔을 겪은 아이들입니다. 아마 정신적인 트라우마도 있을 것입니다. 먹는 것도 중요하지만 전쟁의 아픔을 하루빨리 극복할 수 있도록 마음의 안정을 찾아주는 게 제일 중요합니다."

"심리상담사를 배치하는 것도 필요합니다. 아이들과 말이 통하지 않기 때문에 의사소통에 문제가 있을 것입니다. 폴란드 생활에 빨리 적응할 수 있도록 심리적 안정감을 찾아주는 일에 각별히 신경을 써야 할 것입니다."

레나도 그들 사이에서 자신의 생각을 전달했다. 폴란드 교사들은 당에서 강조하는 사회주의 연대나 정치적 목적보다 아이들을 인간적으로 대하는 것이 중요하다는 데 생각이 일치했다. 그들은 프와코비체로 발령을 받기 전부터 당 교육부에서 엄격한 심사와 교육을 받았다. 북한이라는 나라에 대한 생각을 묻거나 아시아인에 대해서 어떤 생각을 갖고 있는지 등에 관한 집중적인 인터뷰가 이어졌다. 혹시라도 교사나 관리들 중에 인종차별적인 생각을 갖고 있는 사람이 섞이지 않도록 각별히 신경을 썼다.

아이들이 도착하기 전날에는 프와코비체 마을을 책임지는 폴란드 교육선전부 소속의 간부가 직접 마을을 방문했다. 그는 아이들을 위해서 교사와 관리인들이 힘을 합쳐서 최선을 다해달라고 몇 번이나 신신당부를 했다. 특히 그는 학교에서 생활할 때 '고아'라는 단어를 사용하지 말라고 주의를 주었다.

"아이들이 도착하면 '고아'라는 단어는 절대로 사용하지 않도록 합시다."

"알겠습니다. 조심하겠습니다."

"폴란드 말을 알아듣지 못한다고 아무렇게나 '고아'라는 말을 하기 시작하면 그게 나중엔 입에 붙어서 쉽게 고칠 수 없을 것입니다.

말은 못 알아들어도 마음으로는 느낄 수 있습니다."

교육부 간부의 말은 틀린 말이 아니었다. 혹시라도 남의 나라에 와서 도움을 받는 처지의 아이들에게 모욕적인 행동이나 말을 해서 상처를 받는 일은 없어야 했다. 나중에 폴란드 아이들과 함께 학교에서 생활할 때도 '고아'라는 단어는 금지어로 지정이 되었다. 그만큼 다들 세심하게 아이들을 돌봐줄 준비를 하고 있었다.

1951년 12월, 크리스마스를 며칠 남겨 놓지 않은 어느 날 드디어 북한 아이들을 태운 열차가 프와코비체 마을에 도착했다. 기차역에서는 폴란드 주민들과 학생들의 열렬한 환호 속에 환영식이 열렸다. 레나는 멀리서 아이들이 기차에서 하나둘 내리는 모습을 지켜 봤다. 모두가 지친 모습이었지만, 아이들의 표정은 밝았다. 아이들은 괴나리봇짐 같은 것을 등에 매고 있었다. 저마다 각자에게 필요한 내의와 양말 같은 것들이 담겨 있는 작은 가방이었다. 북한 아이들은 한 사람도 떠드는 아이들이 없었다. 얼굴 표정에 긴장감이 느껴졌다. 행동은 일사분란했다. 모두가 기차에서 내려 인솔하는 교사들의 지시에 묵묵히 따랐다.

멀리 아시아의 동쪽 끝에서 온 검은 머리의 북한 아이들을 폴란드 아이들은 신기하게 바라봤다. 그들은 삼삼오오 무리를 지어 저마다 뭔가 귓속말로 속삭였다. 도착한 아이들이나 그들의 도착을 환영하기 위해 모인 아이들이나 신기한 눈빛으로 서로를 바라 보았다.

레나는 무리들 중에서 열차에서 맨 마지막에 내린 키가 훤칠하게 크고 피부가 유난히 하얀 한 남자에게 시선이 갔다. 그는 환영 나온 교육부 관리들과 일일이 악수를 나눴다. 목에는 커다란 화환도 걸려 있었다. 능숙하게 주변 상황을 정리하고 다른 사람들에게 지시를 하는 것으로 봐서 북한에서 아이들과 함께 파견된 책임자인 것 같았다.

그것이 레나가 기억하는 리명준에 대한 첫 인상이었다. 나중에 안 일이었지만, 그때 리명준의 눈에도 빛나는 금발과 깊은 갈색 눈을 지닌 레나의 모습은 한눈에 명준의 시선을 사로잡았다. 사람들 사이에서 단아한 모습으로 손을 흔들고 있던 레나, 그것이 리명준이 기억하는 레나의 첫 인상이었다.

제2부. 살아 남은 자를 위한 촛불

아이들은 프와코비체에 도착한 즉시 기숙사로 배정되었다. 기숙사마다 건물 앞에는 커다랗게 숫자를 적은 간판이 달렸다. 공동 생활을 해야 하는 아이들을 쉽게 관리하기 위한 것이었다. 북한 역사 교사 최순옥이 기숙사를 책임지는 담당자로 선임되었다. 폴란드 교사 레나는 최순옥을 보조하는 역할이 맡겨졌다. 4층 높이의 건물에는 1층에 커다란 로비와 단체 급식이 가능하도록 마련된 식당과 주방이 있었다. 2층부터는 아이들이 사용하게 될 방이 자리잡고 있었다.

도착 첫날, 아이들은 자신의 이름이 호명하는 순서대로 각자 방으로 안내되었다. 규모는 크지 않았지만 네 명의 아이들이 생활하기엔 적당한 공간이었다. 아이들은 방으로 들어서자 이층 침대를 신기한 듯 바라봤다. 기숙사에서 제일 나이가 많았던 최병호에게는 반장의 역할이 주어졌다. 병호는 비슷한 나이 또래들과 한 방을 사용했다. 그들 중에 정동화라는 아이도 있었다. 병호와 동화는 북한에서 떠나기 전부터 서로 친하게 지냈던 사이였다. 둘은 나란히 이층 침대에 자리를 잡았다. 동화는 침대가 신기하기만 했다.

숙소에는 방마다 발코니가 있었다. 병호가 창문을 열고 밖으로 나가자 숲에서 신선한 바람이 불어왔다. 동화도 침대에서 일어나 발코니 쪽으로 나갔다. 나뭇가지 위에서는 이름 모를 새들이 지저귀고 있었다.

“여기 좋은데.”

“그러게 말야. 상상할 수도 없을 만큼 좋은 곳이야."

“동화야. 그런데 우리 어디쯤 있는 거야? 기차를 오래 탔더니 어디가 어딘지 모르겠어.”

“바르샤바에서 기차를 타고 남쪽으로 내려왔으니까. 남서쪽 어디쯤이지 않겠어?”

동화가 머릿속에 지도를 그리며 방향을 잡았다.

“그럼 우리 공화국은 어느 방향인 거야?”

“지금 해가 저쪽으로 지고 있으니까 저쪽이 서쪽일 테고, 우리 나라는 정반대 방향인 동쪽이니까. 저기 산등성이가 보이는 쪽이 되겠네.”

하얀 눈이 쌓인 나즈막한 산등성이가 둘의 시선에 들어왔다. 그리 높지는 않지만 고향의 산처럼 바위가 많은 산이었다.

“저쪽이 우리 고향이 있는 곳이구나.”

평양에서부터 늘 죽이 맞았던 동화와 병호였다. 병호는 고향이 개성이었다. 부모님들은 전쟁이 나기 전 장사를 하셨다고 했다. 개성이 함락되던 날 지방으로 피난을 가던 중에 아버지를 비롯해서 어머니와 형제들이 모두 폭격에 목숨을 잃었다. 긴 여행 끝에 드디어 마음을 정착할 곳이 생긴 병호는 갑자기 부모님 생각이 났다.

“아버지, 어머니 무덤에 마지막 인사도 못하고 왔어.”

“다들 마찬가지야.”

“여기 오니까 아버지, 어머니가 많이 보고 싶네.”

“이제부턴 여기가 집이야. 고향 생각만 너무 많이 하지 말고. 이곳 생활에 빨리 적응해야 해.”

“그래야겠지.”

“지금부터 우린 가족과 다를 게 없어. 서로 돕고 의지하면서 형제처럼 살아가야 해.”

“알겠어.”

아이들은 새로운 생활에 대한 기대감으로 마음이 설렜다. 무엇보다 중요한 것은 낯선 생활에 빨리 적응하는 것이었다. 하지만 동유럽에서도 공동체 생활을 위한 규칙들은 여전했다. 아이들은 첫날부터 엄격한 규칙과 마주쳤다. 방은 늘 깨끗하게 정돈되어 있어야 했고, 복도에서 이동을 할 때는 소리 나지 않게 조심해서 걸어야 했다. 아이들은 개인 행동은 철저하게 배제되었고 모든 것은 단체 생활의 틀 속에서 이뤄졌다.

하루 일과 역시 엄격한 규율 속에서 빽빽하게 진행되었다. 아이들은 서너 명이 한 방에서 생활했는데 처음 몇 달 동안은 침대에 적응하지 못하는 아이들도 많았다. 작은 공간에 많은 아이들을 수용해야 했기 때문에 방 안에는 대부분 이층 침대가 놓여져 있었다. 간혹 몇몇은 침대가 불편한지 마룻바닥에서 이불을 깔고 자려고 하는 아이들도 있었다.

다음 날 아침, 아이들은 모두 운동장에 모였다. 긴 여행에 피로가 풀리지 않았지만, 아침 조회 시간은 평양에서처럼 똑같이 오전 6시에 시작되었다. 조장과 반장의 완장을 두른 아이들이 줄을 맞추라고 소리를 지르며 대열을 통제했다. 간단한 아침 체조가 끝난 뒤, 아이들은 차례차례 양호실로 향했다. 양호실 안에서는 의대생 마렉과 그를 돕는 교사 최순옥이 아이들의 건강 상태를 체크하고 있었다. 남자아이들은 이미 웃통을 벗고 한 사람씩 의사 앞으로 다가 섰다. 옆에서 레나가 통역을 하며 최순옥과 마렉을 돕고 있었다.

"의사 선생님 앞에 서면 다들 크게 숨을 들이 마신다. 알겠지?"

레나는 크게 심호흡을 하며 아이들 앞에서 시범을 보였다. 폴란드 의대생 마렉은 청진기를 아이들 몸에 대고 한 사람씩 점검하기 시작했다. 그의 모습을 북한 교사 최순옥이 긴장한 표정으로 지켜보고 있었다.

"아이들 상태가 어떤가요?"

최순옥의 질문을 레나가 한국어로 통역을 해서 마렉에게 전달했다.

"아이들 건강 상태가 생각보다 안 좋습니다."

마렉은 아이들의 건강 상태가 생각보다 좋지 않다는 사실에 걱정이 앞섰다. 그의 이야기를 레나가 다시 최순옥에게 한국어로 전달했다.

“아이들 상태가 생각보다 안 좋다고 하네요.”

“그래요? 어떻게 안 좋다는 건가요?”

최순옥이 걱정스런 눈빛으로 다시 물었다.

“일단 다들 영양 상태가 안 좋습니다. 영양 실조에 걸린 아이들이 많은 것 같습니다. 몸 속에 이와 기생충이 있는 아이들도 상당히 많구요.”

마렉의 말에 최순옥의 표정이 어두워졌다. 레나 역시 이유를 알 수 없는 불편함이 느껴졌다. 최순옥이 어색함을 깨면서 말을 이어갔다.

“하긴 이곳에 오는데 열흘이나 걸렸시요. 게다가 공화국에 있을 때는 전쟁 통에 먹을 것도 변변한 거이 없었습네다. 당연히 몸이 쇠약해진 아이들이 많을 겁네다.”

순옥의 말이 끝나자마자 마렉은 마치 알아 듣기라도 한 것처럼 곧바로 대답을 했다.

“일단 아이들이 서둘러서 구충제를 먹을 수 있도록 해주세요. 몸에 붙은 이를 제거하는 것도 급할 것 같습니다.”

레나는 마렉의 말을 다시 최순옥에게 전달했다.

“뭐든 시키기만 하시라요! 적극 협조하도록 하갔습네다.”

양호실에서 진찰을 마친 아이들은 복도에서 다시 줄을 섰다. 그들에게 폴란드 의료진들이 구충제를 한 알씩 나눠줬다. 아이들은 물잔에 든 물과 함께 알약을 집어 삼켰다. 진찰을 마친 아이들은 복도 끝을 향해 달리다가 갑자기 하얀 연기가 피어오르는 것을 보고 걸음을 멈췄다. 입구 앞에서 마스크를 쓴 폴란드 의료진들이 아이들 몸에 살충제를 뿌리고 있었다. 하얀 가루가 아이들 몸 전체를 휘감았다. 하지만 아이들은 천진난만한 표정을 지으며 살충제를 뒤집어 쓴 채로 운동장으로 달려 나갔다. 아이들의 표정에는 웃음이 가득했다. 폴란드에서의 생활은 모든 게 낯설고 새로웠지만, 그래도 북한에 있을 때보다 즐겁고 행복했다. 남의 나라에 와서 시작하는 낯선 삶이었지만, 아이들은 시간이 지날수록 하나씩 새로운 생활에 적응해 나가고 있었다.

* * *

1950년대 북한 전쟁고아들이 동유럽에 생활했다는 사실을 접한 선우진은 적지 않은 충격에 빠졌다. 나름 북한 전문가를 자부하고 있었던 그였지만, 지금까지 그런 이야기는 단 한 번도 들어 본 적이 없었다. 레나의 증언과 찾아낸 기록들을 통해 선우진은 숨겨진 아이들의 역사 속으로 빠져들고 있었다. 동유럽 각국 대사관에 협조 요청서를 돌리고 현지 전문가들을 만나 취재를 했다. 그들의 이야기는 놀라울 정도로 일치했다. 선우진은 그렇게 사건을 풀어나가듯 하나하나 역사적인 자료들을 찾아내기 시작했다. 그가 바르샤바 도심 외곽에 자리잡고 있는 폴란드 국립기록필름 보관소를 방문한 것도 그런 이유였다.

선우진 일행을 태운 자동차가 도착하자 기록필름 보관소 담당자가 현관 앞으로 마중을 나왔다. 직원의 안내를 받아 건물 안으로 들어서자 1950년대 폴란드의 정치 상황을 담은 기록 사진들이 벽면을 가득 채우고 있는 게 보였다. 공산당 집회를 비롯해서 군사 퍼레이드, 폴란드를 방문했던 소비에트 군사고문단들의 사진도 보였다. 복도를 걸어가면서 선우진은 사진들을 하나하나 주시했다. 복도 끝에 다다르자 커다란 철문이 열리고 기록필름 운영을 담당하는 직원이 선우진에게 다가와 영어로 인사하며 악수를 청했다. 남자의 영어 발음에는 거친 폴란드 억양이 섞여 있었다.

"어서 오십시오. 기다리게 해서 미안합니다. 하도 오래된 자료라서 찾는데 시간이 많이 걸렸네요."

"괜찮습니다. 저희가 요청한 북한 아이들에 관한 자료가 맞나요?"

"네. 다행히 한 통의 필름이 보관되어 있었습니다."

"다행이네요."

"영사실로 가시면 보실 수 있도록 하겠습니다."

"잠시만요. 한 사람이 더 오기로 되어 있습니다."

선우진은 손목시계를 쳐다 봤다. 오늘 이곳에 함께 오기로 한 레나를 태운 차량이 도착할 시간이 됐기 때문이다. 잠시 후 검은 색 밴이 기록필름 보관소 정문을 통과하는 게 보였다. 건물 앞에 차가 멈추자 정장을 입은 대사관 직원들이 먼저 내리고 잠시 후 레나가 내렸다. 지팡이를 짚으며 레나가 건물 안으로 들어섰다. 선우진은 현관 앞으로 달려가 레나에게 인사를 건넸다.

"어서 오십시오. 불편하게 이곳까지 오시게 해서 죄송합니다."

"괜찮습니다. 아직은 움직일 만합니다."

"안으로 들어가시죠."

레나와 선우진은 영사실 한가운데 자리를 잡고 앉았다. 십여 명 정도가 들어갈 수 있는 작은 공간이었다. 보관소 직원들에 의하면 특별한 손님들을 위한 영사실이라고 했다. 잠시 후 은색 필름 통을 든 직원이 영사실 안으로 들어왔다. 그녀의 손에는 하얀 면 장갑이 끼워져 있었다. 직원은 조심스럽게 필름 통을 테이블 위에 놓았다. 필름 통 곳곳에는 세월의 흔적을 느낄 정도로 검게 녹이 슬어 있었다. 선우진과 레나에게 직원이 다가왔다.

"이거 찾는 데 고생 했습니다."

"수고 많으셨습니다. 필름 통이 검게 녹슨 걸 보니 정말 세월이 많이 지난 것 같군요."

"당신들이 찾지 않았다면 아마 영원히 창고 속에서 썩었을 수도 있었을 거예요."

직원은 무심한 표정으로 말했지만, 선우진에게 그의 말은 뭔가 가슴에 쿵하고 내려앉는 느낌으로 다가왔다. 생각해 보면 이번 일이 아니었다면, 40년이나 지난 자료를 찾기 위해 분주하게 유럽 곳곳을 돌아다닐 일도 없었을 것이다. 이런 역사가 있었는지조차 알지 못하는데, 과연 누가 이곳에 와서 낡은 기록 필름을 찾아달라고 했겠는가. 직원의 말은 맞는 말이었다. 선우진은 더 늦지 않게 이곳에 온 것이 그나마 다행이란 생각이 들었다.

직원은 필름 통을 들고 뒷좌석에 준비된 영사기 쪽으로 자리를 옮겼다. 그는 곧바로 하얀 면장갑을 낀 손으로 능숙하게 영사기에 필름을 감았다. 잠시 후 그가 손으로 신호를 하자 천장의 조명이 꺼졌다. 어둠 속에서 촤르르하고 필름 돌아가는 소리가 들렸다. 오래된 필름이었지만 다행히 영상은 손상된 부분이 하나도 없었다. 드디어 하얀 스크린 위로 흑백 필름 속 영상이 모습을 드러냈다.

"혹시라도 단서가 될 만한 것이 있는지 봐주십시오."

선우진이 레나에게 귓속말로 속삭였다.

"알겠습니다."

첫 화면은 아이들의 기상 시간이었다. 잠을 자고 있던 북한 아이들이 기상 나팔 소리와 함께 침대에서 일어나는 모습이 보였다. 아이는 두 팔을 높이 뻗어서 기지개를 켰다. 다들 카메라 앞에서 수줍은 표정을 짓고 있었다. 자신들의 모습을 촬영하는 카메라를 바라보고 미소짓는 아이들도 있었다. 화면은 곧바로 세수를 하는 한 여자 아이의 얼굴로 클로즈업됐다.

"아! 저 아이는 남숙이에요! 조남숙! 우리 반 아이라서 확실히 기억이 납니다."

레나가 남숙이라고 부른 아이는 거울 앞에 하얀 블라우스의 단추를 여미며 자기 모습을 바라보고 있었다. 머리를 곱게 빗으며 수줍게 미소를 지었다. 아마도 기록 필름을 촬영하기 위해서 선발된 것 같았다.

"참 예쁜 아이였어요." 화면은 계속해서 아이들의 일상적인 모습을 비춰줬다. 한 무리의 여자 아이들이 교정을 걷는 장면에서 레나는 이숙자, 이연자라는 쌍둥이 아이들을 손으로 가리켰다. 둘은 얼굴이 판박이처럼 똑같았다.

"숙자하고 연자는 저를 친 언니처럼 많이 따랐어요. 저도 동생처럼 귀여워 했던 아이들입니다. 이렇게 화면으로 보니까 정말 감회가 새롭네요. 그 시절 속으로 돌아간 것 같아요."

아침 조회를 시작하기 위해서 운동장으로 뛰어가는 아이들의 모습도 보였다. 다른 아이들보다 키가 작은 한 아이가 힘겹게 무리를 쫓아 달려가는 장면도 보였다.

"가만있어 보자. 저 꼬마 이름이 뭐였더라…… 동철이? 맞아요. 저 아이는 안동철이었어요."

"아이들 이름이 전부 기억나시나요?"

"어떻게 잊을 수 있겠어요. 저만 보면 '엄마', '엄마' 하고 쫓아다녔던 녀석이었는데."

"그랬군요."

"다들 지금 어떻게 살고 있는지 모르겠네요. 북으로 돌아간 다음엔 소식을 들을 수 없었어요. 이렇게 아이들 얼굴을 보니까 정말 많이 보고 싶네요. 뭘 하며 살고 있는지……"

레나는 주머니에서 손수건을 꺼냈다. 갑자기 눈물이 나오려는 것 같았다. 잠시 후 머리를 빡빡 깎은 아이들 서너 명이 트럼펫을 부는 모습으로 장면이 바뀌었다. 레나는 한 아이를 향해 손가락을 가리켰다.

"저기 가운데에서 트럼펫을 부는 아이는 최병호입니다. 아침 조회 시간을 알리는 트럼펫을 불었죠. 나이가 많아서 맏형처럼 아이들을 돌봐주던 믿음직한 녀석이었습니다."

기상 나팔 소리에 맞춰 아이들이 운동장으로 모였다. 북한 교사는 아이들 앞에 서서 체조를 시작했다. 아이들 모두가 똑같은 동작으로 체조를 시작했다.

"저기 하얀 셔츠를 입은 사람이 북한 교사 양민철입니다. 술을 좋아하고 성격도 활발한 참 재밌는 사람이었죠. 옆에는 최순옥 선생님도 보이네요. 폴란드 사람들을 무척 좋아했던 선생님이었어요. 그녀와 친하게 지냈죠."

화면은 잠시 검은 줄이 간 부분을 지나서 다음 장면으로 이어졌다. 건물 현관 앞에 '김일성학교'라는 한글로 적힌 간판이 보였다.

"학교 이름이 김일성학교였군요."

"네. 다들 그렇게 불렀어요. 사실 폴란드 교사들은 그 이름을 별로 좋아하지 않았어요. 뭔가 순수한 이름으로 바꾸는 게 좋지 않겠냐고 여러 번 요청했지만 북한 측은 끝까지 바꾸지 않았습니다."

학교 건물 구석구석이 화면 속에 등장했다. 오래된 흑백 필름답게 화면은 중간중간에 계속해서 먼지가 끼거나 스크래치가 난 장면들이 등장했다. 카메라가 학교 내부로 이동하자 교실 안에서 수업을 받고 있는 아이들의 모습이 등장했다. 교단에 서 있는 레나의 모습도 보였다.

"레나 씨의 모습도 나오네요."

"저는 폴란드 말과 문학을 가르쳤습니다. 어린 아이들이라서 그런지 1년도 안 돼서 폴란드 말을 거의 완벽하게 했어요."

"혹시 아이들이 처음에 제일 힘들어 했던 게 뭔지 기억 나세요?"

"음식이었어요. 처음엔 폴란드 음식이 입에 맞지 않아서 다들 고생들 했지요. 아이들은 치즈나 빵 같은 것을 먹어 본 적이 한 번도 없었거든요. 아이들은 밥과 국물 같은 음식에 익숙했으니까요. 나중엔 아이들이 직접 배추를 기르고 그걸로 김치를 만들어서 먹기도 했어요. 그래도 얼마 안 있어 완벽하게 폴란드 음식에 적응하더군요."

몇 개의 장면들이 지난 뒤였다. 드디어 레나가 기다리던 사람이 화면 속에 나타났다. 남편 리명준의 모습이었다. 그는 화면 속에서 책상 위에 놓인 서류들을 정리하고 있었다. 단정하게 자른 머리카락, 넥타이를 매고 말끔하게 차려 입은 정장까지 한눈에 봐도 지적인 품위가 느껴지는 남자였다.

"명준 씨에요. 김일성학교 교장, 제 남편 리명준이요."

레나는 남편의 모습을 보고 눈시울이 붉어졌다. 비록 화면 속이지만, 남편의 생생한 모습과 마주한 것이 정말 오래된 일이었다.

"오랜만에 남편의 모습을 보시는 거죠?"

"네."

레나는 더 이상 말을 하지 않았다. 얼마나 보고 싶었던 모습이었을까? 선우진도 더 이상 아무 말도 하지 않았다. 잠시 후 레나가 말을 이었다.

"평양에서 마지막으로 남편과 헤어지면서 열차 차창 밖으로 손을 흔들어주던 모습이 생각 납니다. 그것이 제가 기억하는 남편의 마지막 모습이었습니다."

레나는 잠시 동안이지만 명준이 살아 돌아온 느낌이 들었다. 그녀의 뺨을 타고 눈물이 흐르기 시작했다. 선우진은 고개를 돌렸다. 잃어버렸던 남편에 대한 기억, 그와 함께 나눈 추억까지 그녀가 간절히 기다려 왔던 과거와 마주하는 순간이었다. 잠시 동안이라도 그녀가 남편과 함께 있도록 해주고 싶었다.

레나는 화면에서 시선을 떼지 않았다. 단 한순간도 놓치고 싶지 않은 눈치였다. 영상 속에는 계속해서 방과 후 아이들의 생활을 담은 장면들이 나타났다. 실험실에서 실험을 하는 아이들과 운동장에서 축구를 하는 남자 아이들 모습도 보였다. 잠시 후 화면은 창고로 이동했다. 창고 안에서 너저분하게 흩어져 있는 운동 기구와 잡동사니들이 보였다. 카메라를 든 촬영기사가 창고 안에서 또 하나의 문을 발견한 듯 사람들을 불러 모으는 장면이 나타났다. 미로처럼 생긴 좁은 공간 속으로 카메라가 이동했다. 막다른 곳에는 철문이 하나 보였다. 카메라를 들고 있던 손이 문을 밀었다. 순간 쇠창살로 만들어진 비밀스러운 공간이 나타났다. 거의 동시에 화면 속으로 갑자기 북한 교사들의 손이 들어와 렌즈를 가렸다. 촬영기사가 누군가로부터 제지를 당한 듯 카메라는 심하게 흔들렸다. 그 장면을 본 선우진이 호기심 가득한 표정을 지으며 레나에게 물었다.

"갑자기 무슨 상황이 벌어진 거죠?"

"비밀의 방 때문입니다."

"비밀의 방이요?"

"김일성학교에서 운용되던 훈육실입니다. 그곳을 비밀의 방이라고 불렀죠."

"그런 공간이 학교 안에 있었어요?"

"말을 안 듣거나 교육 방침에 따르지 않는 아이들이 며칠 동안 반성하며 지내는 곳이었습니다. 나중에는 기숙사를 도망치는 아이들을 가두는 곳이기도 했죠."

"기숙사를 도망쳐요?"

"밤에 취침 시간 지나서 몰래 기숙사 담장을 넘는 거죠. 폴란드 아이들과 어울려서 술을 마시거나 여자를 만나기도 했죠. 그때 유명했던 아이가 한 명 있었습니다."

"누구였죠?"

레나는 기억이 가물가물했다. 습관처럼 손을 턱에 대고 잠시 생각에 잠겼다. 오래 전의 기억들을 끄집어내려고 노력하는 모습이 느껴졌다.

"맞다. 동화! 정동화였습니다."

"정동화?"

선우진은 노트를 꺼내 정동화의 이름을 메모했다. 화면 속 정동화가 아이들 무리 속에서 카메라를 정면으로 응시하는 게 보였다.

"저기 마침 나오고 있네요. 저 아이가 바로 정동화입니다."

순간 정동화의 얼굴이 스크린 안에 가득 채워졌다.

"동화는 여러 가지로 특이한 녀석이었습니다. 머리가 참 좋았고 인물도 좋았어요. 기숙사에서 인기도 제일 많았죠. 그런데 기숙사 생활에는 잘 적응하지 못했습니다. 툭하면 싸움질에다 기숙사 담장을 넘으려 했으니까요. 북한 교사들에게는 골칫덩어리 같은 존재였습니다."

* * *

싸움이 난 모양이다. 아이들 몇 명이 창고 뒷편으로 몰려가기 시작했다. 이미 누가 말릴 수 없을 정도로 두 녀석이 엉켜 붙어 주먹질을 하고 있었다. 두 명 모두 얼굴은 이미 피투성이가 되어 있었다. 구경하는 아이들은 신이 난 듯 소리를 높이며 싸움을 부추겼다. 누구 하나 싸움을 말릴 생각조차 하지 않았다. 둘의 주먹 싸움은 더욱 치열해졌다. 순간 상대방의 주먹을 피하며 동화가 회심의 일격을 가하자 아이가 뒤로 자빠졌다. 얼마나 세게 쓰러졌는지 쿵하고 넘어지는 소리가 아이들 귀에 들릴 정도였다. 땅바닥에 쓰러진 아이는 더 이상 일어나지 못했다. 동화는 몸을 낮춰 바닥에 쓰러져 있는 아이의 멱살을 잡았다. 하지만 이미 상대방은 기절한 상태다. 동화가 주먹을 풀자 아이의 머리가 뒤로 넘어갔다.

"북한 아이들은 일단 싸움이 시작되면, 한 쪽이 완전히 일어나지 못할 정도가 돼야 싸움이 끝났습니다. 그게 걔네들 싸움의 규칙이었습니다. 평소에는 순하다가도 싸울 때는 악에 바친것처럼 보였습니다. 한 놈이 죽을 때까지 싸운다, 뭐 그런 식이었죠. 부모를 잃은 고아들이라서 그렇게 독하다고 누군가 말했습니다. 전쟁이 아이들을 잔인하게 만든 것이겠죠."

* * *

김일성학교 기숙사의 아침은 매일 새벽 6시 기상 나팔 소리와 함께 시작됐다. 어린 아이들에게는 너무 이른 기상 시간이었다. 하지만 군대식 규율에 익숙한 아이들은 힘들어도 자리에서 몸을 일으켜 세웠다. 눈을 감은 채로 침대에서 일어나 침구를 정리하는 아이들도 보였다. 아직 잠이 덜 깬 아이들을 향해 규율반장들이 다그치듯 소리를 질렀다.

"동무들! 어서 일어들 나라우! 기상 소리 못 들었어?!"

규율반장 박상혁의 팔에는 '반장'이라는 글씨가 새겨진 완장이 채워져 있었다.

"날래날래 정신 안 차리갔어?! 잠이 깨지 않은 사람은 욕실로 가서 찬물로 세수를 하고 오라우!"

박상혁과 그를 따르는 무리들은 잠이 덜 깬 아이들의 팔을 붙잡고 욕실로 향했다. 창문 밖은 아직도 어두컴컴했다. 벌써 교사의 구령에 맞춰 운동장에서 아침 체조를 시작한 아이들도 있었다. 체조를 이끄는 일은 교사 양민철이 담당했다. 운동장을 쩌렁쩌렁 울리는 음악 소리에 맞춰 아이들은 일사분란하게 체조를 했다. 아침 체조가 끝나자 규율 반장 박상혁이 단상에 올랐다. 그는 주먹을 쥐고 힘차게 흔들면서 소리 높여 외쳤다. 멀리 동쪽 하늘에서는 해가 뜨고 있었다.

"경애하는 수령 김일성 장군님께서 마련해주신 따듯한 사랑 속에 우리 폴란드 김일성학교 동무들은 매일매일 열심히 공부하고 있습네다. 우리들은 단 한 순간도 아바이 수령 동지의 자애로운 사랑과 당이 베풀어주신 은혜를 잊지 않을 것입네다."

곧이어 아이들은 박상혁이 외치는 구호의 마지막 부분을 똑같이 따라 외쳤다.

"열심히 학문과 기술을 연마하고 혁명 전사로 자라나겠습니다."

"혁명 전사로 자라나겠습니다!"

"강고한 사회주의 연대 만세!"

"사회주의 연대 만세!"

"위대한 지도자 스탈린 동지 만세!"

"스탈린 동지 만세!"

"위대한 수령 김일성 동지 만세!"

"김일성 동지 만세!"

다시 교사 양민철이 단상에 올랐다. 그는 마치 기계처럼 다음 순서를 진행했다.

"다음은 국기 게양식이다. 다들 조국 사랑에 대한 열렬한 신심을 담아 국기를 향해 경례!"

아이들은 일제히 오른쪽 팔을 머리 위로 올려 소년단식으로 경례를 했다. 깃발이 서서히 국기 게양대 위로 올라갔다. 잠시 후 아이들 눈에 가운데 별을 박은 인공기가 펄럭이는 게 보였다. 행진곡 풍의 음악이 스피커를 타고 운동장 곳곳으로 퍼져나갔다. 아이들은 깃발이 올라갈수록 표정이 더욱 격앙되어져 갔다. 마치 가슴속에서 어떤 말로 설명할 수 없는 감정이 폭발하는 듯한 표정이었다. 그런데 놀랍게도 인공기 중앙에 김일성의 얼굴이 새겨져 있었다. 아이들이 하나같이 격앙된 감정을 지은 것도 바로 김일성의 얼굴 때문이었다. 곧이어 스피커에서는 장중한 멜로디의 전주가 흘러나왔다. 아이들은 모두 차렷 자세를 취한 채로 동시에 똑같이 노래를 부르기 시작했다.

"장백산 줄기줄기 피어린 자욱, 압록강 구비구비 피어린 자욱
오늘도 자유 조선 꽃다발 위에 역력히 비춰주는 거룩한 자욱"

아이들은 목청이 터질 듯이 큰 목소리로 노래를 불렀다.

"아아아. 그 이름도 그리운 우리의 장군. 아아아, 그 이름도 빛나는 김일성 장군. 김일성 장군 만세!"

아이들이 부르는 노래는 '김일성 장군의 노래', 바로 김일성 찬가였다. 노래를 부르는 아이들 표정은 다들 예사롭지 않았다. 멀리서 이 모든 광경을 인민복 차림의 한 남자가 흡족한 표정을 지으며 지켜보고 있었다. 아이들의 사상 지도를 맡고 있는 정치 지도원 강충식이었다. 자신들의 살아 있는 우상을 국기에 새겨넣은 국기는 평양에서 출발하기 전에 만들어졌다. 강충식은 당의 명령이라면 뭐든 충실

하게 따랐다. 지금 눈앞에서 벌어지고 있는 모든 상황이 강충식 눈에는 흡족하기만 했다.

하지만 폴란드 교사들은 생각이 달랐다. 성스런 국기에 살아 있는 사람의 얼굴을 새겨넣는 짓은 아무리 생각을 해도 미친 짓이었다. 자신들과 이념이 같은 공산주의자들이었지만, 북한 사람들이 떠받들고 있는 김일성이란 존재는 지나친 충성이었고 개인 숭배였다. 아침 조회가 끝난 뒤, 폴란드 교사들이 단체로 강충식의 사무실로 몰려 간 것은 그런 이유였다. 그들은 노크도 하지 않고 사무실 문을 열고 들어섰다. 강충식 옆에서 아침 보고를 하고 있던 양민철이 못마땅한 듯 두 팔을 벌려 폴란드 교사들을 제지했다.

"동무들 지금 뭐 하는 겁네까?"

가장 나이가 많은 폴란드 교사 프시미스와프가 앞으로 나섰다.

"강충식 동무에게 할 말이 있어 왔소!"

폴란드 말을 할 줄 하는 양민철에게 강충식은 따지듯 물었다.

"이 동무들 지금 뭐라고 지껄이고 있는 게야?"

"따질 게 있어서 왔답니다."

폴란드 교사들은 아침 조회 시간에 있었던 김일성 찬가와 국기에 새겨진 김일성 모습을 문제 삼기 시작했다. 폴란드 교사들 중에서 가장 나이가 많은 프시미스와프 씨가 제일 먼저 말을 꺼냈다. 폴란드 말을 할 줄 아는 양민철이 통역사로 나섰다.

"아침마다 아이들에게 김일성 찬가를 부르게 한다는데 사실이오?"

"뭐라구? 그게 뭐가 어때서?"

"국기에 새겨진 김일성 얼굴은 개인에 대한 우상을 금지하는 우리 교육 정책을 정면으로 위반한 것이요!"

"이 새끼들이 잠깐 지네 나라에 와서 신세 좀 진다고 우릴 뭐 거지로 아나?! 양동무! 그대로 전하시오! 니들은 니네 애들이나 신경 쓰라우! 공화국 아이들 교육은 우리가 알아서 할 테니!"

양민철이 강충식의 말을 그대로 폴란드어로 전달했다.

"당신들은 우리 공화국 아이들 교육에 쓸데없이 참견하지 마시오!"

"어린 아이들을 새벽 6시에 기상시키는 것은 너무 심한 것 아니오?! 한창 자랄 아이들이라서 잠이 모자랄 때인데, 그런 아이들을 새벽부터 기상시키는 것은 너무 한 것 같소! 지금 당신들이 진행하는 모든 것들은 아이들에게는 무리가 따르는 일이요. 당장 중단해주길 바랍니다."

"뭐라고?! 니들이 뭔데 이래라저래라 하고 있어?!"

"당신들은 지금 폴란드에 와 있소. 폴란드에 왔으면 폴란드 방식을 존중할 줄 알아야 하는 것 아니오? 로마에 가면 로마의 법을 따르라는 말도 있지 않소!"

"이 자식이 우리가 뭐 니들 똥갠 줄 알아?! 그냥 하라면 할 것이지 무슨 말들이 그렇게 많아!"

분위기가 점점 험악해져 갔다. 가만히 옆에서 듣고 있던 레나가 강충식 앞으로 한 발 내딛으며 말했다.

"한 가지 물어봅시다. 이런 게 사회주의 연대입니까?"

"이 에미나이 동무는 뭐라고 나서는 기야? 사회주의 연대? 그런 건 당신네들이나 실컷 해잡수시고, 우린 우리 식대로 살갔으니까 그냥 놔두라요!"

"국기 한가운데 사람 얼굴을 새겨 넣고 그것도 모자라서 아이들한테 매일 아침 충성의 맹세를 시키는 것을 진정한 교육이라고 할 수 있겠습니까?"

"소비에트에 스탈린 동지가 있고, 중공에 마오쩌둥 동지가 있는 것처럼 우리 공화국에는 위대한 김일성 동지가 있다는 사실을 명심하시오!"

"소비에트 국기 어디에 스탈린 동지 얼굴이 새겨져 있습니까? 중공 국기에 마오쩌둥의 얼굴이 새겨진 것 봤습니까? 명백한 개인 우상화입니다. 모스크바에서도 개인 우상화는 금지하고 있다는 걸 아십니까? 어떻게 국기에 살아 있는 사람의 얼굴을 그려 넣을 수 있단 말입니까?! 당신들의 행동은 사회주의에 대한 모독이고 수치입니다."

레나의 말은 원칙적으로 맞는 말이었다. 모스크바 소련 공산당에서는 개인 우상화를 철저히 금지하고 있었다. 김일성의 얼굴이 새겨진 국기는 명백히 그런 조치를 위반하는 것이었다. 강충식은 분하지만 더 이상 논쟁을 하기엔 자신의 입장이 점점 궁색해지고 있음을 느꼈다.

"아니 이것들이 아침부터 미쳤나? 폴란드 교사들은 더 이상 선을 넘지 말기를 바라오! 계속해서 이러면 내 당신들 모조리 싹 당에 고발해 버릴 테니까."

"특별한 때도 아니고 매일 아침 저런 노래를 부르는 것이 어떻게 교육적일 수 있다는 말입니까?"

프시미스와프가 레나의 말을 거들고 나섰다.

"당신들 너무 자존심만 내세우는 것 아닙니까? 폴란드 아이들도 보고 있다는 걸 알아주십시요. 우리 폴란드 아이들에게도 부정적인 영향을 줄 수 있습니다. 심지어 같이 따라 부르기까지 한단 말이오"

양측의 논쟁은 쉽게 끝날 것 같지 않았다. 서로 언성이 높아지며 한 걸음도 물러서지 않으려 했다. 그때 문을 열고 교장 리명준이 들어왔다.

"프와코비체 김일성학교 교장 리명준입니다."

리명준은 폴란드 교사들을 향해 머리를 숙여서 인사를 건넸다. 폴란드 교사들도 그를 따라 멋쩍은 표정으로 인사를 했다.

"폴란드 교사들의 불만에 대해서 보고를 받았습니다. 저 역시 당신들의 견해를 존중합니다."

리명준의 말에 강충식은 납득할 수 없다는 표정을 지었다.

"야! 리명준이! 지금 뭔 소릴 하고 있는 기야? 존중하긴 뭘 존중한다고 그래?! 말조심 하라!"

"강동무는 가만 있으시오!"

리명준은 차분하게 말을 이어갔다.

"일단 지금은 아이들이 낯선 환경에 적응해야 하는 시기라서 심리

적 안정이 필요합니다. 전부 전쟁터에서 막 빠져나온 아이들입니다. 부모가 죽는 것을 직접 목격한 아이들도 있습니다. 당분간 저희들이 해왔던 방식대로 지도할 수 있도록 여러분들이 이해해주시기 바랍니다. 당의 지시를 한꺼번에 바꾸면 오히려 잡음만 더 커질 뿐입니다. 저희도 시간을 갖고 조금씩 바꿔나가도록 하겠습니다. 부탁드립니다."

리명준은 이야기를 마치며 다시 한 번 더 머리를 숙여서 폴란드 교사들에게 양해를 구했다. 강충식과는 비교도 할 수 없을 만큼 지성적이고 인간미가 넘친 모습이었다. 레나를 비롯한 폴란드 교사들은 그런 리명준의 모습에 조금씩 화난 기분을 풀기 시작했다.

오전의 논쟁이 끝나고 김일성학교 안에는 다시 평온이 찾아왔다. 폴란드어 수업을 맡은 레나는 아이들을 위해서 칠판에 폴란드 단어들이 적힌 작은 종이들을 붙였다. 아이들은 레나가 하는 말을 따라 큰 소리로 폴란드 단어들을 외쳤다.

"자. 따라 해 봐요. 마마, 타타"

"마마, 타타"

"마마는 엄마, 타타는 아빠에요."

"마마, 타타"

"다음은 브라츠, 쇼스트라. 브라츠는 형이고, 쇼스트라는 누나."

"브라츠, 쇼스트라"

"잘 했어요. 마마, 타타, 브라츠, 쇼스트라."

"마마, 타타, 브라츠, 쇼스트라"

순간 갑자기 학교 상공에 군용기 한 대가 큰 굉음을 일으키며 스치듯 비행했다. 엄청난 굉음이 교실 안에 울려 퍼졌다. 창틀이 덜덜거리며 움직이고 마룻바닥에도 진동이 느껴졌다. 비행기 소리에 아이들이 모두 놀라서 어쩔 줄 몰라 허둥거렸다. 또 한 대의 다른 비행기 소리가 들려왔다. 이번에는 더 낮게 스쳐가는 것 같았다. 교실 곳곳에 강한 진동이 느껴졌다. 정동화와 최병호는 책상 밑으로 몸을 숨겼다. 대부분의 아이들은 교실 바닥에 몸을 납작 엎드렸다. 이미 몇몇은 패닉 상태가 되어 비명을 지르며 울기 시작했다.

"아악! 아악!"

심지어 몇몇은 레나가 있는 교단까지 달려와서 탁자 밑으로 기어들어갔다. 아이들은 레나의 다리를 두 손으로 움켜잡고 울음까지 터뜨렸다.

"선생님 무서워요."

레나는 이 모든 상황이 당황스럽기만 했다. 자신이 어떻게 아이들을 달래줘야 할지 감을 잡을 수 없었다.

"얘들아 너무 무서워하지 마! 이건 그냥 비행기가 지나가는 소리야. 아무 일도 일어나지 않을 거야!"

"폭탄이 떨어질 거예요. 어서 빨리 도망쳐야 해요!"

"아니야. 그런 일은 없어!"

"아니에요. 저건 폭격기 소리에요. 도망쳐야 해요. 안 그럼 우리 다 죽어요!"

"얘들아. 여긴 폴란드야. 너희들은 지금 안전한 곳에 있어. 무서워

하지 마. 여기선 전쟁 같은 건 일어나지 않아."

아이들은 아무리 달래도 울음을 그칠 줄 몰랐다. 그날 일은 레나에게 큰 충격이었다. 아이들이 아직도 전쟁의 상처와 공포를 마음속에 간직하고 있다는 것을 확인할 수 있었다. 교장 리명준의 말이 옳았다. 아이들에게는 낯선 생활에 적응하기 위한 시간이 필요했다.

그날 오후 동화는 오랜만에 동생 보배가 보고 싶어졌다. 같은 곳에 살고 있지만 서로 다른 학급에 배치되어 있어서 쉽게 만날 수 없었다. 동화는 일부러 보배가 있는 주방 쪽으로 향했다. 멀리서 보배가 텃밭에 쭈그리고 앉아 뭔가를 헤집고 있는 게 보였다. 가만히 보니 땅에서 작은 싹이 돋아나 있었다.

"정보배! 뭘 그렇게 열심히 보고 있어?"

"오빠! 여기 봐봐. 싹이 났어."

"싹? 무슨 싹?"

"내가 고향에서 배추 씨앗을 갖고 왔거든."

"배추 씨?"

보배가 작은 주머니에 담겨 있는 배추 씨앗을 꺼내 보였다. 환약같이 생긴 동글동글한 배추 씨앗들이었다. 동화도 신기한 듯이 몸을 숙여 땅에 피어난 싹을 바라봤다.

"거참 진짜 신기하네. 여기서도 배추 싹이 자라다니!"

"나두 신기해. 폴란드에서도 고향처럼 배추가 자랄 줄은 몰랐어."

"한 번 잘 키워봐. 또 알아 배추 포기처럼 크게 자라게 될지?"

"오빠! 내가 나중에 이 배추로 김치 만들어 줄게."

"정말? 그럼 너무 좋지. 안 그래도 김치를 못 먹어서 너무 힘들었는데……"

"알았어. 내가 한 번 해볼게."

동화는 보배의 얼굴을 물끄러미 바라봤다. 귀엽고 사랑스러운 동생이었다. 전쟁터에서 숱한 죽을 고비를 넘기고 간신히 살아남은 두 남매가 그렇게 폴란드에서 새로운 삶을 시작하고 있었다.

* * *

한국전쟁이 한창이던 1950년 겨울, 포성이 들려오는 서울 외곽 지역. 인민군들이 줄을 지어 북쪽으로 퇴각하고 있었다. 인민군 부대 속에는 수십 명의 남자들도 포승줄에 묶여서 끌려 가고 있었다. 서울에서 퇴각하는 인민군들은 문인이나 예술인들 가운데 쓸모 있다고 판단되는 사람들을 북으로 끌고 갔다. 나중에 어떻게든 써먹을 데가 있을 거라 믿었기 때문이다. 그렇게 수천 명의 서울 사람들이 퇴각하는 인민군들 대열 속에 함께 했다. 갑자기 어디서 날아온 것인지 모를 미군 전투기가 퇴각 중인 인민군을 향해 저공 비행을 하며 기총사격을 했다. 곳곳에서 인민군들이 총에 맞아 피를 흘리며 쓰러졌다. 그 와중에 인민군 장교 복장을 한 리명준은 살아남기 위해 기를 쓰고 다리 밑으로 몸을 숨겼다. 다리 위에서는 비명 소리가 그치지 않았다. 명준은 이 비참한 전쟁이 두렵고 혐오스럽기만 했다. 자신에게는 어울리지 않는 군복을 하루라도 빨리 벗어버리고 싶은 마음 뿐이었지만, 지금 자신 앞에 닥친 상황은 만만치 않았다. 이젠 어떻게든 살아남는 게 중요했다. 그때 어둠속에서 도움을 청하는 남자 아이의 소리가 들려왔다.

"사람 좀 살려주세요. 누구 없어요? 여기 사람 좀 살려주세요."

리명준은 권총을 빼들고 소리가 나는 쪽으로 걸음을 옮겼다. 어둠속에서 누군가 피를 흘리는 여자 아이를 안고 애타게 도움을 청하는 목소리가 들려왔다.

"누구냐?"

"제 동생이 총에 맞은 것 같아요. 피를 많이 흘리고 있습니다. 제발 좀 도와주세요."

방금 전 폭격에 부상 당한 게 분명해 보였다. 여자 아이를 안고 있는 소년은 정동화였다. 폭탄 파편에 맞아 머리에서 피를 흘리고 있는 여자 아이는 정보배. 명준이 달려가서 아이의 상태를 확인했다. 그녀는 누가 봐도 생명이 위태로워 보였다.

"네 동생이냐?"

"네. 제발 부탁입니다. 동생을 살려주세요."

"여기 있으면 다 죽어. 따라와!"

리명준은 보배를 안고 강둑 위로 뛰어올랐다. 그 뒤를 동화가 따랐다. 명준은 폭격에 부서진 잔해 사이를 뚫고 군의관들이 타고 있는 트럭 한 대를 발견했다. 명준은 트럭이 있는 쪽을 향해 있는 힘껏 달렸다. 두 팔에 안고 있던 보배가 점점 의식을 잃고 있는 것처럼 보였다. 다급한 마음에 명준은 트럭 위로 보배의 축 처진 몸을 올렸다. 트럭 위에 있던 군의관 한 명이 보배를 받아 안았다. 뒤를 이어 동화도 트럭에 올랐다. 잠시 후 인공기와 붉은 적십자 깃발을 단 트럭은 정동화와 보배, 그리고 리명준을 태우고 북쪽을 향해 달리기 시작했다. 그것이 동화와 동생 보배가 북으로 향한 사연이었다. 리명준과 정동화 사이에 이어진 인연의 시작이기도 했다.

제3부. 우정에는 국경선이 없다

커다란 책의 모양을 한 상징물들을 지나자 현대적인 감각으로 디자인된 폴란드 바르샤바 국립도서관이 모습을 드러냈다. 선우진은 그곳에 1950년대 북한 전쟁고아들의 행적이 담긴 기록문서가 보관되어 있다는 정보를 입수했다. 그는 오전부터 마이크로필름 실에서 옛날 자료들을 훑어보고 있었다. 모니터에 북한 아이들의 사진, 이름, 생년월일, 출생지 등에 관한 정보가 나타났다. 북한 아이들의 생활기록부 자료들이었다.

마이크로필름 자료를 돌려보던 선우진의 손이 멈췄다. 그가 찾고자 하는 인물은 정동화. 드디어 여러 명의 아이들 사진 속에서 한 인물에 시선이 고정됐다. 바로 정동화의 사진이었다. 선우진은 손잡이를 돌려서 정동화의 사진 한가운데로 화면을 클로즈업했다. 사진 아래 출생지 칸에는 낯익은 단어가 하나 적혀 있었다. 'Seoul', '서울'이라는 단어였다.

"서울? 정동화의 고향이 서울이었어?"

국립도서관에서 정동화의 신원을 확인한 선우진은 곧바로 레나의 집으로 향했다. 선우진은 서둘러서 레나를 만나 확인할 게 있었다. 도중에 전화를 걸었을 때 딸 파란은 어머니가 성당에 갔다고 알려줬다. 선우진이 성당에 도착했을 때 레나는 미사를 드리고 있었다. 성당 안에서는 성가가 은은히 울려퍼지고 있었다. 멀리서 레나의 신변을 보호하는 요원들의 모습이 보였다. 그들은 선우진을 보자 아무 일 없다는 듯이 살짝 고개를 숙여 신호를 보냈다.

최근에 동유럽 곳곳에서는 남북한 정보원들 사이에서 미묘한 신경전이 벌어지고 있었다. 공산권 국가들과 외교 관계를 수립하려는 남측과 이를 저지하려는 북측이 충돌하는 일들이 잦아졌기 때문이었다. 언제 어디서 무슨 일이 터질지 모르는 일이었다. 특히 1993년 북한이 핵확산금지조약 탈퇴를 선언하면서 상황은 더욱 복잡해졌다. 북한이 새로운 핵개발 사업에 착수할 것이란 보고가 속속 들어오고 있는 상황이었다. 낯선 남자의 등장은 동유럽에서 벌어지고 있는 정보전을 더욱 긴장 속에 몰아넣고 있었다. 무엇이 터질지 한치 앞을 내다 볼 수 없는 상황이 계속되었다. 그것이 선우진이 정보당국의 허락을 받아 레나 주변에 신변 보호 요원들을 배치한 이유였다.

레나는 미사를 마치고 성당 뒷편에 있는 정원으로 향했다. 그곳에는 촛불 기도소가 마련되어 있었다. 산 자와 죽은 자를 기리는 두 개의 촛불 재단, 레나는 늘 하던 대로 산 자의 재단에 촛불을 붙였다. 집으로 돌아오지 못한 남편 명준의 무사귀환을 바라는 마음을 담아 레나는 눈을 감고 기도를 했다. 기도를 하고 있는 레나의 손에 낡은 실을 꼬아서 만든 작은 꽃다발이 쥐어져 있는 게 보였다. 폴란드 전통을 상징하는 머르찌쇼르였다. 빨간 색과 흰 색 실을 번갈아 교차해서 만든 꽃다발에는 사연이 하나 있었다. 그 작은 꽃다발 모양의 머르찌쇼르 하나로 명준과의 인연이 시작되었기 때문이었다.

* * *

프와코비체 김일성학교에 봄이 찾아 왔다. 레나와 폴란드 교사들은 봄을 맞아 특별한 선물을 준비했다. 그들이 만들고 있는 것은 작은 꽃다발, 머르찌쇼르였다. 하얀 색 실과 붉은 색 실을 서로 엇갈려 꼬아서 만든 작고 예쁜 꽃다발이었다. 북한 교사 최순옥이 레나 옆에 앉아 머르찌쇼르 만드는 방법을 배우고 있었다.

“이쪽으로 하얀 실을 돌리고 나서 그 다음엔 빨간 색 실을 한 번 감아서 반대 쪽으로 돌려요.”

최순옥은 레나가 하는 것을 벌써 몇 번이나 따라 하고 있었지만, 여간 쉽지 않은 표정이었다.

“어휴! 이거 쉬워 보여도 막상 해보니까 잘 안 됩네다.”

“처음엔 손에 익숙하지 않아서 그래요. 조금만 하면 금방 늘 겁니다.”

“근데 폴란드 사람들은 이건 왜 만드는 겁네까?”

“우리는 이걸 머르찌쇼르라고 부릅니다. 겨울이 지나고 봄이 되면 평소 좋아하는 사람에게 작은 꽃다발을 만들어주는 풍습이 있습니다. 이 머르찌쇼르를 주면서 사랑을 고백하는 거죠."

"머르찌쇼르?"

"봄의 시작을 축하한다는 뜻이에요. 그런 다음 마음에 두고 있는 사람한테 선물하는 겁니다."

"마음에 두고 있는 사람한테요?"

"말로 표현하지 못한 감정을 대신 표현하는 거죠. 그날만큼은 여자가 남자에게 먼저 사랑을 고백할 수 있어요."

"어찌 그런 일이 가능합네까? 우리 공화국에선 상상도 하지 못할 일입네다."

"순옥 씨도 누구 좋아하는 사람 있으면 하나 만들어서 선물해 봐요."

레나의 말에 순옥의 얼굴이 붉게 물든다.

"내가요? 일 없습네다."

"에이. 아닌 것 같은데… 왜 갑자기 얼굴이 빨개지고 있죠? 수상한데? 누구 있죠? 좋아하는 사람 있죠?"

"레나 동무, 장난이 심하십네다. 그만 하시라요!."

레나와 순옥은 깔깔거리며 웃었다. 다음 날 아침이 되자 레나는 바구니에 머르찌쇼르 꽃다발을 한가득 담아서 북한 교사들을 찾아갔다. 그들에게 폴란드의 새봄을 축하하며 선물을 건넸다. 어느새 바구니에는 한 개의 머르찌쇼르만 남아 있었다. 마지막 것은 명준에게 줄 것이었다. 레나는 가장 예쁘고 큼지막한 것을 일부러 남겨두고 있었다. 명준의 사무실은 전망이 좋은 3층 복도 끝에 있었다. 계단을 하나둘 올라가면서 레나는 가슴이 뛰고 있었다. 이유를 알 수 없는 긴장감이 밀려왔다. 그에게 말을 걸어 본 적은 없었다. 단 둘이 이야기를 나눈 적도 없었다. 레나는 뛰는 가슴을 진정시키려고 심호흡을 몇 번 했다. 교장실이라고 적힌 사무실 앞에서 레나는 용기를 내서 문을 노크했다. 안에서 명준의 낯익은 목소리가 들려왔다.

"네. 들어오세요."

레나는 긴장된 표정으로 문을 열고 안으로 들어섰다. 갑작스런 레나의 출현에 명준도 당황한 기색이 역력했다. 명준은 서류 작업을 하던 것을 멈추고 자리에서 일어났다.

"안녕하세요? 어떤 일로 제 사무실까지 오셨나요? 레나 씨."

"어! 제 이름을 아세요?"

"그럼요. 선생님 이름을 우리 학교에서 모르는 사람이 있나요? 조선말을 잘한다는 레나 폴리니 씨 맞죠?"

"네."

"예쁜 이름이네요. 선생님한테 잘 어울리는 이름입니다."

"감사합니다."

레나는 수줍게 대답했다. 명준은 책상을 벗어나와 레나에게 다가와 손을 내밀며 악수를 청했다.

"정식으로 인사드리죠. 조선민주주의인민공화국 교사 리명준이라고 합니다."

레나는 명준이 내민 손을 수줍게 잡았다. 그의 손을 잡으며 겉으로는 태연한 척했지만, 레나는 가슴이 뛰는 것을 들키지 않으려고 애썼다.

"반갑습니다. 레나 폴리니입니다."

"자. 이제 통성명은 됐고, 그래 무슨 일 때문에 제 사무실까지 오신 겁니까?"

레나는 마지막 남은 한 개의 머르찌쇼르를 손가락으로 만지작거리며 우물쭈물 거렸다.

"저…… 드릴 선물이 있어서요."

"선물이요?"

명준은 눈을 동그랗게 뜨고 조금 놀라는 표정으로 레나를 바라봤다. 레나는 손에 들고 있던 작은 꽃다발을 명준에게 내밀었다.

"머르찌쇼르라는 것입니다. 동유럽에서는 봄이 되면 이런 걸 주고 받는 전통이 있습니다."

"그런 전통이 있었군요. 참 좋은 전통이네요."

"원래는 연인들끼리 주고 받는 선물이긴 합니다만, 누군가 사랑을 고백할 때 선물로 사용되기도 합니다."

"그럼 이걸 저한테 주시는 건가요?"

"네."

"레나 씨가 직접 만드셨다고요?"

"아니요. 제가 혼자서 만든 것은 아니고……"

"그래요? 그럼 전 받지 않겠습니다!"

선물을 받지 않겠다는 명준의 말에 레나는 당황했다.

"네? 받지 않으시겠다구요?"

"연인들끼리 주고 받는 거라고 하셨잖아요."

"아니. 그게 꼭 그런 건 아니구요……"

"사랑을 고백할 때 나누는 거라고 방금 말씀하셨잖아요?"

"무슨 말씀을 하고 싶으신 건지 잘 모르겠습니다."

"다른 사람이 만든 머르찌쇼르를 제가 왜 받아야 하죠?"

레나는 명준이 정색을 하고 이야기를 하자 당황스러운 표정을 지었다. 뭐라고 대답을 해야 좋을지 몰랐다. 그의 말처럼 머르찌쇼르는 사랑을 고백할 때 주는 게 맞다. 그런데 그걸 명준이 안 받겠다는 것은 또 무슨 의미인가? 레나는 가만히 서 있기에도 민망했다.

"하하하. 농담입니다. 레나 씨가 놀라시니 제가 더 미안해지는군요."

레나는 명준의 장난기 어린 표정을 보자 얼굴이 더욱 빨개졌다.

"솔직히 레나 씨가 저를 위해 만들었다면 훨씬 더 기뻤을 것 같긴 합니다. 이리 주세요. 당연히 감사한 마음으로 받아야죠."

레나는 부끄러워서 아무 말도 못했다. 잠시 동안 명준과 레나 사이에는 어색한 침묵이 흘렀다. 레나는 고개를 들어 명준을 바라보며 말했다.

"그럼 저는 이만 가보겠습니다."

"잠시만요. 레나 씨!"

명준은 레나의 손목을 잡고 사무실 벽에 붙어 있는 큰 지도 앞으로 데리고 갔다. 유럽의 여러 나라들이 표시된 지도였다.

"레나 씨, 이 지도 위에 많은 국경선들이 보이시죠?"

"네."

"서로 다른 국가들의 경계를 표시한 국경선입니다. 곳곳이 국경선으로 갈라져 있습니다. 참 많지 않나요?"

"많긴 하네요."

"이 국경선 때문에 유럽에서는 오래 전부터 많은 갈등이 있었습니다. 서로 국경을 빼앗고, 또 국경을 지키기 위해서 수많은 사람들이 피를 흘리기도 했죠. 모든 전쟁은 결국 국경선을 차지하고 더 넓히기 위한 목적에서 일어났습니다. 제가 살고 있던 한반도에서도 비슷한 일들이 일어났습니다."

레나는 명준의 말을 가만히 듣고 있었다. 이렇게 지적인 모습의 남자는 처음 만나는 느낌이 들었다. 사회주의 조국에 대한 믿음 하나로 멀리 폴란드까지 와서 자신의 신념을 지키고 있는 남자였다. 부모를 잃어버린 아이들을 대신해서 아버지가 되어주어야 했던 책임감 있는 교사였다. 그런 그가 던지는 말 속에는 강한 신념이 느껴졌다. 지금까지 레나가 만나 보지 못한 진짜 남자다운 사람이 자신 앞에 서 있었다.

"저희 공화국도 지금 북조선과 남조선 사이에 전쟁이 계속되고 있습니다. 저는 언젠가 이 지도 위에 국경선들이 모두 사라지는 날이 올 거라 확신합니다. 진실한 사람들 사이에 국경선은 존재하지 않기 때문입니다. 그런 세상을 위해서 저랑 같이 한 번 일해보지 않겠습니까?"

레나는 명준의 마지막 말에 뭐라고 대답을 해야 좋을지 알 수 없었다. 하지만 무엇이든 그가 원하는 것은 같이 해보고 싶은 마음이 들었다.

"제가 뭘 할 수 있는데요?"

"아주 많죠. 그런데 우선 제일 급한 건, 일단 혁명도 힘이 있어야 제대로 할 수 있는 거 아니겠습니까. 지금은 식당에 가서 저랑 같이 식사를 하는 겁니다. 일이 밀려서 식사 시간을 놓쳐서 그런지 배가 고프네요."

레나는 명준의 짓궂은 농담에 긴장했던 얼굴에 미소가 퍼졌다.

"그런 거라면 뭐 언제든지……"

레나가 웃자, 명준도 따라서 웃었다. 둘은 함께 사무실을 나가 식당으로 향했다. 식사 시간이 지난 탓인지 식당 안에는 사람들이 거의 없었다. 레나와 명준은 넓은 식당에서 단 둘이 식사를 하며 즐겁게 이야기를 이어 나가기 시작했다.

* * *

시간이 얼마나 지났을까. 여전히 촛불을 켜고 기도를 하는 레나의 모습을 멀리서 선우진이 지켜보고 있다. 성당 밖으로 걸어 나오는 레나에게 선우진이 다가가 머리를 숙여 인사를 했다.

"성당에 자주 오시는군요?"

"몸이 아파서 움직이기 힘든 날이 아니면 거의 매일 옵니다. 오늘은 날씨도 좋아서 산책도 할겸 나왔습니다."

"아까 보니까 촛불을 여러 개 켜고 계시더군요. 오늘은 어떤 기도를 하셨나요?"

"손자들 건강하고 모든 일이 잘 되길 바라는 거죠. 명준 씨 기도도 빼놓지 않고 했습니다. 집으로 돌아올 수 있게 해달라고요."

레나는 손에 들고 있던 낡은 머르찌쇼르를 선우진에게 건넸다. 남편과 자신을 이어주었던 작은 꽃다발. 그 어떤 것보다 소중한 물건이었다.

"이게 바로 남편에게 드린 머르찌쇼르인가요?"

"네. 맞습니다. 그 당시 북한 사람과 폴란드 사람 사이에서 공식적으로 연애는 금지되어 있었지만, 그래도 참 로맨틱했어요."

"연애를 하는 커플들이 많았나요?"

"겉으로 드러낼 수 없었기 때문에 서로 얘기는 못했어요. 그래도 실제로는 연애하는 커플이 꽤 있었어요. 다들 속으로는 쉬쉬했죠."

"연애하고 있는 게 알려지면 어떻게 됐죠?"

"큰 일이 일어났죠. 절대 해서는 안 되는 일이었으니까요. 북한 교사들 같은 경우에는 바로 북으로 송환될 정도로 규율이 엄격했습니다."

"강제 송환되었다는 뜻이군요."

"그렇습니다. 그때는 외국인과 연애를 하면 스파이로 오해를 받기도 했어요. 냉전이 한창이던 시절이었죠. 동유럽에선 정보원들 사이에 총격전도 자주 일어났어요. 많은 사람이 죽었죠. 지금은 다 지나간 일이지만……"

"그랬군요."

레나의 이야기가 끝나자 선우진은 가방에서 프린트된 종이 몇 장을 꺼냈다.

"정동화에 대해 자료를 찾아 봤습니다."

"뭐가 나왔나요?"

"흥미로운 게 있더군요."

"어떤?"

"정동화의 고향이 서울이었습니다. 혹시 알고 계셨어요?"

"동화 고향이 서울이었다고요? 아뇨. 몰랐어요."

"한국전쟁 당시에 북한으로 끌려 간 남한 사람들이 꽤 있었습니다. 전쟁통에 휩쓸려서 북으로 간 것 같아요."

"전쟁이란 게 그래서 비극인 것이겠죠. 살기 위해서는 뭐든 해야 하는 것이니까요."

"더 조사를 해봐야 알겠지만 정동화 주변에 뭔가 심상치 않은 일이 있었던 것 같습니다."

"지금 생각해 보면 동화가 아이들과 잘 어울리지 못했던 것도 그런 이유 때문 같다는 생각이 드네요."

"혹시 남편 리명준 씨와 사이에서 특별한 일은 없었나요?"

"글쎄요…

순간 레나의 눈빛이 반짝였다. 뭔가 생각난 듯한 표정을 지으며 레나가 말했다.

"아! 그러고 보니까 남편이 언젠가 전쟁 때 다친 아이들을 치료해 주었다고 말한 적이 있었어요."

"아이들을요?"

"인민군 상위로 한국전쟁 때 참전해서 서울까지 내려갔다고 했습니다. 그때 부상을 당한 아이들을 데리고 왔다고 했어요. 남매였다고 말했던 것 같은데……"

"남매? 혹시 학교에 남매였던 아이들이 있었나요?"

레나는 갑자기 놀라는 표정을 지으며 손을 입으로 가져갔다.

"그러고 보니까 동화한테 여동생이 하나 있었어요. 보배. 정보배. 맞아요. 정보배였어요."

"정동화에 관해서 더 기억 나는 게 있으십니까?"

"글쎄요……"

레나는 잠시 생각에 잠기며 과거를 떠올렸다.

"당시 북한 교사들은 동화를 요주의 인물로 찍었어요."

"특별한 이유라도 있었나요?"

"뭐든 그냥 넘어가는 법이 없었거든요. 교실에서 질문도 가장 많이 했죠. 아이가 무척 똑똑했어요. 다른 아이들은 그냥 넘어갈 것도 동화는 그냥 넘어가지 않았죠."

"예를 들어서 어떤 게 있을까요?"

"사실 그때 아이들은 자기가 하고 싶은 것을 할 수 있는 상황이 아니었어요. 뭐든 당에서 시키는 대로 해야만 했죠. 불만이 많을 수밖에 없었죠. 아이들 전공도 당에서 정해줬어요. 화가가 되고 싶다는 아이가 하나 있었는데 결국 허락되지 않았어요. 아이는 결국 포기하고 기술학교에 갔어요. 자유가 없었죠. 동화 입장에서는 그런 것들이 불만이었을 겁니다. 자유분방한 아이였으니까요. 그래서 수업 시간에 교사들에게 가끔씩 대들기도 했어요."

"결국 그런 모습이 북한 교사들 눈에는 문제아로 보였겠군요."

"그렇죠. 게다가 걸핏하면 기숙사 담장을 넘었으니까요. 반항적인 아이였어요. 북한 교사들은 동화가 기숙사 담장을 넘어 폴란드 사람들과 접촉하면서 좋지 않은 사상에 물들었다고 생각했어요."

"좋지 않은 사상이라면?"

"개인주의 같은 걸 말하는 거겠죠. 그런 사상에 물들지 않도록 해야 했습니다."

"북에선 이미 1950년대부터 벌써 그런 일들이 진행되고 있었군요. 남의 나라에 와서 지내면서 그렇게 사는 것도 쉽지 않았을 텐데요. 놀랍네요."

"정신적인 면이나 사상 투쟁 같은 것에는 정말 엄격했습니다. 아무튼 정동화는 그래도 자신의 생각을 굽히지 않았어요. 욕을 먹고 혼이 나도 기숙사 담장을 넘는 일은 계속 됐어요. 한 달에 한두 번 정도 담장을 넘었던 것 같아요. 바깥 세상이 늘 궁금했던 호기심 많은 녀석이었죠."

* * *

기숙사에서는 9시면 불이 꺼지고 취침 점호가 시작됐다. 아이들이 잠들기 시작하면 동화는 몰래 기숙사 창문을 열고 지붕 위로 올라가서 나무를 타고 기숙사 담장을 넘었다. 처음엔 호기심에서 시작한 일이었다. 동화는 바깥 세상이 너무 궁금했다. 폴란드 사람들이 어떻게 사는지 직접 자신의 눈으로 보고 싶었다. 거리에서 자기 나이 또래의 폴란드 친구들도 사귀었다. 그들 덕분에 동화는 기숙사에서 볼 수 없는 폴란드 도시 곳곳을 구경할 수 있었다. 하지만 꼬리가 길면 밟히는 법이다.

그날도 동화는 점호를 마치고 기숙사 담장을 넘으려 했다. 어디선가 플래시 불빛들이 담장 주변을 비추며 호루라기 소리가 들렸다. 기숙사 관리를 맡고 있는 폴란드 경비들이 달려와 동화를 붙잡았다. 동화는 반항을 했지만 몸집이 큰 남자 두 명에게는 도저히 당할 도리가 없었다. 경비들은 동화를 포박해서 비밀의 방으로 끌고 갔다. 문제아들을 가둬 놓은 밀실이었다. 철문이 닫히고 동화는 감옥 같은 비밀의 방에 갇혔다.

다음 날 아침이 되자 동화가 갇혀 있던 비밀의 방 철문 가운데 난 작은 창문이 열렸다. 누군가 아침 식사를 가져온 것이었다. 바닥에 누워 있던 동화 얼굴을 향해 한 줄기 아침 햇살이 비쳤다. 음식이 담긴 식판에는 감자와 빵, 스프가 담겨져 있었다. 잠시 후 가느다란 여자 아이의 목소리가 들려왔다.

"오빠! 나야. 보배."

보배의 목소리에 놀란 동화가 몸을 벌떡 일으켜 세웠다. 동화는 작은 창문 쪽으로 바짝 다가갔다. 창문 사이로 걱정스런 표정을 짓고 있는 보배의 얼굴이 보였다.

"보배니? 뭐하러 이런 데를 오고 그래?"

"걱정이 돼서…… 별일 없어?"

"지낼만 해."

"오빠! 난 오빠가 자꾸 문제아로 찍히는 게 싫어."

"알았어. 조심할게"

"리명준 선생님도 오빠가 딴 짓만 한다고 걱정이 많으셔. 선생님은 오빠를 기술학교로 보낸다고 하셨어. 오빠도 얘기 들었어?"

동화는 철문에 등을 기대고 앉았다. 동생이 걱정하는 것이 마음에 쓰였다. 그렇지만 동화에게도 생각이 없는 것은 아니었다. 무엇보다 동생만 남겨 놓고 학교를 떠날 수는 없는 노릇이었다.

"거긴 안 갈거야."

"아무나 가는 곳이 아냐. 다른 애들은 다들 기술학교 가고 싶어 난리들인데…… 오빠처럼 똑똑한 사람이 왜 자꾸 멍청한 짓을 하고 있는 거야?"

"거기 가면 너랑 떨어져서 지내야 하잖아."

"그게 무슨 소리야! 내가 애야? 이제 오빠 없어도 혼자서 잘 할 수 있다구!"

동화는 자기만 생각할 수는 없었다. 보배의 말이 사실 틀린 말도 아니었다. 뭔가 성공을 하기 위해서는 실력을 키워야 했다. 기술이 있으면 어디서든 인정받을 수 있었다. 명준의 뜻을 동화가 모를 리 없었다. 하지만 동화는 더 이상 고개를 숙인 채 아무 말도 하지 않았다.

"그러지 말고 리명준 선생님 한 번 만나 봐. 오빠만 결심하면 기술학교에 보내준다고 했으니까. 거기 나오면 기술자가 되어서 돈도 많이 번다잖아."

"알겠어."

"맨날 건성으로 대답만 하지 말고. 솔직히 나는 오빠가 리명준 선생님을 실망시키지 않았으면 좋겠어. 세상에 그런 분도 없잖아. 선생님 아니었으면 우리가 지금 이렇게 살아 있을 수나 있겠어?!"

"선생님한테 죄송하다고 전해드려."

"귀찮은 건 나한테 넘기더라. 몰라! 나 갈래."

보배는 답답했다. 자기 마음도 알아주지 않는 오빠가 미웠다. 보배는 화가 안 풀린 표정으로 숙소로 돌아가려고 자리에서 일어섰다.

"보배야! 잠깐만. 가까이 와서 손 좀 내밀어 봐."

동화는 주머니에서 뭔가를 꺼냈다. 작은 머리핀이었다. 작은 창문 사이로 손을 밀어넣자 보배의 손길이 느껴졌다. 동화는 머리핀을 보배의 손에 쥐어줬다.

"오빠, 이거 뭐야?"

"며칠 전에 시내에 갔다가 너 주려고 하나 샀어."

"미치겠다. 정말. 누가 이런 것 사오래?"

"그래도 한 번 해봐."

보배는 자신의 머리카락에 머리핀을 꽂았다. 반짝이는 별 모양이 새겨진 작은 머리핀이 보배의 검은 머리카락과 잘 어울렸다. 동화는 머리핀을 꽂은 보배의 얼굴을 보려고 고개를 틈 사이로 집어넣었다.

"와! 잘 어울린다. 역시 우리 보배 예쁘네."

"됐어! 선생님이나 빨리 만나 봐! 나 갈게."

보배가 떠나는 모습이 작은 창문 사이로 보였다. 그런 동생의 뒷모습을 보고 있다는 것만으로도 동화는 행복했다. 그의 얼굴에 작은 미소가 퍼졌다.

* * *

성당에서 레나를 만나 머르찌쇼르에 관한 이야기를 전해 들은 지 일주일 후, 선우진은 다시 레나의 집을 찾았다. 정체 불명의 남자에게서 두 번째 연락이 왔기 때문이었다. 그는 자신의 신분 세탁을 요청하고 있었다. 대신 그 대가로 동유럽 북측 정보원들의 리스트를 제공하겠다는 제안이었다. 만약 정보가 확실하다면, 그건 동유럽에 암약하는 이중 첩자들을 밝혀낼 수 있을 만큼 정보의 가치가 높았다. 정보 당국은 선우진에게 전권을 위임했다. 정보전에서 우위를 점할 수 있다는 것은 곧 남북 관계에서 유리한 위치를 선점할 수 있다는 것을 의미했다. 더군다나 북의 핵개발 정황이 의심되고 있는 상황에서 정보를 확보하는 일은 중요했다.

선우진은 레나의 집으로 향했다. 이번에는 조용히 레나와 단 둘이서 이야기를 나누고 싶었다. 레나는 언제나처럼 반갑게 선우진을 맞아주었다. 그동안 자신이 조사한 낯선 인물에 대한 정보를 가지고 레나에게 확인할 것이 있었다. 레나와 나누는 대화들을 통해서 선우진은 레나의 과거 속으로 한 걸음씩 들어가고 있었다. 그건 냉전이 한창이던 1950년대 한반도를 둘러싸고 벌어졌던 남과 북 사이의 숨겨진 역사 속으로 들어가는 것과 같았다. 그걸 밝혀낼 수 있다면 현재 북한 고위층의 인맥과 정치적 특수성을 이해하는 데도 도움이 될 것이 분명했다. 선우진에게 가장 흥미로운 인물은 역시 리명준과 정동화였다. 두 사람에 대한 궁금증은 시간이 지날수록 점점 커졌다. 마치 역사 소설에서나 나올 것 같은 전설적인 주인공들을 연상시키고 있었다.

"요즘 북측 동향이 심상치 않습니다. 가능하면 혼자서 외출하는 일은 피하셨으면 좋겠어요."

"나 같은 평범한 사람한테 무슨 해코지를 하겠어요?"

"혹시 몰라서 드리는 말씀입니다. 무슨 일이 생기면 바로 저희 쪽 요원들에게 알려주시기 바랍니다."

"알겠습니다. 너무 걱정하지 마세요."

선우진은 진심으로 레나를 걱정했다. 북한에 남겨진 남편의 존재 하나만으로도 누군가에겐 충분히 위협이 될 수 있는 일이었다. 게다가 레나는 적십자와 엠네스티를 찾아가 남편을 찾아달라는 호소를 계속 해오고 있는 상황이었다. 그녀의 활동을 북측이 모를 리 없었다.

"그런데 한 가지 개인적인 질문을 드려도 될까요?"

"말씀해 보세요."

선우진은 차 한 모금을 마시며 레나의 눈치를 살폈다. 이제 조금씩 레나와 리명준의 사적인 관계에 대해서도 이야기를 들을 차례가 됐다. 선우진이 조심스럽게 질문을 꺼낸 것은 그런 이유였다.

"레나 씨는 리명준 씨의 어디가 그렇게 좋았습니까?"

"글쎄요. 갑자기 그렇게 질문하니까 뭐라고 대답을 해야 좋을지 모르겠군요."

"사회주의자 리명준과 남편이자 사랑했던 남자 리명준 중에서 어떤 모습이 더 좋으셨는지 궁금합니다."

"저에게는 남자답고 마음이 따뜻한 사람이었어요. 단 한 번도 여성이라고 무시하거나 멸시하는 일도 없었죠. 뭐든 결정할 때는 나에게 먼저 의견을 물었습니다. 덕분에 늘 존중받는 느낌이 들었습니다. 하지만 저에게는 무엇보다 책임감 강한 모습이 매력적으로 보였어요. 그 사람은 전쟁으로 부모를 잃은 아이들을 지켜주겠다는 강한 책임감 같은 게 있었습니다."

"책임감이요?"

"아이들을 위해서라면 뭐든지 할 수 있는 사람이었습니다."

레나는 남편 리명준에 관해 그동안 숨겨 왔던 이야기 하나를 시작했다.

* * *

북한 아이들이 머물던 프와코비체 근처에는 작은 강이 하나 있었다. 강폭은 그리 넓지 않았지만, 수심이 깊었다. 여름철 비가 많이 내릴 때는 물살이 제법 거칠어서 수영을 잘 하는 어른들도 쉽게 강을 헤엄쳐 건너기 어려웠다. 날씨가 좋은 날이면 아이들은 강가에 나가 피크닉을 즐겼다. 그날은 학교 전체가 강가로 소풍을 떠난 날이었다. 본격적인 여름이 시작되려는지 그날은 날씨가 무척 더웠다. 아이들은 삼삼오오 짝을 지어 강가에서 물놀이를 즐기고 있었다. 그때 어디선가 비명 소리가 들려왔다. 여자 아이 하나가 강 한가운데에서 허우적거리고 있었다.

"사람 살려요! 누가 물에 빠진 것 같아요!"

물에 빠진 여자 아이는 계속해서 머리가 물 속에 잠겼다 떠오르길 반복했다. 양손을 허우적거리는 것으로 봐서 뭔가 심상치 않은 사태가 벌어진 것은 분명해 보였다. 강가에 선 아이들은 그저 발만 동동 구르며 소리만 지르고 있을 뿐이었다. 순간 리명준이 물속으로 뛰어들었다. 명준은 힘껏 팔다리를 저어서 물에 빠진 아이를 구출하기 위해 강물 한가운데로 수영을 했다. 하지만 명준이 도착하기 전에 이미 소녀는 모습이 보이지 않았다.

명준은 물속 깊숙이 잠수를 해서 소녀를 찾기 시작했다. 강가에 있던 아이들은 물에 빠진 소녀가 모습을 보이지 않자 다들 초조해졌다. 잠시 후 명준이 물 속에서 소녀를 건져 올렸다. 있는 힘을 다해 소녀를 안고 뭍 위로 뛰어올랐지만, 이미 소녀의 몸은 축 늘어져 있었다. 물가에 있던 남자 아이들 서너 명이 명준에게서 소녀의 몸을 받아 안았다. 조남숙이라는 열두 살짜리 여자 아이였다.

명준은 즉시 남숙의 입을 벌려서 인공호흡을 시작했다. 가슴을 두 손으로 누르고, 있는 힘을 다해 숨을 불어넣으려 했다. 하지만 남숙의 얼굴은 창백해지고 더 이상 숨을 쉬지 않았다. 곁에서 지켜보던 아이들은 불안한 듯 울음을 터뜨리기 시작했다. 명준은 남숙을 살리기 위해 있는 힘껏 인공호흡을 했다. 하지만 그의 노력에도 불구하고 소녀는 싸늘한 주검으로 변했다. 조선인민학교에서 발생한 첫 번째 사망 사고였다. 그 사건으로 학교 분위기는 얼어 붙었다. 누구도 떠들거나 장난을 치는 아이들이 없었다. 웃음소리로 가득했던 놀이터에도 고요한 적막감이 흘렀다.

며칠 후 마을 언덕에 있는 공동묘지로 남숙의 시체를 실은 운구 행렬이 이어졌다. 장례 행렬 뒤를 명준과 레나가 묵묵히 따랐다. 아이들이나 교사들이나 누구 하나 말을 꺼내는 사람이 없었다. 남숙이와 친하게 지냈던 여자 아이들이 손수건으로 입을 가린 채 눈물을 흘리며 뒤를 따랐다. 장례식은 초라했다. 누구도 이런 비극적인 일이 벌어질 것을 예상하지 못했다. 짧은 장례식을 마친 뒤 남숙의 몸을 넣은 작은 크기의 관은 땅속으로 들어갔다. 무덤 앞에는 나무를 깎아서 만들어진 비석이 세워졌다. 비석에는 한글로 조남숙이라는 이름이 새겨졌다.

장례식을 마친 뒤 레나와 명준은 나란히 걸으며 학교로 향했다. 사고가 날 것을 대비했어야 한다는 자책감이 명준을 괴롭게 했다. 그런 명준의 모습을 보는 것만으로도 레나는 괴로웠다. 레나는 남들 몰래 명준에게 다가가 손을 잡았다. 명준의 차가운 손이 느껴졌다. 레나는 힘껏 손에 힘을 주었다. 명준의 손이 조금씩 따듯해지기 시작했다.

* * *

“그 일로 명준 씨는 큰 상처를 받았어요. 자신이 아이들을 제대로 돌보지 못해서 일어난 일이라며 괴로워했어요. 그렇게 힘들어 하는 모습을 가만히 보고 있을 수 없었습니다. 어쩌면 그때부터 남편과 저 사이에 사랑의 감정이 싹트기 시작한 것 같아요.”

레나가 알려준 조남숙의 무덤을 찾는 것은 그리 어려운 일이 아니었다. 선우진은 종이에 적힌 이름을 확인하며 공동묘지 안을 걸었다. 잠시 후 선우진의 시야에 묘비 하나가 들어왔다. 묘비명에는 ‘조남숙’이라는 이름이 적혀 있었다. 갑자기 선우진의 눈동자가 커졌다. 묘비 앞에 꽃다발이 놓여 있었다. 선우진은 손을 뻗어 꽃다발의 꽃잎을 만져 봤다. 꽃잎의 싱싱한 감촉이 손끝에서 느껴졌다. 선우진은 휴대폰을 꺼내 레나에게 전화를 걸었다.

“조남숙의 묘비 앞에 왔습니다. 그런데 묘비에 꽃다발이 놓여져 있더군요.”

“꽃다발이요?”

선우진의 휴대폰 너머로 놀라는 레나의 목소리가 들려왔다.

“꽃들이 싱싱합니다. 갖다 놓은 지 오래 된 것 같지 않습니다.”

“남숙이 묘비에 누가 꽃다발을 갖다 놓았을까요?”

"저도 뜻밖의 일이라 좀 놀랐습니다."

"한 가지 알려드릴 것이 있는데요. 남숙이는 원래 심장병이 있는 아이였어요. 그날도 강가에서 놀다가 갑자기 심장에 문제가 생긴 거였죠. 익사가 아니라 심장마비로 사망한 것이었습니다. 명준 씨가 자책할 일은 아니었습니다."

"일단 알겠습니다. 기억 나시는 게 있으면 언제든 말씀해주세요. 그럼 이만……"

"잠깐만요. 생각해 보니까 남숙이가 사고를 당한 게 여름이었던 것 같아요."

"정확히 언제쯤이죠?"

"맞아요. 7월! 남숙의 기일이 지금쯤일 거예요! 한번 확인해 보세요."

선우진은 가방을 열고 자료를 찾기 시작했다. 마이크로필름 자료실에서 인쇄한 문서들이었다. 한 장 한 장 넘기던 그의 손이 어딘가에서 멈췄다. 순간 그의 눈동자가 커졌다. 조남숙의 사망일에는 '7월 3일'이란 글씨가 적혀 있었다. 오늘이 7월 4일이니까, 꽃다발은 어제 놓고 간 게 분명했다. 누군가 그녀의 기일에 맞춰 무덤을 찾은 게 확실해 보였다. 남숙의 기일을 기억하는 사람이라면, 그건 분명 폴란드에 있었던 전쟁고아들 중에 한 명이란 뜻이었다. 휴대전화 너머로 레나의 목소리가 들려왔다.

"동화에 대해서 한 가지 아셔야 할 게 있어요."

"뭐죠?"

"사실 동화는 1956년 북으로 강제 송환되었어요. 범죄인의 신분으로 북으로 돌아갔습니다. 강제로 끌려간 셈이죠."

"동화가 북으로 강제 송환되었다구요? 어떻게 그런 일이 있었던 거죠?"

"체코 프라하에서 오스트리아로 넘어가는 기차를 타고 가다 국경 검문소에서 적발된 적이 있습니다. 1956년 초의 일일 겁니다. 내 기억이 맞다면……"

"체코, 프라하?"

시간이 갈수록 선우진은 점점 정동화라는 신비로운 인물 속에 빠져드는 기분이 들었다. 지금까지 밝혀진 것으로 봤을 때, 정동화는 매우 영리한 사람이었다. 밥 먹듯이 기숙사 담장을 넘었고 미지의 세계를 동경했다. 놀랍게도 그의 고향은 남쪽이었다. 전쟁 통에 여동생과 함께 북으로 넘어간 뒤 전쟁고아들 틈에 섞여 동유럽까지 온 것이었다. 결국 그는 어디에도 속할 수 없는 운명이었다. 자유롭고 반항적인 성격은 그를 어느 한 곳에 뿌리를 내릴 수 없게 했다. 대사관에 반쪽 사진을 보낸 사람이 정동화라면 그 이유는 뭘까? 지금 그는 무슨 생각으로 이런 일을 꾸미고 있는 것일까? 생각할수록 선우진은 머리가 복잡해졌다.

며칠 후 선우진은 프라하 행 비행기 티켓을 예약했다. 며칠 동안의 출장을 위해 간단히 여행가방을 챙겼다. 프라하에는 이미 정보 기관을 통해 자신의 방문 목적을 알렸다. 선우진으로서는 우선 동화가 검거되었던 프라하 중앙역과 인근의 경찰서, 공산주의 시절 정보기관에서 활동했던 경력을 지닌 역사학자를 통해서 사건의 실마리를 풀어보기로 했다. 그런 정보들을 토대로 정동화에 대한 실체가 조금 더 분명하게 드러날 수도 있을 것이다. '뭐든 직접 가서 눈으로 보기 전까진 아무것도 믿지 말라.' 정보기관에 들어와 신입일 때 선배가 해준 말이었다. 선우진은 늘 그 말을 잊지 않았다.

숙소로 돌아와 그는 셔츠를 벗고 샤워 부스로 들어가 샤워를 했다. 뜨거운 물줄기가 온몸을 적셨다. 잠시 후 가운을 걸치고 거실로 나온 선우진은 익숙한 패턴으로 휴대폰 번호를 눌렀다. 잠시 후 한 여성의 목소리가 휴대폰 너머로 들려왔다. 프라하에서 자기 사업체를 운영하고 있는 에밀리였다.

"선우진 씨, 오랜 만이네요."

"잘 지냈어요?"

"나야 뭐 똑같죠. 갑자기 무슨 일이세요?"

"오늘 프라하에 갈 예정이에요."

"여기 온다구요? 진짜?"

"네. 4시 30분 도착 예정이에요."

"잘 됐다. 보고 싶었는데……"

"좋아요. 그럼 저녁 때 봐요. 도착해서 전화할게요."

바르샤바에서 프라하 공항까지는 한두 시간이면 충분했다. 유럽에서 국경이 사라진 다음부터, 이제 유럽에서 국경을 넘는 일은 도시를 이동하는 느낌밖에 들지 않았다. 언젠가 리명준이 말했던 지도에서 국경선이 사라진 유럽에서 지금 선우진이 살고 있는 것이다.

리명준은 지도에서 국경선이 사라지는 날, 세상에 갈등도 사라지고 사람들은 평화롭고 행복하게 살 거라 말했다. 하지만 선우진이 봤을 때 막상 국경이 사라져도 갈등은 계속되고 있는 것 같았다. 어쩌면 또 다른 국경선들이 세상 곳곳에서 만들어지고 있는 것은 아닐까. 선우진은 공항에서 택시를 타고 프라하 도심으로 향했다.

저녁 6시 에밀리가 선우진이 머물고 있는 호텔로 찾아왔다. 두 사람은 늘 하던 대로 둘 만의 방식으로 사랑을 나눴다. 남들이 봤을 때 그런 방식을 사랑이라고 말할 수 있지 모르겠지만, 둘에게는 이미 익숙해진 사랑의 방식이었다. 섹스가 끝난 뒤 반쯤 벗은 몸을 타올로 감싸며 선우진이 침대에서 일어났다. 그의 모습을 침대에 있는 에밀리가 상기된 표정으로 바라 보며 말했다.

"이번엔 며칠 동안 프라하에 있어요?"

"일주일 정도."

"이번에도 일정이 빡빡하겠죠?"

"일 때문에 온 거니까."

선우진은 간단히 옷을 걸치고 발코니 창가로 나갔다. 에밀리도 침대에서 맨몸에 가운을 걸치면서 자리에서 일어났다. 에밀리는 커피포트에 전원을 켜고 일회용 원두 커피를 내렸다. 구수한 커피향이 실내에 퍼지기 시작했다. 에밀리는 김이 모락모락 나는 커피잔을 들고 선우진 곁으로 다가갔다. 선우진이 잔을 받아 한 모금 커피를 마셨다.

"에밀리, 뭐 하나 질문해도 될까?"

"어떤 질문?"

"당신은 만약 사랑하는 사람이 어딘가에 갇혀서 돌아오지 못한다면 어떻게 할 것 같아?"

"어디에 갇혔는가가 중요하지 않을까? 감옥 같은 데 갇힌 사람을 기다리고 싶지는 않으니까."

"그런 게 아니라. 정치범 수용소 같은 곳이라면?"

"글쎄. 그럼 탈출을 시켜야겠지."

"탈출? 그게 간단한 일이 아니잖아."

"그래도 어떻게든 손을 써야 하지 않겠어. 억울하게 수용소에서 살게 내버려둘 수는 없으니까. 사랑하는 사람이라면 더욱 더."

"그럼 그 사람이 돌아올 때까지 기다릴 수 있어? 예를 들어 한 3,40년 동안 한 사람 생각하면서 말야."

"오늘은 이상한 말을 자꾸 하네. 글쎄, 솔직히 난 못할 것 같은데요."

"그래. 그게 쉬운 일은 아닐 거야."

"그 사람이 죽었는지 살았는지도 모르는데 무조건 기다리기엔 내 인생이 너무 아깝잖아."

"그렇지. 인간이라면 당연한 거야."

"솔직히 아무리 좋아도 그건 같이 살면서 사랑할 때 이야기잖아. 몸이 사라졌는데 추억만으로 버티는 것에는 한계가 있지."

"한계? 당신은 어느 정도 버틸 수 있을까?"

"버티긴 뭘 버텨? 그냥 지내는 거지. 어쨌든 난 한 1년 정도? 그것도 진짜 사랑하는 사람이라는 가정 하에서.”

“그래 보통 사람이라면 그게 정상일 거야. 근데 말이야. 그거 알아? 30년이 넘게 버티고 있는 사람이 있어.”

“대단한데!”

“보통 사람이라면 할 수 없는 일일 거야.”

“어떻게 30년을 기다려, 요즘 같은 세상에. 당신이 아는 사람이야?”

“우연히 어떻게 알게 된 폴란드 여자야.”

“게다가 유럽 사람이라구? 요즘에도 그런 사람이 있어?”

“일 때문에 알게 된 분이야.”

“폴란드 여자들 생각보다 순진한 구석이 있네. 놀랍다.”

“그래. 맞아. 놀라운 사람이야. 어쨌든 고마워. 당신 덕분에 많은 참고가 됐어.”

“고맙긴?”

“아니. 솔직히 잊고 있었던 것 같아. 그런 사랑이 얼마나 소중한 것인지 말야.”

“당신이 제일 매력적일 때가 언젠 줄 알아? 바로 지금 같은 때야. 생각보다 진지한 구석이 있거든. 지적이면서……”

에밀리는 선우진에게 다가와 입술에 키스를 했다. 둘은 자신들의 방식으로 또 한 번의 사랑을 나눴다.

* * *

김일성학교 운동장에서 아이들이 줄을 맞춰 걸어가고 있다. 마치 군대에서나 볼 수 있는 열병식 훈련이 시작되고 있었다. 사상 투쟁을 강조하는 강충식은 결국 학교에서 열병식과 군대식 제식 훈련을 교육 프로그램에 집어넣었다. 당으로부터 허락을 받자마자 아이들은 매일같이 훈련에 동원되었다. 열병식 훈련을 위해 북한 교사들도 훈련에 참가해야만 했다.

"앞으로 가! 좌로 돌아 가! 우로 돌아 가!"

아이들은 교사 양민철의 구령에 맞춰 일사분란하게 방향을 바꿨다. 열병식 행렬은 한 번 움직일 때마다 한 줄에 열 명씩 열을 맞췄다. 그런 행렬이 다시 열 개의 줄로 이어졌다. 한 무리에 100명의 아이들이 열병식에 참가하고 있는 셈이다. 그렇게 100명의 아이들이 팔을 휘두르는 것과 발을 뻗는 모습까지 일사분란하게 행동을 맞췄다. 보통 연습으로는 불가능한 일이었다. 행렬의 맨 앞에서는 최병호가 커다란 인공기를 들고 앞장 섰다. 정동화가 힘겨운 표정을 지으며 그 뒤를 따르고 있었다. 몸이 약한 아이들은 훈련 도중 쓰러지는 일도 있었다. 아이들이 감당하기엔 벅찬 일이었다.

1952년에 들어서면서부터 김일성학교의 분위기는 강충식을 중심으로 한 사상투쟁파가 장악을 했다. 유럽인들과 소통을 중시하면서 유럽 사회에 자연스럽게 동화되어 나가려고 했던 리명준의 계획에 차질이 생긴 것이다. 특히 문화교양을 강화한다면서 시작된 아이들의 집체극은 또 다른 논란거리를 낳기 시작했다. 지나친 적개심과 우상화 교육이 아이들의 정서에 도움이 되지 않을 것이란 우려의 목소리도 컸다. 하지만 강충식은 자신의 생각을 계속 밀어부쳤다.

강당에서 벌써 몇 달째 아이들은 집체극 연습을 하고 있었다. 말이 공연이지 군사훈련과 다를 게 없었다. 아이들은 방과 후 기숙사에서 집체극의 대본을 외우느라 정신이 없었다. 열병식에다 집체극까지 아이들은 거의 매일 녹초가 되어서 잠자리에 들었다. 그래도 아이들은 싫은 소리 하나 없이 저마다 각자 맡은 배역을 중심으로 공연 준비에 땀을 흘렸다. 기본적인 대사나 이야기 구성까지 아이들이 직접 대본을 작성했다. 대부분 전쟁의 고통을 경험했던 아이들이라서 자신들의 이야기를 모으는 일은 어렵지 않았다. 전체적인 연극 지도는 교사 양민철이 담당했다. 그는 아이들 앞에서 먼저 시범을 보였다.

"아니! 아니! 그 부분에서는 좀 더 슬프게 감정을 표현해야지."

아이들은 그의 행동을 그대로 따라서 했다. 점점 아이들은 자신들이 직접 목격했던 전쟁의 기억 속으로 들어가고 있었다. 부모형제들의 죽음을 지켜 봐야만 했던 슬픈 과거와 마주하는 것은 고통스런 일이었다. 집체극의 목적은 그 고통을 분노와 적개심으로 표출시키는 데 있었다. 아이들은 연극에 빠져들수록 점점 자신들을 파괴한 미국에 대한 적개심으로 가득 찼다. 그것이 강충식이 집체극을 통해 얻고자 하는 정치적 목적이었다.

"아부지, 눈 좀 떠보시라요! 이렇게 죽어가면 난 어떻게 살라는 건가요?! 어서요! 아부지! 죽지 마시라요!"

"그렇지! 그땐 가슴을 쥐어 뜯으며 울부짖는 거야!"

또 다른 아이가 연기 연습을 시작했다. 이번에는 혁명 전사의 역할을 맡은 아이 차례였다.

“이 대목에선 말야. 주먹을 이렇게 꽉 움켜쥐고서 해야 해. 간악한 미국 놈들 때문에 돌아가신 부모 형제를 대신해서 주체의 전사로 다시 태어나자! 뭐 이런 식으로 대사를 쳐야지.”

아이는 양민철의 대사를 그대로 따라했다.

“간악한 미국 놈들 때문에 돌아가신 부모 형제를 대신해서 주체의 전사로 다시 태어나자!”

“아니. 좀 더 박력있게! 힘을 줘서!”

아이들은 각자 자신의 역할에 몰입했다. 총에 맞고 쓰러지는 연기를 하는 아이는 진짜 죽는 시늉을 하며 땅바닥에 쓰러졌다. 죽은 부모의 시신 위에 울부짖는 역할을 맡은 아이도 있었다. 연습을 마친 아이들은 지도 교사 양민철 주위에 둥그렇게 모여들었다.

“다들 수고 했소. 동무들! 지금 동무들이 하고 있는 것은 단지 연기가 아니요. 이미 동무들이 본 것들을 재현한 것일 뿐이니까. 비록 우리가 조국을 떠나 있지만 지금도 조국은 전쟁이 한창이요. 그걸 절대 잊지 말아야 할 것이요. 알갔습네까?”

아이들은 일제히 함성을 지르며 대답했다.

“네. 알갔습네다!”

“그리고 한 가지 알려줄게 있소. 이번 공연은 곧 있을 폴란드 학생들의 친선 방문 때 무대에 올릴 계획이요.”

“우리가 무대에 서는 겁네까?”

“그렇지! 그러니까 폴란드 아이들 앞에서 괜히 흉 잡히지 않게 다들 열심히 연습하시오. 알갔습네까?"

"네. 알갔습네다!"

한 달에 한 번 정도 북한 아이들의 학교에는 인근 도시에 살고 있는 폴란드 아이들이 친선 방문을 했다. 폴란드 아이들이 오는 날이면 기숙사와 학교는 분주했다. 평소보다 더 열심히 교실은 물론이고 운동장 곳곳에 나가 빗자루를 들고 깨끗이 학교를 청소했다. 교실 바닥과 복도는 나무로 만들어져 있어서 왁스를 묻혀서 광택을 내야 했다. 마른 걸레에 왁스를 잔뜩 묻혀서 아이들은 나란히 앞으로 움직였다. 아이들은 저마다 자기가 맡아야 할 청소 구역이 있었다. 가끔씩 장난기가 발동한 아이들이 발 밑에 마른 걸레를 붙여서 스케이트를 타는 흉내를 내기도 했다.

한편 폴란드 아이들이 친선 방문하는 날은 아이들이 머리를 깎는 날이기도 했다. 아이들 수가 워낙 많았기 때문에 일일이 세심하게 머리를 잘라 줄 수는 없었다. 남자 아이들이야 다들 바리캉으로 대충 쓱쓱 밀면 그만이지만, 그래도 여자 아이들 머리는 아무렇게나 밀어 버릴 수는 없었다. 그렇다고 일손도 부족한 마당에 일일이 아이들 머리를 다듬어줄 수도 없는 노릇이었다. 그때 북한 교사들은 한 가지 꾀를 냈다. 그들이 생각해 낸 건 바가지 머리였다. 말 그대로 아이들 머리를 깎기 전에 각자 바가지를 하나씩 머리에 쓰게 한 뒤에 머리를 깎는 방식이었다. 그렇게 하면 겉으로 삐친 머리카락을 다듬기만 하면 됐다. 많은 인원의 머리를 다듬는 데는 가장 손쉬운 방법이었다. 아이들이 바가지를 머리에 쓰고 길게 줄을 선 모습은 우스꽝스럽게 보였다. 아이들은 순서대로 바가지를 손에 잡은 채로 의자에 앉았다. 교사들은 큼지막한 가위를 손에 들고 나타났다.

"선생님. 좀 예쁘게 잘라주시라요."

"에미나이야, 걱정 말라우! 내래 최대한 곱상하게 잘라줄 테니까."

교사들은 머리 씌운 바가지를 한 손에 잡고 가위질을 하기 시작했다. 한껏 외모에 신경 쓸 나이에 들어선 상급생 여자 아이들은 불만이 많을 수밖에 없었다.

"폴란드 학교에서 남자 아이들도 올 텐데, 이게 뭐에요?!"

학교 안 모든 여자 아이들의 머리 모양은 마치 바가지를 엎어 놓은 것처럼 되어 버렸다. 거울에 비친 자신들의 모습에 놀라 얼굴을 가리고 흐느끼는 아이들도 있었다. 그렇게 교사들이 가위를 들고 나타나는 날이면 학교 안은 울음 바다가 됐다. 그럴 때마다 언제나 아이들을 위로해주는 것은 레나였다. 레나는 아이들 머리가 이쁘다며 머리를 쓰다듬어 주었다. 아이들도 레나 덕분에 시간이 지나면서 점점 자신들의 머리 모양에 익숙해졌다.

폴란드와 북한의 친선과 우애를 다지는 '친선의 날' 행사가 열리면 반드시 빠지지 않고 하는 것이 축구 시합이었다. 운동장에는 전교생들이 모여들어 축구 시합을 구경했다. 그날만큼은 동네 폴란드 주민들도 다들 모여들었다. 일종의 국가 대항전처럼 열기가 뜨거웠다. 폴란드 남자 아이들은 거칠어서 축구를 할 때 몸싸움도 피하지 않았다. 다들 키가 크고 몸집이 단단한 아이들이었다. 그에 비해 북한 팀은 체격이 열세였다. 평균적으로 10센티미터 정도는 키 차이가 났다.

하지만 그런 신체적 열세를 정신력으로 만회했다. 지지 않겠다는 정신이 아이들을 강하게 만들었다. 북한 아이들에게는 축구도 전쟁이었다.

“아이들 축구장에서 공 찰 때 눈빛 봤어요? 무슨 성난 맹수들처럼 달려들잖아요. 무슨 전쟁 난 것도 아니고 축구를 그렇게 하는 건 처음이에요.”

축구장에서 경기를 구경하는 관중들 사이에서는 북한 선수들의 거친 플레이에 항의하는 불만의 목소리들이 높았다. 그들에게 지는 것은 죽기보다 싫은 일이었다. 일단 경기는 무조건 이겨야 했다. 하지만 막상 시합이 시작되자 아이들 생각대로 경기가 풀리지 않았다. 전반전을 끝내고 2 대 0으로 폴란드 팀이 앞서 나갔다. 능숙하고 조직적인 플레이를 하는 폴란드 아이들을 북한 아이들이 이길 수 없었다. 그에 비해 북한 팀은 개인기에만 의존해서 경기를 풀어갔다. 조직력이 중요한 축구 경기에서 혼자서만 하는 플레이가 좋은 결과를 낼 수 없는 건 당연한 일이었다. 전반전이 끝나고 휴식 시간 동안 라커룸에 모인 아이들 사이에서 패배의 원인을 놓고 한바탕 소동이 벌어졌다.

“어이! 최병호! 니 뽈 그 따위로 찰 거야?!”

화가 난 박상혁이 최병호에게 손가락질을 하며 따졌다.

“이 자식이 어데다 대고 반말을 지껄이고 있어! 그런 너는 똥뽈만 계속 차고 있더만……”

“뭐라고 하는 거야. 너 때문에 두 골이나 먹었다구. 수비를 제대로 해야지 공격이 되지!"

"그것도 공격이라고 한 거냐? 그래 갖고 골이나 넣을 수 있겠냐."

"이런 병신 같은 새끼, 그럼 니가 공격을 하던가?"

"이 간나 새끼야, 뽈을 패스 해야지 나도 주든가 말까 할 거 아냐?! 너랑 니 똘마니들끼리만 패스하는데 기회가 생길 수 있겠냐고?"

"똘마니들? 어이 최병호! 니 지금 우리 아이들 보고 똘마니라고 했냐?"

박상혁과 최병호는 당장 달려들어 몸 싸움이라도 할 기세였다. 라커룸으로 리명준이 들어오지 않았다면 정말 큰 일이라도 날 뻔한 분위기였다. 리명준은 달려와서 아이들을 말렸다.

"얘들아 너희들끼리 이렇게 싸워서야 어디 경기가 제대로 되겠니? 진정들 하고 내 말 잘 들어. 아직 후반전이 남았잖아. 시간은 충분해. 이제부터 잘 하면 되는 거야."

서로 싸울 것처럼 달려들던 아이들이 명준의 출현으로 조용해졌다.

"너희들도 이기고 싶잖아. 다들 이기고 싶은 마음은 똑같은 거 아냐? 그럼 이길 수 있는 방법을 찾아야지. 내가 봤을 땐 지금 너희 둘 다 서로 자기만 생각하고 있어. 축구란 서로 힘을 모아야만 이길 수 있는 경기야. 혼자서 운동장을 뛰어다닌다고 골을 넣을 수 있는 게 아니라구!"

명준의 이야기는 맞는 말이었다. 기숙사에서 아웅다웅 싸우기만 하던 최병호와 박상혁은 경기장에서도 똑같이 으르렁거렸다. 패스에서부터 조직적인 움직임이 이뤄질 수 없었던 것은 당연했다.

"후반전에는 동화가 중간 지역부터 공을 배급하면서 앞으로 치고 나간다. 알았지? 수비와 공격수들은 무조건 뽈을 잡으면 동화한테 넘기도록 해. 그런 다음 동화가 판단에서 공격 기회를 만드는 거야. 다들 알아 들었니?"

"네!"

아이들은 지는 것을 정말 싫어했다. 싸움을 할 때도 그렇고 운동장에서 축구를 할 때도 패배는 용납될 수 없는 것이었다. 실제로 유럽 아이들과 운동 경기를 할 때면 아이들의 성격은 완전히 180도 돌변했다. 절대로 질 수 없다는 각오로 이를 악물고 무엇이든 덤벼들었다. 비슷한 나이 또래의 폴란드 아이들은 북한 아이들의 그런 저돌적인 모습이 무섭기만 했다.

후반전이 시작되자, 북한 아이들은 전반전보다 훨씬 조직적으로 움직였다. 명준의 말처럼 모든 수비수와 공격수들은 일단 동화에게 볼을 넘겼다. 동화는 머리가 비상한 아이였다. 남들은 보지 못하는 상대편의 헛점을 미리 내다 볼 수 있는 능력 같은 게 있었다. 수비수가 따라가지 못할 정도로 볼을 배급하는 능력이 있었다. 덕분에 공격수들은 효과적으로 경기를 이끌어나갈 수 있었다. 후반 시작한 지 몇 분 안 되어서 북한 아이들이 골을 성공시켰다. 아이들은 뛸 듯이 기뻐했다. 원수지간처럼 지내던 병호와 상혁도 서로 얼싸안고 기쁨을 나눴다. 무조건 질 수 없다는 각오가 아이들을 단결시키고 있었다. 경기는 점점 격렬해졌다. 아이들은 양쪽 모두 승부를 양보할 생각이 없어 보였다. 그렇게 치열하게 볼을 다투다가 그만 폴란드 아이가 북한 아이의 발에 걸려 넘어졌다. 폴란드 아이는 화가 나서 북한 아이의 멱살을 잡았다. 양쪽 벤치에서 지켜 보던 아이들까지 경기장 안으로 달려 들었다. 순간 경기장은 아수라장으로 변해 버렸다.

북한 아이들은 체격이 유럽 아이들보다 머리 하나는 작았기 때문에 쉽게 몸싸움을 하거나 시비를 거는 일은 없었다. 하지만 운동 경기를 할 때만은 달랐다. 아이들은 빼앗긴 공을 되찾기 위해서 주먹다짐이라도 벌일 기세였다. 그러다 그만 두 명이 서로 충돌한 것이다. 축구장은 삽시간에 아수라장으로 변했다. 수십 명의 아이들이 엉켜붙어 주먹을 날리기 시작했다. 씩씩거리며 흥분하는 아이들을 보고 레나가 운동장으로 달려들어갔다. 가만히 구경만 할 수는 없었다.

"얘들아. 그만 해! 다들! 폴란드 학생들은 모두 운동장 밖으로 나간다. 어서!"

계속 경기를 할 수 없을 만큼 다들 감정이 날카로워져 있는 상태였다. 레나는 더 이상 경기를 계속한다는 것은 오히려 화를 불러올 것이라고 판단했다. 폴란드 아이들이 운동장을 빠져나간 뒤, 레나가 아이들을 둥그렇게 모아놓고 말했다.

"얘들아. 너희들은 우리한테는 소중한 손님들이야. 폴란드 사람들은 절대로 손님을 함부로 대하지 않는단다. 너희들 모두를 존중하고 있어. 너희도 잘 알고 있잖아. 우리들에게는 모두 똑같이 사랑스럽고 착한 아이들이야. 그러니 이제 화를 풀고 서로 친하게 지내도록 해라. 경기란 이길 수도 있고 질 수도 있는 거 아니겠니?"

레나의 중재 덕분에 큰 싸움은 일어나지 않았다. 레나가 가운데서 말리지 않았다면 진짜 큰 싸움이라도 일어날 것 같은 분위기였다. 멀리서 명준이 레나의 모습을 지켜보고 있었다. 그의 눈에 레나는 보면 볼수록 매력적인 여성이었다. 그날 사건 이후 레나는 아이들의 마음속에 숨겨져 있는 분노의 크기를 조금 더 구체적으로 실감할 수 있었다. 그건 마치 얼음 송곳처럼 아이들의 마음을 찌르고 있는 눈에 보이지 않는 위험한 무기였다. 아이들은 그 차가운 송곳으로 자기 눈과 살을 찌르고 있었다. 선생님으로서 아이들이 그런 아픔을 품고 생활하고 있다는 것을 아는 것은 중요했다. 그래야만 얼음 송곳처럼 차가운 아이들의 마음을 따듯한 온기로 녹여줄 수 있는 방법도 찾을 수 있기 때문이었다. 레나는 그 방법이 사랑이라고 생각했다.

제4부. 비밀 연애

동화는 폴란드 친구 미하우와 어울려 도시의 밤 거리를 헤맸다. 그건 그만큼 동화가 기숙사 담장을 넘는 일이 많아졌다는 것을 의미했다. 미하우는 동양인인 동화가 다른 사람들의 눈에 띄지 않도록 폴란드 아이들이 입는 옷과 모자를 가져와서 변장을 시켜줬다. 덕분에 동화는 자신만의 눈으로 폴란드 사람들의 생활 모습을 직접 볼 수 있었다. 동화의 시선에 들어온 폴란드 사람들의 일상은 평화롭고 행복해 보였다. 술집에서 서로 잔을 부딪치며 맥주를 마시는 젊은이들, 시장에서 물건을 파는 사람들의 모습, 서로 주먹질을 하는 사람도 있었고, 골목길에서 남녀가 서로 껴안고 열정적으로 키스를 하는 모습도 보았다.

동화는 그런 삶을 지켜보는 게 즐거웠다. 자신은 비록 경험할 수 없는 세상이지만, 그래도 간접적으로 체험할 수 있는 것만으로도 만족했다. 기숙사로 돌아오기 위해서는 늘 미하우와 친구들의 차를 얻어 타야했다. 기숙사 담장에서 몇십 미터 떨어진 길에서 동화를 태운 자동차가 멈춰섰다. 동화와 미하우는 차에서 내려 기숙사 담장까지 함께 걸음을 옮겼다. 높은 기숙사 담장을 뛰어넘기 위해서는 미하우가 받침대 역할을 해줘야 하기 때문이었다. 둘은 늦은 밤 함께 길을 걸으며 이런저런 이야기를 나눴다.

"너희 나라 전쟁은 어떻게 되고 있어? 아직도 전쟁 중인가?"

"아직 끝나지 않았어."

"너희 나라는 왜 싸우는 거야?"

"글쎄… 왜 싸울까?"

"원래 같은 나라였다면서?"

"남이나 북이나 같은 형제였지."

"하긴 뭐. 형제라도 사이가 안 좋으면 싸울 수 있는 거니까. 그나저나 넌 고향에 돌아가고 싶지 않아?"

"가고 싶지. 그런데 돌아가기 쉽지 않을 거야."

"왜? 언젠간 다시 돌아가겠지."

"난 고향이 북쪽이 아냐, 남쪽에 있어."

"남쪽이라니?"

"전쟁이 나기 전까지 남쪽 나라에서 살았어."

"고향이 남한인 거야?"

"그런 셈이지. 전쟁이 끝나도 쉽게 돌아갈 수 있을지 모르겠어."

"그랬구나. 근데 네 고향은 어떤 곳이었어?"

"큰 강이 있고, 예쁜 산도 많아."

"그렇구나. 언젠가는 돌아갈 수 있지 않을까?"

"글쎄. 그랬으면 좋겠지. 이제 그만 들어가 봐야겠다."

어느새 두 사람은 기숙사 담장까지 도착해 있었다. 미하우는 정동화가 기숙사 담장을 올라갈 수 있도록 등을 바닥에 구부렸다.

"고맙다. 미하우!"

"빨리 올라가기나 해. 무거워 죽겠다."

"그래. 잘 가라."

"또 보자"

한편 그 시기 명준과 레나는 서로의 마음을 확인한 다음부터 오히려 더 긴장된 삶을 살아야 했다. 명준은 자신의 직책 때문에 사적인 감정에 휘둘릴 수 없다는 사실을 누구보다 잘 알고 있었다. 이미 당에서는 여러 번 폴란드와 북한 사람들 사이에 일어날 수 있는 애정행위를 철저히 근절하라는 명령이 내려져 있는 상태였다. 당의 명령을 집행해야 할 최고 책임자로서 자신의 마음에서 일어나고 있는 한 여성에 대한 호기심은 분명 명준이 스스로 제어해야 할 사적인 감정이었다.

하지만 사람의 감정이란 게 어디 그렇게 쉽게 마음먹은 대로 되는 것인가. 사랑하는 감정에 휩싸인 사람은 아무리 커다란 울타리와 장벽으로 둘 사이를 막으려고 해도 쉽게 막을 수 없는 것이다. 운명적으로 만나야 할 사람 사이에는 마치 자석처럼 서로를 끌어 당기는 힘이 있다. 그것이 사랑의 힘이고 사랑의 운명이었다. 둘 사이에는 복잡한 감정이 교차하고 있었다. 그러던 어느 날, 운명적인 사건이 명준과 레나 사이에도 일어나기 시작했다. 갑자기 명준이 고열에 시달리며 응급실 신세를 지게 된 것이다.

북한에서도 명준은 과로를 할 때마다 가슴에 통증을 느낀 적이 여러 번 있었다. 그럴 때면 온몸에 식은 땀을 흘리며 고열에 시달렸다. 나중에는 심한 기침 때문에 병원을 찾을 수밖에 없었다. 타국에 나와 무리를 한 탓인지 명준의 상태는 시간이 지나도 호전될 기미를 보이지 않았다. 더 이상 제대로 책상에 앉아 몸을 가누기에도 버거울 만큼 힘든 상황이 됐다.

명준은 어쩔 수 없이 대도시에 있는 종합병원으로 가서 진료를 받기로 결정했다. 폴란드 말이 익숙하지 않은 명준에게 곁에서 통역을 도와줄 수 있는 사람이 필요했다. 한국어를 할 줄 아는 레나가 명준의 병원행에 동참하기로 자원하고 나섰다. 명준은 심하게 기침을 하고 있었다. 레나는 준비한 담요를 몇 장 가지고 명준과 함께 차에 올랐다. 이미 온몸이 불덩이처럼 뜨거워진 명준은 힘겨운 표정을 지으며 몸을 창가에 기댔다. 레나는 명준의 몸을 담요로 감쌌다.

두 사람을 태운 자동차는 그렇게 한 시간을 넘게 달려 브로츠와프에 도착했다. 몸은 아팠지만, 그날 명준은 레나의 어깨에 기대어 세상에서 처음 경험하는 포근함을 느낄 수 있었다. 병원에 도착하자 레나는 명준을 대신해서 간단한 수속을 마치고 진찰실로 데리고 들어갔다. 병원에서 동양인은 명준이 유일했다. 사람들은 수군거리며 레나와 명준을 쳐다봤다. 사람들은 몸이 아픈 동양 남자보다는 그를 옆에서 간호해주고 있는 폴란드 여성에게 더 눈길을 줬다.

레나는 그런 시선따위는 아랑곳 하지 않았다. 지금은 명준이 하루라도 빨리 낫는 게 중요한 문제였다. 진찰실에서 레나는 의사의 말을 하나하나 꼼꼼히 메모했다. 의사는 현재 명준의 상태가 좋지 않은 상태라고 말했다. 학교 일을 돌보느라 너무 무리를 한 게 화근이었다. 명준은 입원을 해야 할 정도로 심각한 상황이었다. 레나는 서둘러서 입원 수속을 마쳤다.

명준에게는 2인 병실이 마련되었다. 환자복으로 옷을 갈아입을 때도 레나는 명준 곁에서 도움을 주려고 애썼다. 명준의 옷을 벗길 때는 자연스럽게 그의 몸에 손이 닿았다. 그렇게 가까이에서 남자의 몸을 만져보는 것은 처음이었다. 멀리서 볼 때보다 명준의 몸은 훨씬 단단했다. '이렇게 건강해 보이는 사람이 어디가 안 좋아서 이렇게 아픈 것일까', 레나는 걱정스런 눈빛으로 명준을 바라 봤다. 몇 시간 후, 의사가 레나를 진료실로 호출했다. 엑스레이를 능숙하게 펼쳐 보이며 의사는 말했다.

"심한 폐렴입니다. 오래 전부터 상태가 안 좋았던 것 같아요."

"폐렴이요? 그럼 어떻게 해야 하는 거죠?"

"일단은 안정을 취하고 며칠 지켜 보도록 하시죠."

"알겠습니다. 큰 걱정은 안 해도 되는 건가요?"

"심각한 정도는 아닙니다. 다만 만성화된 부분이 있어서 휴식이 절대적으로 필요한 상황입니다."

"네. 그렇군요."

"남편이 편안히 쉴 수 있도록 부인께서 노력해주시기 바랍니다."

레나는 '남편'이라는 의사의 말에 손사래를 치며 말했다.

"남편은 아닙니다. 우리 학교 선생님이십니다."

"실례했네요. 저는 두 분이 부부 사이인 줄 알았습니다."

의사의 눈에 레나의 모습은 아픈 남편을 위해 정성껏 간호를 하고 있는 아내의 모습처럼 보였다. 사실 의사가 '남편'이라고 말했을 때, 레나는 그 말이 낯설게 느껴지지 않았다. 만약 진짜 부부였다면, 사랑하는 남편을 위해서 이 정도쯤은 아무것도 아닐 것이다. 그리고 그런 감정을 남자에게 느끼는 것 역시 레나로서는 처음이었다.

진찰실을 나와서 계단을 올라갈 때도 머릿속에는 명준에 대한 생각 뿐이었다. 하지만 자신의 감정을 들킬지도 모른다는 생각이 들자 레나는 명준이 있는 병실 문 앞에서 잠시 호흡을 가다듬었다. 아픈 사람을 두고 이상한 감정에 휩싸인 자신이 조금은 미안하기도 했다.

레나는 조심스럽게 문을 열고 안으로 들어갔다. 이미 명준은 약을 먹고 깊이 잠이 들어 있는 상태였다. 손에는 링거에 연결된 주사기가 꽂혀 있었다. 잠든 명준의 모습을 바라보며 레나는 측은한 느낌이 들었다. 자신이 뭔가 도울 일이 있으면 그게 뭐든 힘이 되고 싶었다. 그날 밤 레나는 명준을 돌보며 병실 간이 침대에 누워 밤을 지샜다. 가끔씩 명준이 뒤척일 때마다 그녀도 잠이 깼고, 그럴 때마다 명준의 이마에 손을 대고 열을 쟀다.

다행히 입원한 뒤부터 명준의 열은 조금씩 내려가고 있었다. 레나는 그날 밤 난생처음 한 남자에 대한 연민과 애정에 뒤척이며 뜬눈으로 밤을 새웠다. 그래도 이렇게 가까이서 그를 돌볼 수 있다는 게 너무나 행복했다.

다음날 명준은 아침 일찍 눈을 떴다. 창문으로 아침 햇살이 따스하게 비치고 있었다. 레나는 모습이 보이지 않았다. 명준은 자리에서 일어났다. 창문을 열자 서늘한 바람이 병실 안으로 밀려 들어왔다.

"일어나셨네요?"

"레나 씨, 여기서 잤어요?"

"아무래도 옆에서 간호할 보호자가 필요할 것 같아서요."

"불편하지 않았소?"

"간이 침대가 있어서 편하게 잤어요. 그나저나 몸은 좀 어떠세요?"

"나도 훨씬 나아진 것 같소. 매번 신세만 지는 것 같습니다."

"천만에요. 어서 빨리 나으셔야죠. 저는 담당 의사를 만나보고 돌아올게요. 앞으로 어떻게 치료를 해야 할지 알려주기로 했거든요."

레나는 명준이 침대에 눕는 모습을 보고 병실을 빠져나왔다. 이른 아침인데도 병원에는 환자들로 북적였다. 계단을 내려가다가 갑자기 레나의 눈에 낯익은 얼굴이 보였다. 북한 교사 최순옥이었다.

"이거 순옥 씨 아니예요?"

"레나 씨! 안녕하세요?"

순옥은 반갑게 인사를 했지만, 뜻밖의 만남에 조금 당황하는 눈치였다. 레나는 순옥이 불편하지 않도록 먼저 안부를 물었다.

"별일 없으시죠?"

"저야 뭐. 늘 즐겁게 지내고 있죠."

순옥이 웃으며 말했다. 늘 미소를 잃지 않는 순옥이었다. 병원에서 순옥을 만나게 될 줄은 레나는 전혀 예상하지 못했다. 레나 뒤로 기숙사에서 진료를 담당하는 폴란드 의대생 마렉이 걸어오는 게 보였다.

"마렉 씨도 있었군요. 두 분 여긴 어쩐 일이에요?"

"아이들 중에 배가 아프다는 아이들이 몇 명 있어서 데리고 왔어요. 아무래도 식중독 같아요. 마렉 선생님도 같이 왔어요."

마렉이 레나에게 다가와 먼저 인사를 건넸다.

"레나 씨, 안녕하세요?"

"안녕하세요. 마렉 선생님."

"그러는 레나 씨는 여기 웬일이세요?"

"교장 선생님이 어제 갑자기 심하게 열이 나서 제가 모시고 왔어요. 폴란드어 통역도 해드릴 겸해서요."

"그랬군요. 교장 선생님은 괜찮으신가요?"

"폐렴 증상이 있으시대요. 며칠 입원을 하는 게 좋다고 하는데……"

"많이 안 좋으신가요?"

"아니요. 의사 말로는 그렇게 심각한 상태는 아니라고 하더라구요. 너무 과로해서 폐렴이 악화된 것 같다고 합니다. 며칠 쉬면 괜찮아질 거라고 했어요."

"다행입니다. 저희도 아이들 때문에 왔는데, 이제 곧 학교로 돌아가려고 해요."

"알겠어요. 그럼 먼저 가보세요. 저는 담당 의사를 만나러 가던 참이었어요."

"그럼 나중에 학교에서 봐요."

두 사람은 어색하게 작별 인사를 건넸다. 어딘지 모르게 당황해 하는 느낌이 들었지만, 레나는 그저 모른 체했다. 괜히 이것저것 물어보는 것도 실례가 될 것 같았다. 레나는 서둘러 담당 의사가 기다리고 있는 진찰실로 향했다. 그런데 갑자기 최순옥이 레나에게 달려왔다. 순옥은 뭔가 할 말이 있는 눈치였다.

"선생님, 죄송하지만 오늘 병원에서 저희들 만났다는 것은 비밀로 해주시갔습네까?"

레나는 갑작스럽게 자신의 존재를 숨겨달라는 순옥의 말에 당황스러웠다. 당에서는 일일이 모든 직원들의 행적을 보고하도록 되어 있는데, 그걸 숨겨달라는 것은 뭔가 큰 비밀이 있지 않고서야 있을 수 없는 일이었다.

"레나 선생님, 사정이 있어서요. 제가 나중에 설명드릴게요. 부탁 좀 드립네다."

"알겠습니다. 그렇게 할게요."

"고맙습네다. 레나 동무!"

최순옥은 머리를 숙여서 인사를 한 뒤 다시 복도를 바쁘게 걸어갔다. 멀리서 마렉이 최순옥을 기다리고 있는 게 보였다. 둘은 서둘러서 병원을 빠져나갔다.

* * *

1953년 여름이 시작될 때까지도 한반도에서는 여전히 전쟁이 한창이었다. 전선은 남과 북으로 밀렸다 올라가길 반복했다. 그렇게 전쟁이 계속되면서 전사자들의 숫자도 계속해서 늘어갔다. 하지만 유엔군과 중공군이 휴전 회담을 시작했다는 소식도 들려왔다. 어쩌면 여름이 끝날 무렵이면 전쟁이 끝날 수도 있을 것 같았다. 한반도에서는 참혹한 전쟁이 계속되었지만, 프와코비체에서 생활하는 아이들은 전쟁의 여파를 느낄 수 없는 평범한 일상 생활이 계속 이어졌다.

1953년 7월 27일, 드디어 전쟁이 끝났다는 소식이 들려왔다. 아이들과 교사들은 소리를 지르며 기뻐했다. 다들 날아갈 것 같은 기분이었다. 그날은 마치 축제와도 같았다. 마침 그날 레나는 아이들을 데리고 숲으로 나가 야외 수업을 진행하고 있었다. 학교를 빠져나와 숲으로 향하는 도로까지 가는 길에서 아이들은 두 줄로 나란히 줄을 맞춰서 걸었다. 마치 열병식이라도 하듯 양쪽 팔을 위 아래로 휘두르면서 군인처럼 행진했다. 어디서 누가 볼지 모르는 상황이라서 아이들은 늘 절도 있게 생활해야 했다. 숲으로 걸어가면서 아이들은 큰 소리로 구호를 외쳤다.

"하나 둘, 하나 둘! 하나둘 셋넷!"

"하나 둘, 하나 둘! 하나둘 셋넷!"

아이들은 구령에 맞춰 숲속으로 들어갔다. 그렇게 소리를 크게 지르고 줄을 맞춰서 걸어야 학교에서는 비판을 받지 않았다. 집단 생활의 규칙들은 이제 아이들의 몸에 밴 습관이 되었다. 레나는 조금이라도 아이들에게 그런 집단적인 생활 방식에서 벗어나게 해주고 싶었다. 세상엔 배워할 것이 많고, 스스로 자신의 운명을 책임지는 사람들로 자랐으면 좋겠다는 바람 같은 것이 있었다. 그래서 한 가지 고안해 낸 방법이 야외 학습이었다.

북한 교사들에게는 자연을 벗삼아 공부를 하는 것이 아이들에게 정서 발달에 도움이 된다고 둘러댔지만, 사실 아이들이 자유로운 시간을 즐길 수 있도록 해주고 싶은 마음이 더 컸다. 아이들도 레나의 마음을 눈치로 알아 챘는지, 학교에서 검은숲까지 오는 길에서는 더 큰 목소리로 구령을 외쳤다. 줄을 맞춰서 행진하는 것도 마찬가지였다. 그렇게 아이들과 함께 숲 한가운데에 이르면 레나는 고개를 돌려 주변을 살핀 뒤, 아이들을 향해서 큰 소리로 외쳤다.

"얘들아! 여기선 이제 마음껏 뛰어놀아도 돼! 줄을 맞춰 걸을 필요도 없어! 너희들은 이제 자유인이야!"

'자유인이야!'라는 말을 어린 아이들이 제대로 이해했는지는 알 수 없었다. 자유가 무엇인지 경험해 본 적이 없는 아이들에게 그런 단어를 이해하길 바라는 것도 어쩌면 무리였다. 다만 정동화처럼 나이가 많은 아이들에게 그 말은 자신의 뿌리를 송두리째 흔드는 외침이었다. 그날도 레나의 말과 함께 아이들은 각자 자유롭게 숲을 향해 달렸다. 각자 자기가 원하는 방식대로 숲속을 뛰어다녔다. 꽃을 따고

열매를 따러 나무 위로 올라가는 아이들도 있었다. 나비를 잡겠다고 두 팔을 벌려 소리지르는 아이들도 있었다. 몇몇 아이들은 물음표처럼 생긴 나무 기둥 위로 올라가 길게 뻗은 가지에 대롱대롱 매달려 보기도 했다. 누구의 간섭도 받지 않고 각자 원하는 대로 마음껏 뛰어놀 수 있었다. 아이들은 그렇게 자연을 통해 자유를 배우고 있었다.

레나는 그런 아이들의 천진난만한 모습을 보는 것만으로도 행복했다. 아이들이 숲에서 한참을 뛰어놀고 있는데, 누군가 걸어오는 모습이 보였다. 병원에서 퇴원한 리명준이었다. 아이들은 반가운 마음에 모두 명준을 향해서 뛰어갔다.

"교장 선생님이다!"

"리명준 선생님!"

명준도 두 팔을 벌려서 아이들을 반갑게 맞이했다. 레나는 명준의 출현에 흠칫 놀라는 표정을 지었다. 숲속의 작은 교실은 레나와 아이들만의 공간이라고 생각하고 있었기 때문이었다. 레나는 명준에게 다가와 다정한 표정을 지으며 인사를 했다.

"이곳이었군요. 선생님과 아이들의 숨겨진 장소가 말입니다."

"알고 계셨어요?"

"내가 모르는 게 있어서야 되겠소? 명색이 교장인데……"

"몸은 좀 어떠세요?"

"덕분에 많이 나아졌습니다. 고마웠소!"

"건강해지셨다니 다행입니다."

"그래. 오늘은 무슨 수업을 하려고 했소."

"문학 수업입니다."

레나는 교재로 쓰려고 갖고 온 한 권의 책을 리명준에게 건넸다. 책 표지에 '몽테크리스토 백작'이라는 제목이 선명하게 보였다.

"몽테크리스토 백작? 재밌겠는데. 나도 같이 수업 들어도 되겠소?

"교장 선생님도요?"

"그냥 난 이곳에 없다고 생각하시요."

레나는 아이들을 불러 모았다. 칠판에는 커다랗게 '몽테크리스토 백작'이라는 글씨를 썼다. 레나는 아이들에게 책을 읽어주기 시작했다. 햇살을 받은 레나의 금발이 더욱 아름답게 반짝였다. 무리들 중에는 정동화도 있었다. 그는 누구보다 눈을 크게 뜨고 레나의 이야기를 듣고 있었다.

그날 밤 기숙사에는 종전을 축하하는 파티가 열렸다. 전쟁의 아픔을 직접 몸으로 겪은 아이들이었기 때문에 고국에서 전쟁이 끝났다는 소식은 아이들에게 큰 해방감을 느끼게 했다. 교사들은 오랜만에 맥주를 마시며 종전을 축하했다. 원칙적으로 기숙사에서 술을 마시는 것은 금지되어 있었지만, 그날만은 특별히 눈감아 주는 분위기였다.

"여러분! 공화국이 비록 조국 해방전쟁에서 이기진 못했지만, 제국주의자들의 침략에 맞서 공화국 영토를 지켜냈습니다. 우리의 승리입니다. 모두 다같이 축배를 듭시다."

강충식이 잔을 높이 들며 건배사를 외쳤다. 북한 교사들 모두가 들뜬 표정으로 잔을 들었다. 리명준도 오랜만에 긴장에서 벗어나 술을 마시며 취하고 싶은 기분이 들었다. 다른 교사들 역시 마찬가지 심정이었다. 수백 명의 아이들을 고작 열명 남짓한 교사들만으로 관리하고 지도한다는 게 쉬운 일은 아니었다. 그만큼 업무에 대한 고민과 스트레스도 많았다. 종전을 기념하는 파티는 그동안 감춰왔던 긴장감에서 해방시켜주는 순간이었다. 문득 명준은 레나가 보고 싶어졌다. 하지만 자신의 마음을 행동으로 옮길 수는 없었다. 자신에게는 김일성학교 교장이라는 막중한 책임이 있었기 때문이다.

종전의 소식은 그렇게 폴란드 시골 마을에 거주하는 모든 사람들에게 기쁨으로 다가왔다. 김일성학교의 운영 방식에도 변화가 필요해졌다. 더 이상 강충식이 주장하는 강압적인 교육방식이 먹히지 않게 된 것이다. 오히려 리명준이 주장하는 유럽 사회에 동화되는 정책이 더 현실적으로 느껴지기 시작했다. 교실은 물론이고 학교 곳곳에 변화의 바람이 불었다. 가장 눈에 띈 변화는 교사들을 위해서 왈츠 교실이 열린 일이었다.

"왈츠 교실이요?"

폴란드 교사 프시미스와프가 명준의 사무실로 찾아와 왈츠 교실을 만들어 보자는 의견을 제시했다. 예전 같으면 상상도 할 수 없는 일이었지만, 명준은 새로운 분위기에 적응하는데 도움이 될 수 있다는 생각이 들었다. 문제는 북한 교사들의 경직된 태도였다. 과연 왈츠 교실을 오픈한 다음에 참여하는 인원이 있을지 의문이었다.

"재밌는 아이디어인 것 같기는 한데, 원하는 사람이 있을까요?"

"몇 명이 오든지 상관 없습니다. 우리 두 나라의 우정과 친선을 다시 회복하자는 게 목적입니다."

"왈츠 교실을 연다……"

"사실 방과 후에 특별히 할 일이 없어서 무료하게 지내는 사람들도 많거든요. 저희 폴란드 교사들은 모두 대찬성이었습니다."

"알겠습니다. 프시미스와프 선생님이 주도적으로 진행을 해보시기 바랍니다. 왈츠 교실은 교사들의 일과가 끝난 저녁 시간으로 하면 좋겠습니다."

"저녁 식사 마치고 한 시간 정도 여유가 있으니까 그 시간을 이용하려고 합니다."

"제가 모스크바에 있을 때 공원 같은 곳에서 시민들이 자연스럽게 왈츠나 폴카 같은 춤을 추는 것을 본 적이 있습니다."

"유럽에서는 사교 문화의 상징이죠. 북한 교사들도 배워두면 나중에 써먹을 데가 있을 겁니다."

"좋습니다! 그럼 한 번 해보도록 합시다."

그렇게 해서 김일성학교 내에 교실 하나를 왈츠 수업을 할 수 있는 연습장으로 개조하는 작업이 시작됐다. 모두 팔을 걷어부치고 연습장 만드는 일에 힘을 보탰다. 며칠 동안의 공사가 끝나고 댄스 교실이 문을 열자, 북한 교사들 중에서도 왈츠에 관심을 보이는 사람들이 하나둘 생기기 시작했다. 처음에는 남녀가 손을 잡고 빙글빙글 돌아가며 춤을 추는 모습에 당황스러워했지만, 흥미를 느낀 사람들이 점점 늘어나기 시작했다. 몇 주 지나지 않아서 왈츠 교실에는 제법 많은 수강생들이 모여들었다. 일과가 끝난 뒤에 다른 할 일도 없어 무료함을 달래야 했던 북한 교사들에게는 좋은 취미거리가 생긴 것이다.

물론 강충식을 비롯해서 당에 대한 충성심으로 똘똘 뭉친 몇몇 교사들은 부르주아의 잔재라고 비판하면서 왈츠 교실 주변에는 얼씬도 하지 않았다. 솔직히 사교 댄스가 유럽 문화의 일부분이라는 것을 강충식도 잘 알고 있었다. 그래서 그의 입장에서는 대놓고 반대를 할 수도 없었다. 적어도 당장은 왈츠 교실이 뭔가 분위기를 바꿀 수 있는 계기가 될 것이란 점은 인정해야 했다. 명준은 가끔씩 학교 순찰을 핑계 삼아서 왈츠 교실 앞을 슬쩍 지나가기도 했다. 빙글빙글 도는 우아한 동작이나 클래식 음악을 듣는 것도 좋았지만, 역시 제일 눈에 띄는 것은 레나였다.

레나는 왈츠 교실에 오는 날이면, 언제나 폭이 넓은 하얀색 드레스를 입었다. 화려하게 수를 놓은 것은 아니었지만, 가슴이 파인 실크 블라우스는 레나의 지적인 분위기와도 잘 어울렸다. 왈츠 교실 유리창 너머로 나비처럼 춤을 추는 레나의 모습은 아름다웠다. 그녀의 손을 잡고 춤을 추고 있는 폴란드 남성 대신에 자신이 서 있으면 어떨까, 하는 상상을 하기도 했다. 가끔은 너무 행복한 표정을 지으며 춤을 추고 있는 레나를 보면서 은근히 상대 파트너에게 질투심이 생기기도 했다. 교장 신분이 아니라면, 당장 달려가서 왈츠를 배우고 싶었다. 하지만 주위엔 자신을 바라보는 눈이 많았다. 레나 역시 왈츠를 추고 있을 때 누군가 자신을 향해 뜨거운 시선을 보내고 있다는 걸 알 수 있었다. 명준이 창문 너머로 자신의 모습을 쳐다보고 있는 걸 느낄 때마다 손에 더욱 힘이 들어갔다. 그녀의 시선은 왈츠를 추는 내내 바로 앞의 파트너가 아니라 교실 창문 너머의 명준에게 향했다. 그러다 스탭이 엉키고 실수를 하기도 했다.

학교에서 레나의 시선은 늘 그렇게 명준에게 향해 있었다. 다른 사람들에게 들키지 않도록 조심하면서도 은근히 그의 모습을 바라보는 것이 행복했나. 하지만 명준이나 레나나 자신의 감정을 밖으로 표현한다는 것은 매우 위험한 일이었다. 심지어 폴란드 사람들도 외국인과 연애를 한다고 하면 의심의 눈초리로 보는 사람들이 많았다. 냉전이 강화되던 시기라서 낯선 이방인과의 만남은 신중할 수밖에 없었다. 가끔 신문에는 외국인과 결혼한 폴란드인이 간첩으로 몰려서 재판을 받게 되었다는 소식도 들려왔다. 폴란드 공산당이나 북한 당국이나 친선을 넘어서는 남녀 사이의 연애는 골치 아픈 일로만 여겼다. 그런 와중에도 평양에서는 매주 한 번씩 유럽에 체류하고 있는 북한 사람들의 사상 검열을 강화하라는 지령이 계속해서 전달되었다.

하지만 남녀가 서로에게 마음이 끌리는 것을 막을 수는 없었다. 사랑의 힘을 인간의 힘으로 막을 수 있다고 생각하는 것부터가 잘못된 판단이었다. 인간의 얼굴을 한 사회주의를 건설하겠다는 원칙들은 1950년대부터 이미 폐기처분되고 있었다. 명준은 그런 명령서를 전달받을 때마다 마음이 불편했다. 과연 그것이 진정 인간을 위한 길일까, 하고 스스로에게 질문을 던졌다. 하지만 자신에게는 수백 명의 북한 고아들을 폴란드 땅에서 무사히 생활할 수 있도록 이끌어야 하는 책임이 있었다.

명준은 속마음을 숨기며 생활할 수밖에 없었다. 자칫 당에서 파견한 비밀요원 강충식의 눈에서 벗어난다면 더 이상 자신이 누리는 혜택도 사라질 것이 뻔했기 때문이다. 그것은 단지 자기 자신으로 끝나는 것이 아니라 북한에 남아 있는 집안 전체가 잘못될 수도 있는 위험한 일이었다. 명준은 그런 엄격한 생활에 이미 익숙해져 있었다. 생존을 위해서 자신이 무엇을 해야 하는지 정도는 잘 알고 있었다.

하지만 교장으로서의 책임감이나 사회주의자로서의 자부심, 그리고 북에 두고 온 부모님에 대한 걱정보다 더 뜨거운 것은 역시 레나에 대한 사랑의 감정이었다. 그건 어떤 권위나 장애물로도 막을 수 없는 순수한 열정이었다. 왈츠 수업이 있는 날이면 명준은 다른 사람들 눈에 띄지 않게 조심해서 창밖으로 가서 레나의 모습을 훔쳐 보았다. 그러다 갑자기 볼일을 보러 밖으로 나오던 북한 교사 최순옥에게 들키고 말았다.

"교장 동무. 여기서 뭐하고 계십네까?"

"아니. 그냥 산책 좀 하려다가 음악 소리가 경쾌해서……"

"음악이요? 그럼 안으로 들어와서 들으시라요.."

"아닙니다. 여기가 더 편합니다."

"그러지 말고 어서 안으로 들어오시라요. 왈츠란 게 참 재밌는 춤입네다."

최순옥은 누구보다 눈치가 빠른 사람이었다. 이미 그녀는 명준의 마음속에 레나가 있다는 것을 눈치로 알고 있었다. 명준이 음악을 들으러 왔다고 둘러댔지만, 결국 본심은 레나에게 가 있다는 것쯤은 다 알고 있었다. 명준은 순옥의 손에 이끌려 교실 안으로 들어왔다. 이미 댄스 연습장 안에서는 레나가 춤을 추고 있었다. 프시미스와프 선생이 다가와서 먼저 명준에게 인사를 했다. 명준도 엉겁결에 인사를 받으며 사람들의 모습을 지켜보기 시작했다. 갑자기 순옥은 명준의 팔에 팔쌍을 끼며 말했다.

"교장 동무. 나랑 왈츠 한 번 춰보지 않갔소?"

"글쎄. 잘 되겠나? 하도 오래 전에 배웠던 춤이라서……"

사실 명준은 모스크바 유학 시절에 왈츠를 배운 경험이 있었다. 그때도 명준은 왈츠가 주는 매력과 즐거움에 빠져서 여러 번 왈츠 댄스를 추러 갔던 적이 있었다. 교장 명준이 모습을 드러내자 왈츠 수업을 받던 모든 사람들의 시선이 그에게로 쏟아졌다. 특히 제일 많이 놀란 것은 레나였다. 사실 언제쯤 명준이 왈츠 수업을 받으러 오게 될지 은근히 기다리고 있었다. 춤을 배우기 위해서 다른 남자 교사의 손을 잡고 있지만, 명준의 손을 잡고 왈츠를 추고 있다는 상상을 한 적이 한두 번이 아니었다. 그런 속마음을 들키지 않으려고 레나는 무척 애를 썼다. 자신의 감정을 드러낼 경우 불편해지는 것은 자신이 아니라 명준이라는 것을 누구보다 잘 알고 있었다.

명준은 조심스럽게 순옥의 손을 잡고 홀 중앙으로 걸어갔다. 사람들 앞에서 춤을 춘다는 게 조금은 어색한 일이었지만, 막상 음악이 시작되자 명준의 왈츠 실력은 보통이 아니었다. 그의 큰 키와 긴 다리 덕분에 다른 사람들과는 비교도 되지 않을 정도로 동작이 우아해 보였다. 그의 춤은 한눈에 여성들의 시선을 사로잡았다. 그의 든든한 가슴과 우람한 체구는 보통의 서양 남자들을 능가했다. 어려서부터 모스크바에서 유럽 문화와 생활에 젖어 생활했던 명준에게는 지적이며 남자다운 매력이 풍기고 있었다. 명준은 오랜만에 밟아 보는 왈츠 스탭이 즐거웠다.

잠시 후, 명준은 오히려 순옥을 두 팔로 리드하며 연습장 안을 빙빙 돌았다. 그러다 갑자기 음악이 바뀌면서 파트너를 바꾸는 시간이 됐다. 한 사람하고만 계속 춤을 추지 않고 여러 사람들과 자연스럽게 어울리는 것을 위해서 미리 약속된 순서였다. 공교롭게도 명준 옆에는 레나가 서 있었다.

두 사람은 서로 어색하게 눈 인사를 했다. 다시 4분의 3박자의 경쾌한 음악이 스피커에서 흘러나왔다. 명준은 손을 정중하게 뻗어 레나에게 춤을 청했다. 레나는 명준의 손을 잡고 음악에 맞춰 춤을 추기 시작했다. 남자와 여자가 서로 마주 보고 눈빛으로 박자를 맞춰 원을 그리는 왈츠는 두 사람의 호흡이 무엇보다 중요했다. 그러다 명준과 레나의 스탭이 꼬이면서 자세가 흐트러졌다. 두 사람 모두 긴장한 탓이었다. 레나는 얼굴이 붉어졌다. 왠지 이런 실수가 자신의 속마음을 명준에게 들킨 것은 아닌지 조바심이 났다. 두 사람 모두 다른 사람과 출 때와는 비교도 할 수 없을 만큼 심장이 뛰고 있었다. 레나의 손끝에서 느껴지는 감촉은 다른 어떤 여성에게서도 느낄 수 없는 신비로운 감각으로 다가왔다. 그리고 그건 레나도 마찬가지였다.

명준과 레나는 그렇게 남들은 모르게 둘만의 애틋한 감정을 왈츠의 선율 속에 담았다. 복도에서 마주쳐도 제대로 얼굴조차 바라볼 수도 없었던 두 사람은 왈츠를 추며 서로의 시선을 마음껏 느끼고 있었다. 둘은 그렇게 태어나서 한번도 느껴보지 못했던 특별한 감정을 서로 확인하고 있었다.

1953년 중반부터 폴란드 김일성학교에도 많은 변화가 일어나기 시작했다. 이때부터 15세 이상 상급 학교로 진학하는 아이들을 위해서 폴란드 교육부에서는 북한 학생들을 폴란드 일반 학교에 편입시켰다. 당시 폴란드는 고등학교에 진학해야 하는 북한 아이들을 위해서 별도의 학교를 세울 수 있는 여력이 없었다. 그렇기 때문에 가장 손쉬운 방법은 북한 학생들을 폴란드 학생들과 같은 반에서 수업을 듣도록 조치를 취한 것이다.

이런 변화는 한창 이성에 눈을 뜨기 시작했던 북한 아이들에게는 새로운 삶이 시작되고 있음을 의미했다. 이미 아이들은 폴란드어를 완벽하게 구사했을 뿐만 아니라, 사고 방식 또한 폴란드 학생들과 다를 게 없었다. 남자 아이들은 콧수염이 텁수룩하게 자라고 목소리가 더욱 어른스러워졌다. 이제 아이라고 부르기보다는 청년이라고 불러야 할 만큼 몸이 성숙하게 변했다. 여자 아이들도 변화는 마찬가지로 찾아왔다. 소녀 같은 이미지를 풍겼던 여자 아이들 역시 키가 자라고 가슴이 커지면서 여성스러움을 갖추기 시작했다. 마을 사람들은 코흘리개 어릴 때 보았던 동양의 아이들이 훌쩍 자라 청년으로 자란 모습에 다들 놀라워했다. 성숙하게 자란 여자 아이들이 거리를 걸을 때면 뒷모습을 훔쳐보는 폴란드 남자들도 많았다.

특히 열세살에 폴란드에 왔던 김경희는 마을 청년들에게 가장 인기가 좋았다. 다른 북한 아이들보다 키도 크고 얼굴도 갸름해서 이국적인 미모를 보였다. 경희는 그림을 그리는 남다른 재주가 있었다. 무엇이든 한 번 본 것을 잘 잊지 않아서 마치 사진을 찍어내듯이 화폭에 담았다. 폴란드어 습득도 빨랐던 경희는 브로츠와프에 있는 폴란드 고등학교로 진학을 했다. 그곳에서도 그녀는 수많은 폴란드 남학생으로부터 러브레터를 받았다. 하지만 다른 남자들에게는 조금도 눈길을 주지 않았다. 이유는 그녀가 어릴 적부터 함께 지냈던 폴란드 청년 요셉 때문이었다. 둘은 단짝이었다. 하지만 나이가 들면서 경희와 요셉 사이에도 자연스럽게 이성의 감정을 느끼는 시기가 찾아왔다. 둘은 남몰래 사랑을 나눴다. 그러다 언제부턴가 같이 동거를 한다는 소문이 돌았다.

이렇게 남들 눈을 피해서 사랑을 나누고 심지어 동거를 시작하는 커플들이 하나둘 늘어가면서 김일성학교에서는 비상이 걸렸다. 특히 기숙사를 떠나서 상급학교로 진학한 아이들을 관리하는 문제가 도마에 올랐다. 당시만 해도 대부분의 고등학교는 도회지에 있었기 때문에 어쩔 수 없이 아이들은 폴란드 가정에 하숙을 해야 했다. 기숙사에서 학교까지 2시간 넘는 거리를 매일 등교할 수는 없는 일이었기 때문이다. 엄격한 폴란드 가정을 섭외해서 아이들을 맡긴다고 했지만, 기숙사처럼 아이들을 일일이 통제할 수는 없는 일이었다. 김일성학교에서는 폴란드 학교에 공문을 보내 북한 아이들과 폴란드 아이들이 개인적으로 만나는 것을 금지시켜 달라고 공식적으로 요청까지 했다.

하지만 아이들은 그런 규칙따위는 거들떠 보지도 않았다. 남자나 여자나 나이가 들고 어른스러워지면서 자연스럽게 이성에 대한 감정이 싹트는 것은 당연한 일이었다. 아이들은 아무도 가르쳐주지 않는 사랑을 그들 스스로 배워나갔다. 비록 남의 나라에 와서 도움을 받아가며 살고 있는 형편이지만, 이성을 좋아하는 본능을 막을 수는 없었다. 그리고 이런 비밀 연애는 학생들에게만 국한된 것이 아니었다.

시간이 지날수록 북한 교사들 사이에서도 비밀 연애를 하는 커플들이 생겨났다. 무려 8년이라는 긴 시간을 낯선 땅에서 생활했던 북한 교사들 역시 이십대 젊은 혈기를 지닌 사람들이었다. 낯선 생활의 외로움 속에 몰래 이성에 대한 호기심을 품은 사람들이 생기기 시작한 것이다. 김일성학교에서 사상투쟁을 담당하는 강충식이 모종의 일을 꾸미기 시작한 것도 그즈음이었다. 강충식은 교내에 퍼지고 있는 비밀 연애를 단속하고 규율을 잡을 수 있는 본보기가 필요했다. 그때 그의 눈에 들어온 것이 역사 교사 최순옥이었다.

'어디 한번 걸리기만 해봐라! 내가 본때를 보여줄 테니까!'

강충식은 속으로 칼을 갈면서 때가 오기를 기다고 있었다. 한편 그런 것도 모른 체 북한 교사 최순옥은 은밀히 누군가를 만나고 있었다. 상대 남자는 한 달에 한 번씩 기숙사를 찾아와 아이들의 건강 상태를 체크했던 젊은 의대생 마렉이라는 청년이었다. 사실 두 사람은 성격이나 좋아하는 것까지 천생연분처럼 잘 맞았다. 당의 반대만 아니었다면, 누가 봐도 잘 어울리는 한 쌍의 커플이었다. 아쉽게도 시대를 잘못 만난 것이 그들에겐 비극이었다.

만 스물셋에 평양 최고의 대학을 졸업한 순옥은 여자로서는 보기 드문 인재였다. 순옥의 아버지는 노동당 선전부에서 중요한 직책을 맡고 있는 인물로 알려졌다. 당 고위층 간부들과도 각별한 사이여서 북한 교사들도 순옥에게는 특별히 누구하나 시비를 거는 사람들이 없었다. 그런 순옥이 언제부턴가 누군가를 만나 연애를 하고 있다는 소문이 돌았다.

결국 두 사람의 연애는 강충식의 눈에 발각되었다. 폴란드에서 바르샤바 다음으로 큰 도시 중 하나인 브로츠와프는 도시가 워낙 커서 남녀가 은밀히 사랑을 나눈다고 해도 그걸 쉽게 알아차릴 수 있는 사람이 없었다. 하지만 동양인의 외모를 가진 순옥이 폴란드 금발 남자와 만난다는 소문은 몇 달 가지 않아서 프와코비체에까지 전해졌다. 그런데 그만 둘이 만나는 현장을 강충식의 부하에게 들키고 만 것이다. 아이들에 대한 관리뿐만 아니라 북한 교사들의 생활까지도 책임져야 하는 리명준 입장에서는 새로운 골칫거리가 하나 생긴 셈이었다. 게다가 인정사정 없는 냉혈한 강충식에게 발각된 이상 문제가 커질 수밖에 없었다.

"리명준 동무, 최순옥 선생이 폴란드 남자를 만나고 있는 걸 알고 있었습니까?"

충식은 명준의 사무실로 들이닥쳐서 단도직입적으로 따져 물었다. 명준은 순간 드디어 올 것이 왔다는 생각이 들었다. 이미 명준도 순옥에 관한 소문을 들어서 알고 있는 상태였다. 명준은 당황스러웠다. 강충식이 최순옥의 비밀 연애의 증거를 잡았다는 것은 뭔가 자신은 알 수 없는 일들이 비밀리에 진행되고 있었다는 것을 의미했다.

'그런데 둘이 몰래 만나는 현장을 어떻게 알고 갔을까?'

명준은 강충식의 호통소리를 들으며 속으로 지금 자신 앞에 놓인 상황을 어떻게 해결해야 좋을 지 고민했다. 그것은 명준에게도 특별한 감정으로 다가오는 사람, 바로 레나가 있었기 때문이었다. 순옥의 문제는 단지 그녀 한 사람만의 문제가 아니었다.

김일성학교는 겉으로는 평등하고 평화로운 모습이었지만, 실제로는 얽히고설킨 감시 체계가 작동하고 있었다. 아이들이 속한 학급에는 열 명 단위로 소조가 운영되고 있었다. 소조를 책임지는 것은 조장이었다. 조장은 늘 학급 내에서 벌어지는 불미스러운 일들에서부터 사소한 일들까지 일일이 반장에게 보고해야 했다. 반장은 다시 학년에 따라 4,5개로 구성되어져 있어 최종적으로는 학교 회장에게 지도를 받았다. 이렇듯 아이들 사이에서는 보이지 않는 철저한 서열과 계급이 유지되고 있었다.

그런데 중요한 것은 이렇게 겉으로 드러난 체계와 별도로 비밀리에 조장이나 반장을 감시하는 비선 조직 역시 가동되고 있었다. 그런 감시조직에 누가 속해 있는지는 아무도 몰랐다. 별도의 비밀 체계를 통해 요원들을 관리하는 자가 바로 강충식이었다. 학교의 운영을 책임지는 리명준이 학교의 공식적인 대표였다면, 강충식은 그들을 감시하는 비밀 조직의 책임자였다. 시간이 지날수록 강충식과 리명준이 대립한 것은 당연한 일이었다. 그리고 이런 학급 내부의 비밀 감시원들은 교사들 사이에도 존재하고 있었다. 10명밖에 안 되는 북한 교사들 중에서 과연 누가 감시원의 역할을 맡고 있는지 알 수 있는 방법은 없었다.

강충식이 몰래 심어놓은 비선 조직들은 최순옥과 마렉이 은밀히 밀애를 나누는 현장을 카메라로 촬영했다. 강충식은 증거로 확보한 사진들을 명준의 책상에 위에 던졌다. 최순옥과 마렉의 밀애 현장을 포착한 사진이었다. 드디어 교장이 명준이 결단을 내려야 하는 순간이 찾아온 것이다.

"리명준 동무! 최순옥 선생이 폴란드 남자를 만나고 있는 걸 알고 있었습네까?"

"갑자기 그게 무슨 소리요?"

"여기 증거가 있잖소. 확인해 보시오!"

명준은 사진을 확인했다. 누가 봐도 명확한 밀애를 나누는 마렉과 최순옥의 모습이었다.

"이 사진들은 어떻게 찍은 거요?"

"그건 동무가 상관할 바가 아니요. 여기 두 사람이 호텔로 들어가는 것이 확인됐소!"

명준은 할 말이 없었다. 분명 누군가 순옥과 마렉의 사이를 고자질

한 사람이 있지 않고서는 일어날 수 없는 일이었다. 하지만 명준은 더욱 말을 아꼈다.

"최순옥 동무에 대한 교장 동무의 현명한 판단을 기다리겠소. 당장 조치를 취하도록 하시요!"

강충식의 말은 명령에 가까웠다. 명준은 지금 이 상황에서 자신이 어떤 입장에 서야 할지 도저히 갈피를 잡을 수 없었다. 명준은 전화기를 들었다.

"최순옥 동무, 교장실로 좀 와주시겠소?"

잠시 후 마치 포승줄에 묶여 감옥에라도 끌려갈 것 같은 표정을 지으며 순옥이 교장실 안으로 들어왔다. 이미 올 것이 왔다는 표정에는 절망이 가득했다. 강충식과 리명준, 두 사람의 책임자 앞에 순옥의 운명이 맡겨져 있었다.

"어서 오시요. 순옥 동무. 자리에 잠깐 앉아 보시겠소?"

순옥은 하얀 손수건을 양손으로 잡고 있었다. 손수건이 촉촉하게 젖은 것으로 봐서는 이미 어디선가 혼자서 눈물을 흘리고 온 것이 분명해 보였다.

"순옥 동무. 지금 동무가 폴란드 남자와 만나고 있다는 소문이 돌고 있소. 사실이요?"

순옥은 아무 말도 하지 못했다. 고개만 떨군 채 얕은 한숨만 내쉴 뿐이었다. 회색빛이 감도는 블라우스 어깨가 조금씩 떨렸다.

"동무가 아무 말도 하지 않는다면, 결국 사실을 인정하는 것으로 받아들일 수밖에 없소!"

강충식은 사진 몇 장을 최순옥 앞에 던졌다. 사진 속에서 순옥과 마렉은 다정히 팔짱을 끼고 행복한 표정으로 길을 걷고 있었다. 순옥은 자신의 모습이 촬영된 사진을 보고 놀랄 수밖에 없었다. 자신은 전혀 눈치조차 채지 못하고 있었기 때문이다. 이제 더 이상 발뺌을 할 수도 없다는 것을 직감한 듯 순옥은 살며시를 미소를 띠었다. 그녀의 미소를 보고 강충식은 화가 머리 끝까지 솟았다. 그는 위협적으로 테이블을 손바닥으로 쾅쾅거리며 내리 쳤다.

"최순옥, 이렇게 증거가 있는데도 자백을 하지 않겠다는 거지?!"

"뭘 알고 싶은 거죠?"

"당이 금지하는 연애질을 했다는 걸 동무 입으로 자백하라는 거요!"

"연애질? 강충식 동무. 당신 참 천박한 사람이군."

"뭐라구! 천박해?! 말 다했소?"

"당신이 생각하는 것처럼 그런 불미스런 관계는 아니요."

두 사람 사이에서 이야기를 듣고 있던 명준이 끼어들었다. 가만히 지켜보고만 있을 수는 없었다. 마음속으로는 죄책감이 밀려 왔지만, 지금은 어쩔 수 없이 참아야 했다. 명준은 좀 더 진지하게 두 사람의 관계에 대해서 질문을 던졌다.

"그럼 두 사람은 어떤 사이입니까?"

"저희는 진심으로 사랑하고 있습네다."

"당에서는 두 나라 사이의 연애를 금지하고 있다는 것을 동무도 잘 알고 있지 않은가요?"

"알고 있습네다. 하지만 저희도 다른 선택이 없었습네다."

"혹시 두 사람의 관계를 정리할 수는 없겠소? 현재로서는 그게 가장 현명한 방법이요."

"그럴 수는 없습네다. 그건 이미 우리 두 사람이 결심한 것입네다. 우린 헤어질 수 없습네다. 이런 모욕적인 방법으로는 더욱 더!"

강충식은 최순옥 앞에 당에서 내려온 명령서가 담긴 자료를 던지면서 거칠게 말을 했다.

"지금부터 내 말 잘 들으시요. 당에서는 동무에게 두 가지 선택권을 줄 예정이요. 하나는 폴란드 남자와 만나고 있다는 사실이 뜬소문이었다는 것을 동무 스스로 밝히는 것이요. 그것이 원만하게 이 문제를 해결하는 길이요. 만약 그걸 받아들이지 않는다면, 우린 동무를 폴란드에서 추방할 수밖에 없소. 동무는 어떤 것을 선택하겠소?"

'혹시라도 당 간부로 평양에 있는 아버지의 힘을 빌리는 것은 도움이 안 될까?' 순간 순옥은 속으로 그런 생각을 했다. 하지만 그것 역시 위험한 일이었다. 아니 오히려 이번 사건에 당 간부인 아버지의 힘을 빌리려 했다가는 당의 신임을 받고 있는 아버지에게까지 어떤 피해가 돌아갈지 알 수 없었다. 자기 때문에 아버지가 숙청 당하는 일은 있어서는 안 되는 것이었다.

"다시 한 번 더 묻겠소! 최순옥 동무, 동무는 당의 지침을 어기고 외국인 남자와 연애를 한 적이 있소 없소?!"

"남녀가 사랑하는 게 왜 죄가 된다는 거죠? 저는 그 사람과 헤어지고 싶지 않습니다. 거듭 말씀드리지만 이런 방식으로는 더더욱 헤어질 수 없습니다. 그 남자도 저를 진심으로 사랑하고 있습네다."

"조국은 힘겹게 전쟁의 고통에서 벗어나려고 노력하고 있는데, 한가하게 남의 나라 남자와 연애질을 한다?! 그건 공화국을 배신하는 짓이요. 정신이 제대로 박혀 있기나 한 거요?!"

명준은 충식의 말을 들으며 마음이 불편했다. 특히 배신이라는 단어를 말할 때는 속이 뜨끔거렸다. 그런 논리라면 자기 자신도 조국을 배신한 일에 가담한 것이기 때문이었다. 순간 명준의 머릿속에는 레나의 얼굴이 스쳤다. 혹시라도 지금 이야기들을 레나가 들으면 어쩌나, 하는 걱정마저 들었다. 그렇다고 순옥의 편을 들 수도 없었다. 자칫 말 한 마디라도 잘못했다가는 자신은 물론이고 레나까지 다칠 수 있었다. 명준은 자신의 지위에 걸맞게 행동해야 할 의무가 있었다. 그 순간 명준은 순옥을 감싸줄 수 있는 입장이 아니었다. 낭만적인 로맨티스트가 될 수는 더욱 없었다. 오히려 사랑하는 사람들을 강제로 떼어놓는 냉혈한이 되어야 했다. 비겁한 일이지만, 그게 자신이 살아남는 길이었다. 명준은 순옥 곁으로 다가가 설득을 시작했다.

"마렉이 성실하고 괜찮은 청년이란 것은 나도 잘 알고 있소. 미래가 창창한 젊은이가 이런 사건에 휘말려서 좋을 게 뭐가 있겠소. 마렉에게는 내가 잘 이야기하겠소. 동무도 이곳에서 우리와 같이 생활하고 싶다면 마음을 바꾸도록 하시요. 당신 두 사람을 정말 걱정해서 하는 말이오."

명준이 유화적인 자세로 순옥을 설득하려는 모습을 보이자 옆자리에 있던 충식은 더욱 열이 받쳐서 목소리가 높아졌다.

"리명준 동무! 동무는 그 약해 빠진 정신 상태가 문제야! 일을 그렇게 허술하게 처리하면 안 된다고 내가 몇 번이나 말했소! 비켜 보시요!"

"아니, 강동무, 이 두사람에게 시간을 좀 줍시다. 마음을 정리할 시간 정도는 줄 수 있지 않소!"

하지만 충식은 명준의 말을 들으려 하지 않았다. 순옥 얼굴 앞으로 바짝 다가선 충식이 위협적인 말투로 말했다.

"최순옥! 잘 들으라우! 당의 이름으로 당신을 고발하갔어! 그럼 당신은 물론이고 그 폴란드 놈 마렉 역시 모두 감옥행이야! 알갔어? 마지막 기회를 주겠다. 당의 명령을 위반한 것을 스스로 자아 비판하고 마렉과의 관계를 정리하겠나 안 하겠나?"

순옥은 더 이상 대답하지 않았다. 자리에서 일어나면서 단 한 번도 고개를 들지 않았다. 눈물을 감추기 위함일 수도 있겠고, 어쩌면 냉혈한 강충식 같은 자와는 눈도 마주치기 싫었기 때문일 수도 있다. 명준에 대한 실망감도 한몫을 했다. 더 이상 누구에게도 도움을 받을 수 없다는 절망감만이 가득했다.

"더 이상 할 말이 없습네다. 알아서들 하시라요!"

순옥이 교장실 문을 쾅소리가 날 정도로 닫고 나갔다. 그녀의 뒷모습을 명준은 안타깝게 지켜보기만 했다. 사랑조차 제대로 할 수 없는 그들의 처지가 불쌍했다. 하지만 그런 불쌍한 연인들을 위해서 자신이 해줄 수 있는 것은 아무것도 없었다. 아니 자신의 감정을 숨기고 있어야 한다는 사실이 부끄럽기만 했다. 적어도 그런 면에서 순옥은 용감한 여자였다. 조용히 며칠이 흘러갔다.

순옥과 마렉의 연애 사건은 그렇게 끝이 나는 줄 알았다. 그동안 누구도 순옥과 마렉에 대해서 아무런 추궁도 하지 않았다. 둘 사이의 관계를 알고 있는 사람들 역시 시간이 지나면 두 사람이 현명하게 자신들의 관계를 정리할 거라 믿었다. 무소식이 희소식이라고 명준은 모든 문제가 잘 해결되고 있다고 생각했다. 둘은 관계를 정리한 뒤, 순옥은 원래대로 평범한 김일성학교의 교사로 남을 것이며, 마렉은 자신의 꿈을 좇아서 의대를 마치고 정식으로 의사가 될 것이라 믿었다. 하지만 그건 두 사람을 모르는 섣부른 판단이었다. 겨울이 시작될 무렵, 폴란드 지역 신문에는 작은 기사 하나가 실렸다.

'브로츠와프 인근 별장에서 동양인 여성과 폴란드 남성의 주검이 발견되었다. 여성은 프와코비체에 머물고 있는 김일성학교 소속 여교사 최순옥, 남성은 브로츠와프 의대를 다니는 마렉이라는 의대생이다. 두 사람의 시체는 별장 관리인이 발견해서 경찰에 신고한 것으로 알려지고 있다. 현장에는 외부에서 침입한 흔적은 발견되지 않았다. 시신 옆에는 두 사람이 함께 마신 것으로 보이는 청산가리가 든 약병과 유서로 추정되는 편지가 남겨져 있었다. 주변 사람들에 따르면 두 사람은 서로 사랑하는 사이였던 것으로 알려지고 있다.'

사건이 일어난 일주일 뒤, 프와코비체로 폴란드 경찰들이 찾아왔다. 마렉과 순옥의 사건을 담당하는 형사들이었다. 명준은 그들을 통해서 순옥이 자필로 쓴 편지를 직접 읽어볼 수 있었다. 담당 형사들은 한글로 쓰여진 편지 안에 어떤 내용이 담겨져 있는지 알기를 원했다. 명준이 순옥의 편지를 읽고 옆에 있던 레나에게 러시아 말로 통역을 했다. 레나는 명준의 말을 폴란드 형사들이 이해할 수 있게 번역해주었다.

'어느 시대, 어떤 사람이라도 사람을 사랑한다는 것은 죄가 될 수 없습니다. 부디 우리 두 사람이 사랑했다는 이유로 죄인이 될 수밖에 없는 이 비참한 세상의 마지막 연인이 될 수 있기를 바랍니다. 우리 두 사람은 정말 사랑했고, 사랑했기에 우리들이 선택할 수 있는 것은 오직 이 방법뿐이었습니다. 저희는 이 세상을 떠나 마음껏 사랑하며 살겠습니다.'

편지를 읽으며 명준은 눈시울이 뜨거워졌다. 용기 있는 여자, 사랑을 위해 목숨까지 바칠 수 있는 숭고한 사람, 순옥이 그런 존재였다는 것을 뒤늦게 알게 된 것이 안타까웠다. 레나의 심정도 명준과 다를 게 없었다. 몇 달 전 명준이 폐렴으로 브로츠와프 병원에 입원했을 때, 레나는 우연히 순옥과 마주쳤던 일이 떠올랐다. 그때부터 두 사람은 특별한 관계로 발전하고 있었다. 사실 그 이후 몇 번 순옥이 자신을 찾아왔던 적이 있었다. 아마도 그때 순옥은 마렉과의 비밀 연애에 대해서 레나에게 뭔가를 털어놓으려 했던 것 같았다.

'그때 조금 더 따듯하게 대해줄 걸 그랬어. 분명 뭔가 나에게 도움을 청하려 했던 것 같은데, 나는 왜 그런 순옥을 모른 체했을까? 어쩌면 명준에 대한 감정 때문이었는지 모르겠어. 내 감정을 다른 사람에게 들키는 게 두려웠으니까. 그때 내가 조금이라도 도움의 손길을 내밀었다면, 오늘처럼 이렇게 순옥이 비참하게 생을 마감하지는 않았을 텐데…… 내가 조금만 더 용기를 냈다면, 아마 순옥의 인생도 달라졌을 텐데…… 순옥아! 미안해.'

레나는 스스로를 자책했다. 그런 자책감이 아무 쓸모 없는 감정일 뿐이라는 사실을 잘 알고 있었지만 레나는 마음이 무거웠다. 며칠 후 순옥의 시신은 평양의 요청으로 방부처리가 되어 열차 편으로 이송되었다. 그녀의 운구를 마지막 기차역에서 보내는 일까지 명준이 해야할 일이었다. 순옥의 시신이 평양에 도착했을 즈음, 당으로부터 긴급하게 전보 한 통이 날아왔다.

'강충식 긴급 소환'

순옥의 자살 사건은 잔잔한 파문을 일으켰다. 그 사건으로 곤혹스러워진 것은 폴란드 당국도 마찬가지였다. 평양에서는 딸의 죽음에 분노한 순옥의 아버지가 모든 인맥을 동원해서 강충식을 강제 송환했다는 소문이 들려왔다. 누구라도 딸의 억울한 죽음을 접한 아버지라면 그랬을 것이다.

강충식은 곧바로 짐을 싸고 공화국으로 돌아갔다. 그가 떠날 때 누구 한 사람 역에 배웅을 나가지 않았다. 충식은 혼자서 쓸쓸하게 폴란드를 떠나야 했다. 순옥과 마렉의 애절한 사랑 이야기는 시간이 지나면서 조금씩 잊혀져 갔다. 하지만 최순옥 자살 사건은 폴란드와 북한 당국에 큰 충격을 주었다. 양국의 젊은이들 사이를 갈라놓고 연애를 금지시키는 정책에 대해서 전면적으로 재검토 작업에 들어갔다. 과연 인간의 자연스러운 이성에 대한 감정을 부정하고 사랑을 못하게 하는 것이 옳은 일인지를 모두가 고민하게 된 사건이었다. 학교에서는 그 일이 있고 나서 폴란드인과 조선인이 만나는 것을 색안경을 끼고 보는 일도 점점 줄어들었다.

순옥과 마렉, 그렇게 두 사람은 슬픈 사연을 안고 세상을 떠났지만, 그들은 죽음을 통해서 영원히 함께 하겠다는 사랑의 약속을 지켰다. 당에서는 순옥과 마렉과 같은 비극적인 일들이 더 이상 일어나지 않도록 조치를 취하라는 지시가 내려왔다. 그것은 그동안 비밀 연애를 하고 있던 사람들에게는 단비와도 같은 소식이었다. 1953년은 그렇게 저물어가고 있었다.

제5부. 기숙사 탈출 사건

선우진은 레나를 만나기 위해서 다시 성당을 찾았다. 특별히 신앙은 없었지만, 레나 덕분에 자주 성당을 찾아오다 보니 이제는 종교에 대해서도 관심이 생기기 시작했다. 수십 년 가까운 세월을 남편에 대한 믿음과 기다림으로 버티고 있는 레나에게 신앙은 그녀를 지탱시켜주는 힘이었다. 사랑과 신의 힘이 아니고서는 그렇게 오랜 세월을 정처없이 기다릴 수는 없을 것 같았다.

레나는 늘 하던 대로 성당 뒷뜰에 있는 제단에 불을 붙이기 시작했다. 오늘도 그녀가 불을 밝히는 제단은 죽은 자를 위한 곳이 아니라 살아 있는 사람을 위한 기도의 제단이었다. 남편 리명준을 위해 그녀는 눈을 감고 오랜 시간 기도를 했다. 기도를 마친 레나에게 선우진이 다가갔다.

"최순옥 씨에 관한 이야기는 참 비극적인 일인 것 같습니다. 당시에 그런 일이 있었다고는 믿기지 않았습니다."

"순옥 씨는 정말 순수한 여자였어요. 마렉도 참 좋은 남자였구요. 조금만 버텼으면 어떻게든 좋은 세상에서 살 수도 있었을 텐데, 정말 아쉽습니다. 그렇지만 그 사건이 있고 나서 김일성학교에는 많은 변화가 있었습니다."

레나는 지팡이를 짚고 한 걸음씩 걸음을 옮겨 벤치로 가서 앉았다. 선우진도 그녀의 뒤를 따라 레나 옆에 자리를 잡았다.

"어떤 변화가 있었죠?"

"생각보다 최순옥의 아버지가 당 내에서 영향력이 있었나 봅니다. 당에서는 그런 비극적인 일들이 더 이상 일어나지 않도록 조치를 취하라는 지시가 내려왔습니다. 그것은 그동안 비밀 연애를 하고 있던 명준 씨나 저 같은 사람들에게는 정말 기쁜 소식이었습니다."

"그럼 그때부터 두 분도 본격적으로 연애를 시작하신 건가요?"

"그랬으면 좋았겠죠. 하지만 세상 일이 어디 그렇게 쉽나요? 두 사람이 그렇게 되고 난 뒤 얼마 안 있어 동유럽에 큰 변화가 일어났어요. 사랑 같은 것은 사치스러운 일이 되었죠."

"당시에 어떤 일들이 있었죠?"

"혁명이었죠. 자유를 향한 시민들의 저항이 시작된 것입니다. 공산주의 국가에선 상상도 할 수 없었던 일이었습니다. 1956년 헝가리 부다페스트에서 있던 시민 혁명에 대해서 들어보셨을 거예요. 사람들은 스탈린의 잔인한 독재에 신물이 났어요. 공산주의에 대한 환상이 깨지기 시작한 겁니다. 1953년 스탈린이 사망하자 곳곳에서 데모가 일어났습니다. 그 첫 출발은 폴란드였어요."

* * *

얼마 동안 프와코비체에는 평화로운 시간이 흘러갔다. 하지만 역사의 소용돌이는 멈출 줄 몰랐다. 1953년 3월 5일, 모스크바의 통치자 스탈린이 사망했다. 그의 사망은 동유럽 여러 나라들에 엄청난 변화를 몰고 왔다. 소비에트 독재권력, 철권 군사통치로 대변되는 스탈린의 죽음으로 동유럽 각국에서 반소비에트, 자유화 바람이 불어오기 시작했다. 변화의 바람이 가장 먼저 분 곳은 폴란드였다.

1953년 6월 28일 새벽, 폴란드 중부에 자리잡고 있던 공업 도시 포즈난에서 공장 노동자 수천 명이 반소비에트 구호를 외치며 봉기를 일으켰다. 폴란드의 살인적 물가와 높은 세금, 열악한 노동 여건을 견디다 못해 일어난 항쟁이었다. 이 봉기에 폴란드 자유주의 지식인과 학생, 시민들이 가세했다. 항쟁의 대열은 삽시간에 10만 명으로 불어났고, 중앙광장에 위치한 폴란드 국가보안위 청사와 관공서, 경찰서를 습격한 뒤 200여 명이 무기를 들었다. 시위에 참가한 노동자들은 '인터내셔널가'를 부르며 빵을 요구하는 구호를 외쳤다.

사태가 심각해지자 폴란드 인민위원회는 탱크 400대를 앞세운 1만여 명의 군대를 보내 사흘 만에 봉기를 진압했다. 그 결과 시민 57명이 숨지고 600여 명이 부상 당했다. 시위에 참가한 반체제 인사와 노동자 수천 명이 연행됐다. 연이어 동독 베를린에서도 스탈린 사후 공산주의 체제의 청산을 요구하는 시위가 일어났다. 그것은 스탈린의 지나친 독재 권력에 저항하는 시민들의 자유를 외치는 항거였다.

소비에트의 지나친 감시 체제와 폭정에 불만을 품은 시민들의 목소리가 곳곳에서 터져나왔다. 처음에는 단순히 경제적인 불만 정도로 생각했지만, 시간이 지날수록 그들의 요구는 먹고 사는 것에 국한되지 않았다. 그들은 낡고 강압적인 스탈린 체제로부터 해방되는 것을 꿈꾸기 시작했다. 그것은 자유를 향한 항거였다.

폴란드 시골 마을에서도 신문을 통해 포즈난에서 벌어지고 있는 노동자들의 봉기가 전해지고 있었다. 명준은 공산주의 국가들 사이에서 벌어지고 있는 시민들의 시위를 놀라운 눈으로 바라보고 있었다. 시민들은 목숨을 걸고 시위에 참여하고 있었다. 명준은 시민들의 그런 용기가 어디서 나오는 것인지 궁금했다. 자신들의 사회주의 공화국에서는 쉽게 찾아볼 수 없는 행동들이었다. 단순히 당의 노선을 반대하는 것이 아니었다. 그들은 사회를 근본에서 변혁시키겠다고 일어났다. 이런 상황 속에서 동유럽에서 일어나고 있는 자유화 혁명에 누구보다 촉각을 곤두세우고 있던 것은 평양이었다.

평양 당국은 동유럽에서 벌어지고 있는 시민들의 자유화 혁명을 예의주시했다. 사회주의 체제를 반대하고, 스탈린 독재 체제의 청산을 부르짖는 시민들의 구호는 결코 용납될 수 없는 반혁명분자들의 책동이었다. 무엇보다 1만 명이나 되는 공화국 아이들이 머물고 있는 동유럽에서 일어나고 있는 자유화 시민 혁명이 아이들에게 좋지 않은 사상적 영향을 줄 것을 우려했다. 평양에서는 매일같이 동유럽 상황을 보고하라는 명령이 하달되었다. '공화국 아이들이 유럽의 부르주아 사상에 오염되지 않도록 각별한 주의를 하라'는 공문이 사흘

이 멀다 하고 내려왔다. 그러던 어느 날이었다. 드디어 우려했던 일이 터지고야 말았다. 그날도 명준은 폴란드와 베를린에서 일어나고 있는 노동자들의 봉기 상황을 보도하는 신문들을 읽으며 자료를 정리하고 있었다. 갑자기 폴란드 정보 당국에서 자신을 찾는다는 전화가 왔다.

"지금 바르샤바로 와주셔야 할 것 같습니다."

"바르샤바로요? 무슨 일 때문에 그러시죠?"

"북한 사람으로 추정되는 학생 한 명이 폴란드 국경 수비대에 검거되었다는 연락이 왔습니다. 그런데 그 학생이 자신의 거주지를 프와코비체라고 작성했다고 합니다. 아직까지는 구체적인 동기나 이름을 밝히지 않고 있는 상태입니다. 프와코비체에 사는 동양인이라면 당신네 기숙사에 살고 있는 전쟁고아 말고 또 누가 있겠습니까?"

명준은 드디어 올 것이 왔다는 생각이 들었다. 전화기를 내려놓고 북한 교사들에게 긴급 회의를 소집시켰다. 동유럽 정세가 심상치 않다는 것은 교사들도 잘 알고 있었다. 교사들은 명준의 호출을 받자마자 사무실로 부리나케 달려왔다.

"지금 우리 기숙사 아이들 중에 이탈자가 있는지 파악해 보시기 바랍니다."

"그 많은 아이들을 일일이 확인하려면 시간이 필요합니다."

"급합니다. 최대한 빨리 처리해주세요. 바르샤바로 가야 합니다."

"알겠습니다. 신속하게 움직이겠습니다."

프와코비체에 머물고 있는 아이들은 수백 명에 달했다. 아이들은 기숙사에 분산되어 생활하고 있었다. 십여 개나 되는 기숙사 건물을 찾아다니며 이탈자를 확인하기란 쉽지 않은 일이었다. 북한 교사들은 서둘러서 학급 반장들을 불러 모았다. 이미 손에는 아이들의 명단이 적혀 있는 종이가 쥐어져 있었다. 교사들은 반장들에게 아이들의 기숙사 방 번호와 이름들이 적혀 있는 종이를 나눠줬다.

"기숙사 명단이다. 지금부터 기숙사로 가서 아이들 중에 이탈자가 있는지 확인해 봐라! 정확하게 해야 한다. 허술하게 해서는 안 될 일이다!"

반장들은 종이를 들고 배정받은 건물들을 향해 흩어졌다. 저녁 식사 시간이 가까와져 있었기 때문에 대부분의 아이들은 방안에 있거나 아니면 식당에 몰려 있었다. 반장은 건물 안으로 들어가자마자 방안에 있는 아이들을 모두 복도에 일렬로 줄을 맞춰 세웠다. 그리고 교사들이 나눠준 종이를 들고 이름을 호명하기 시작했다.

"지금부터 이름을 호명하면 큰 소리로 대답하라우!"

"박정길!"

"네."

"황동규!"

"네!"

"김인기!"

"네!"

"정동화! 정동화!"

동화의 이름이 계속 호명되었다. 하지만 대답은 들리지 않았다.

"정동화! 역시 이 자식이었군!"

이탈자를 찾는 일은 생각보다 그리 오래 걸리지 않았다. 13호 기숙사 건물에 있던 정동화의 행적이 묘연하다는 보고가 명준에게 전달되었다. 모두가 우려했던 대로였다. 규율반장 박상혁은 무리를 이끌고 정동화의 동생 정보배가 있는 주방으로 달려 들어갔다. 보배는 평소처럼 주방일을 하고 있는 베로니카를 도와주기 위해 감자를 손질하고 있었다.

"정보배! 잠깐 나 좀 보자!"

갑작스런 박상혁 무리의 출현에 보배는 놀라서 하던 일을 멈추고 자리에서 일어났다.

"정동화가 기숙사를 무단 이탈했다. 너도 알고 있겠지?"

"난 모르는 일인데요. 그리고 오빠가 기숙사를 몰래 빠져나간 게 어디 하루이틀 일인가요? 금방 돌아올 거예요."

"이번엔 좀 달라. 국경 검문소에서 기차를 타고 가다 걸렸다."

"오빠가요? 거기서 뭘 하다가……?"

"공화국을 배신하고 도망치려고 했던 거지!"

"오빠는 그런 사람이 아니예요. 그리고 난 아는 게 없어요."

박상혁은 더 이상 얻을 정보가 없다는 판단이 들었는지 무리를 이끌고 주방을 빠져나갔다. 보배는 갑자기 오빠가 국경을 넘으려 했다는 말이 믿기지 않았다. 기숙사 담장이야 자주 넘었지만, 그렇다고 폴란드를 탈출한다는 것은 상상도 할 수 없는 일이었기 때문이다. 옆에 있던 베로니카가 걱정이 되어 보배를 위로했다.

"큰 일이야 있겠어? 동화가 원래 좀 엉뚱한 데가 있잖아. 무사히 돌아올 테니 너무 걱정하지 마라."

박상혁의 무리는 곧바로 동화의 침실로 들이 닥쳤다. 무리들은 옷장이며 책상을 뒤지기 시작했다. 책상 밑에서 그들은 결국 작은 상자를 하나 발견했다. 상자를 열자 동화가 그동안 모았던 잡동사니들이 들어 있었다. 그 가운데에는 파리의 에펠탑과 샹젤리제의 모습이 담긴 광고 전단지도 포함되어 있었다.

언제부턴지 모르겠지만 동화는 프랑스 파리에 관련된 정보를 모으고 있었던 것으로 보였다. 그리고 상자 맨 밑에는 문고판 책도 한 권 있었다. '몽테크리스토 백작'이란 제목의 책이었다. 억울하게 감옥에 갇혔던 에드몽 당테스가 감옥을 탈출해 백작이 되어 배신자들을 응징하고 자유롭게 살아간다는 내용이 담긴 책이었다. 기숙사 담장을 너머 새로운 세계를 동경했던 동화의 모습은 어쩌면 이 책에 등장하는 주인공 당테스의 모습을 닮고 싶었던 것은 아니었을까. 상혁은 서둘러 동화의 책과 잡동사니들을 상자 속에 집어넣었다. 그들은 곧장 기숙사 담당 교사인 레나에게로 향했다.

"이게 정동화의 책상에서 나왔습니다."

상혁은 범죄의 증거물이라도 찾아냈다는 듯이 의기양양하게 상자를 레나 앞에 내밀었다.

"이건 어디서 찾은 거지?"

"정동화의 책상 밑에 있었습니다."

레나는 상자를 열어 보았다. 파리 에펠탑을 비롯해서 프랑스 여러 도시들이 담긴 사진들이 보였다. 오래 전부터 잡지나 신문에서 오린 것들을 모아놓은 것이었다. 레나의 눈에도 '몽테크리스토 백작'의 책이 보였다. 순간 레나는 가슴이 철렁했다. 언젠가 검은숲으로 아이들을 데리고 갔을 때 자신이 직접 읽어주었던 책이었다.

그날 레나는 주인공 에드몽 당테스가 감옥에 갇혀서 평생의 은인이 될 파리아 신부를 만나 철학, 정치, 역사, 화학 같은 지식을 쌓고 교양인이 되는 과정에 대해서 이야기를 들려줬다. 사람은 지식을 쌓아야 자신의 운명을 스스로 개척할 수 있다고, 아이들에게 힘주어 가르쳤던 것도 떠올랐다. 감옥을 탈출한 당테스가 백작이 되어서 통쾌하게 배신자들을 무찌르고 자신을 도와줬던 사람들에게 은혜를 보답하는 이야기는 아이들이 가장 재밌어 하던 부분이었다. 그때 맨 뒷줄에서 자신의 이야기를 묵묵히 듣고 있던 정동화의 모습도 떠올랐다. 그날 수업이 끝나자 동화가 자신에게 다가와 나직한 목소리로 말했다.

"선생님, 저 한 가지 부탁이 있는데요."

"뭔데?"

"오늘 선생님이 읽어주신 책이요. 제가 한번 읽어봐도 될까요?"

"이 책 말이니?"

레나는 옆구리에 끼고 있던 책을 동화에게 보여주었다.

"네. 꼭 읽어보고 싶어요."

"오늘 이야기가 재밌었나 보구나."

"너무 재밌었어요."

그날 레나는 동화에게 책을 주었다. 며칠 후 동화는 책을 갖고 다시 레나를 찾아왔다. 책을 돌려주려고 온 것이었다.

"선생님, 책 잘 읽었습니다."

"재밌게 읽었니?"

"너무 재밌게 읽었어요."

"또 읽고 싶은 책이 있으면 언제든 말해."

"저…… 선생님. 그런데 이 책 제가 가지면 안 될까요?"

"녀석, 정말 이 책이 좋았나 보구나."

"네. 나중에 시간 나면 한 번 더 읽고 싶어서요."

레나는 그때 아무 생각 없이 동화에게 책을 선물했다. 동화가 책을 받아들고 뛸듯이 기뻐하며 방을 나서던 모습도 기억이 났다.

'어쩌면 동화는 이 책을 읽을 때부터 몽테크리스토 백작처럼 되고 싶었던 것은 아니었을까? 만약 그렇다면 동화가 기숙사를 빠져나간 것 역시 단지 호기심 때문이었는지도 모른다. 동화는 에드몽 단테스가 살았다는 몽테크리스토 백작의 섬에 가고 싶었던 것은 아니었을까? 지금 동화에게 필요한 것은 바로 이 책이야. 내가 가서 설명을 하고 그에 대한 오해를 풀어줘야 해.'

한편 명준은 서둘러 서류 가방과 외투를 챙겨서 학교를 나섰다. 역까지는 차를 타고 가야했다. 대기해 놓은 차에는 이미 시동이 걸려 있었다. 명준은 차 문을 열고 가방을 안으로 던졌다. 순간 어느새 레나가 옆에 와 있었다.

"제가 같이 동행하겠습니다."

"그럴 필요는 없소!"

"아닙니다. 제가 꼭 가야 합니다."

"무슨 이유라도 있는 거요?"

"제가 가서 동화에 대한 오해를 풀어줘야 합니다."

명준은 더 이상 레나를 막을 수 없었다. 레나가 완고하게 고집을 부리는 데는 이유가 있을 거라 여겼다. 게다가 이탈자가 13호 기숙사에서 나왔다는 사실은 곧 레나에게도 책임이 있다는 걸 의미했다.

"좋소. 타시요!"

명준은 뒷자리에 레나를 태웠다. 둘은 나란히 한 자리에 앉았다. 명준은 서류 가방을 꺼내 몇 장의 서류를 레나에게 건넸다. 폴란드 정보당국의 1차 심문 자료였다.

"녀석이 폴란드 국경을 벗어나서 오스트리아로 향하는 기차를 타고 있었다고 합니다."

"오스트리아?"

"주머니에서 기차표가 나왔어요. 갖고 있던 열차표의 최종 목적지가 비엔나였습니다. 비엔나까지 가면 유럽 다른 도시로 가는 것은 쉬웠을 테니까요. 아마도 폴란드 정보원들 말처럼 진짜 서방 세계로 탈출을 하려고 했던 게 아닐까요?"

"그건 오해입니다. 동화의 목적지는 비엔나가 아닙니다. 당신이 생각하는 그런 정치적인 목적이 아니었습니다."

"그렇다면 다른 무슨 이유가 있었던 것이요?"

레나는 명준 앞에 한 권의 책을 내놓았다. 동화가 갖고 있었던 '몽테크리스토 백작'이란 책이었다.

"몽테크리스토 백작? 이 책을 왜 갖고 온 거요?"

"동화의 방에서 나온 책입니다. 제가 동화에게 준 책이기도 하구요."

"이게 무슨 연관이 있다는 거요."

"동화는 이 책의 주인공을 동경했던 겁니다. 그렇게 거창한 이유가 아닐 겁니다."

명준은 조용히 책장을 펼쳤다. 자신이 들고 있는 한 권의 책 때문에 이런 일이 벌어졌다는 게 믿어지지 않았다. 책 사이에는 유럽을 펼쳐놓은 듯한 지도가 한 장 들어 있었다. 지도 곳곳에는 붉은 색연필로 동그라미가 쳐져 있는 것들도 보였다. 프랑스의 유명 도시들이었다. 명준은 눈 앞에 놓인 증거물들을 보면서 동화가 뭔가를 간절히 찾고 있었다는 레나의 말이 사실일 수도 있다는 생각이 들었다. 레나가 명준에게 다시 말을 걸었다.

"동화는 똑똑한 아이입니다."

"나도 그건 잘 알고 있소."

"어떻게든 우리가 동화의 오해를 풀어줘야 합니다."

"알겠소. 최선을 다해 봅시다. 하지만 레나, 솔직히 어떻게 될지 잘 모르겠소. 우리가 지금 유럽 땅에 살고는 있지만, 모든 건 평양의 결정에 달려 있소. 몸은 공화국을 떠나 있지만, 공화국의 시계에 맞춰서 생활해야 한다는 뜻이요. 지금 동화는 기숙사 규정을 어기고 무단이탈을 했고, 그건 공화국의 규칙에 도전한 엄중한 일이요."

레나 역시 할 말이 없었다. 숙소를 무단 이탈하고 적성국인 서방 세계로 탈출을 시도한 행위는 어떤 것으로도 용납될 수 없는 반역행위였다. 공화국에서 반역 행위를 저지른 자들이 어떤 처벌을 받는가 정도는 레나도 잘 알고 있었다. 하지만 동화는 그저 꿈이 생겼을 뿐이었다. 몽테크리스토 백작처럼 더 넓은 세상을 향해 나아가고 싶었을 뿐이다. 감옥에 갇혀서 자유를 잃어버리고 사는 것보다, 목숨을 걸고서라도 자유로운 삶을 위해 절벽에서 뛰어내리고 싶었던 것이다. 그 아이의 마음을 이해할 수 있다면, 공화국의 규칙을 위반한 배신자라는 무시무시한 범죄자로 아이를 규정짓는 일은 피해야 할 것이다. 레나는 순간 자신의 주먹에 힘이 들어가는 게 느껴졌다.

바르샤바까지 자동차는 고속도로 위를 쉬지 않고 달렸다. 밤 10시를 조금 넘긴 시각, 명준의 일행을 태운 자동차는 바르샤바 시내에 위치한 폴란드 정보국 건물에 도착했다. 멀리서 공사가 진행 중에 있는 문화예술궁전 건물의 철골 구조물들이 보였다. 바르샤바 시민들은 그 건물을 가리켜 스탈린의 선물이라고 불렀다. 강압과 권위주의로 일관된 스탈린 체제의 상징이었다. 저 건물이 완성되면 바르샤바 시민들은 어느 곳에서든 스탈린의 흔적을 바라보게 될 것이다. 비록 스탈린은 세상에 없지만, 그의 정신적 유산은 폴란드에서 어쩌면 영원히 사라지지 않을 것 같다는 생각이 들었다.

건물에 도착해서 명준은 간단한 신원 확인 절차를 거친 뒤 서류에 서명을 했다. 폴란드 정보기관에서 마중 나온 사람들은 정장을 차려입은 말쑥한 젊은이들이었다. 그들의 안내를 받아 간 곳은 동화가 머물고 있는 작은 공간이었다. 방 안은 투명한 벽을 사이에 두고 반으로 나눠져 있었다. 건너편 유리창 너머로 동화의 모습이 보였다. 겁먹은 표정으로 고개를 숙인 채 앉아 있는 그의 모습을 보자 레나가 탄식을 했다.

"동화가 맞네요."

더 이상의 말이 필요없었다. 잠시 후 다시 폴란드 보안요원들은 명준과 레나를 책임자의 방으로 안내했다. 방문을 열고 안으로 들어서자 담배 연기가 가득했다. 중앙에 있는 커다란 책상에 앉아 있는 남자 뒤로 창문들이 열려 있었지만 쉽게 연기가 빠질 것 같지 않았다. 담배를 피워 물고 있는 중년의 남자가 오늘 명준이 만나야 할 폴란드 정보기관의 책임자였다. 그는 억양이 강한 폴란드 말로 누군가와 전화를 하고 있었다. 그가 손짓으로 명준 일행에게 자리에 앉으라는 시늉을 했다. 잠시 후 전화를 끊고 그가 소파로 왔다.

"정보국을 책임지고 있는 블라드미르입니다. 먼 길 오시느라 수고 많았습니다."

"반갑습니다. 프와코비체 김일성학교 교장 리명준이라고 합니다. 옆에 있는 이 분은 우리 학교의 폴란드 문학교사 레나 폴리니 선생님이십니다."

레나는 책임자와 간단하게 인사를 했다. 명준은 일부러 기숙사를 책임지고 있는 레나의 역할에 대해서는 언급을 하지 않았다. 혹시라도 불똥이 레나에게까지 튈지 모르기 때문이었다. 보안국 담당자는 서류를 들고 이야기를 시작했다. 그가 들고 있는 사진 속에 동화의 사진이 얼핏 보였다.

"본론으로 들어가겠습니다. 폴란드 정부 입장에서는 이 학생의 문제가 외교적인 갈등으로 번지는 것을 원하지 않습니다. 그래서 일단 당신네 공화국이 원하는 대로 처리를 할 계획입니다. 이미 당신네 정보당국자들과 통화를 한 상태입니다."

"공화국 입장은 뭔가요?"

레나가 갑자기 질문을 던졌다. 명준은 레나가 그런 질문을 하리라고는 예상도 못했다.

"평양으로 송환하라는 지시였습니다."

"잠깐만요. 당신들이 생각하고 있는 것처럼 반역 행위가 아닙니다."

레나는 가방에서 책과 사진들을 꺼냈다.

"아이의 방에서 나온 책입니다. 책 속의 주인공처럼 그저 몇몇 장소들을 구경하고 싶었던 것입니다. 무슨 특별한 목적이 있었던 게 아니었습니다."

폴란드 정보담당자는 레나가 내민 자료들을 건성건성 넘겨 봤다. 그는 대수롭지 않은 듯한 표정을 지으며 말했다.

"참고하죠. 다만 이런 문제가 발생한 원인에 대해서는 철저하게 조사를 하겠다는 것이 저희 측의 입장입니다. 지금 폴란드 상황이 그리 좋지 않거든요. 게다가 북한 아이들이 안전하게 생활할 수 있도록 하는 것이 저희들로서도 중요합니다. 이런 사건이 계속해서 발생하지 않도록 학교 측에서도 각별히 주의를 기울여주시기를 바랍니다."

"물론입니다. 저희도 이번 일을 계기로 아이들을 관리하는 일에 좀 더 각별히 신경을 쓸 계획입니다. 협조할 것이 있다면 무엇이든 협조하라는 것이 당의 명령입니다."

명준이 정보당국자의 심기를 거스리지 않도록 비위를 맞췄다.

"그럼 저 학생은 저희들이 몇 가지 심문을 거친 후, 공화국 정보당국자들에게 인계하도록 하겠습니다."

"정보당국에 인계라고요? 그럼 학교로 다시 돌아오지 못한다는 뜻인가요?"

"연락 못 받았습니까? 저희쪽에서 당신네 공화국 대사관 직원들에게 내일 오전 학생을 넘겨주기로 되어 있습니다."

"저는 그런 연락을 받지 못했습니다. 제가 이곳에 온 이유는 아이를 안전하게 다시 프와코비체로 데리고 가려고 온 것입니다."

"그건 불가능합니다. 무엇보다 당신네 대사관에서 아이의 인계를 요구하고 있습니다. 다음에 거취에 대해서는 우리가 관여할 문제가 아닙니다."

"그럼 평양으로 송환될 수 있다는 건가요?"

"여러 가지 상황으로 봤을 때 아마 그렇게 되지 않을까 싶습니다.

평양 당국은 동화의 전격적인 송환을 원하고 있었다. 그런 상황을 명준이 예상하지 않은 것은 아니었다. 하지만 할 수만 있다면 자기 손으로 그를 집으로 데려가는 것이 교장으로서 명준이 해야 할 일이라고 생각했다. 어린 학생의 행동을 심각한 정치적 반역 행위로 규정짓는 것은 가혹한 일이라고 판단했기 때문이다. 명준은 동화의 기숙사 무단 이탈을 평양 당국이 너무 지나치게 심각한 것으로 판단하고 있다고 생각했다. 만약 이런 상황 속에서 본국으로 송환된다면 동화는 교화소나 정치범 수용소로 보내질 것이 뻔했다. 어떻게든 폴란드 정보국에 호소를 해서라도 그를 빼낼 수 있다면 그것이야말로 최선의 방법이었다.

"저 학생은 그저 호기심에 여행을 가려고 했던 것입니다. 그리고 책임을 묻는다면 아이를 제대로 관리하지 못한 저희들에게 있습니다. 너그럽게 봐주시면 안 되겠습니까? 아직 철모르는 학생입니다."

"물론 폴란드 입장에서는 최대한 편의를 봐주려고 합니다. 하지만 당신네 공화국 입장은 단호합니다. 무조건 송환한다는 방침이 정해져 있는 것 같습니다. 제 입장에서는 더 이상 드릴 말씀이 없습니다."

명준은 절망스러웠다. 레나는 어찌할 바를 몰라 눈물까지 글썽거리고 있었다. 자신이 건넨 한 권의 책 때문에 동화가 이렇게 된 것 같아 자책감까지 들었다. 아니, 그보다는 꿈 많고 상상력 풍부한 정동화 같은 아이의 바람 하나도 제대로 들어줄 수 없는 어른들의 모습에 화가 났다. 게다가 자신이 설득해야 할 대상이 폴란드 정보당국자가 아니라 명준의 조국, 바로 공화국의 책임자들이라는 사실 앞에서 레나는 할 말을 잃어버렸다.

"무슨 죽을 죄를 지은 것도 아니지 않습니까?!"

갑자기 상기된 얼굴로 레나가 소리쳤다. 레나의 말 한 마디에 방안의 공기는 싸늘하게 변했다. 하지만 그 말 한마디로 상황을 바꿀

힘은 그 누구에게도 없었다. '무슨 죽을 죄를 지은 것도 아니지 않습니까?!', 레나가 한 말이 계속해서 명준의 가슴을 후벼 팠다. 명준은 자신의 처지가 비참해 보였다.

'그래. 무슨 죽을 죄를 지은 것도 아니지……'

하지만 그 말은 명준의 입속에서만 맴돌 뿐이었다. 상황은 신속하게 결론을 향해 나아가고 있었다. 더 이상 서로 나눌 말도 없었다. 동화는 내일이라도 날이 밝는 대로 공화국 정보당국자들에게 인계될 것이고, 그 다음 행적은 불을 보듯 뻔한 일이었다. 평양으로 이송되고, 당의 준엄한 비판을 받게 될 것이며, 결국 소문으로만 들었던 정치범 수용소나 감옥으로 가게 될 것이 뻔했다. 레나 역시 절망스럽긴 마찬가지였다.

"한 가지 부탁 좀 드리겠습니다. 아까 보니까 아이가 꽤 두려움에 떨고 있는 것 같습니다. 아이를 위해서 저희들이 잠깐 얼굴만이라도 볼 수 있도록 해주십시오."

정보담당자는 고개를 끄덕이며 옆에 대기하고 있던 보안 직원들에게 손짓을 했다. 말이 아니라 손짓으로만 허락을 한 것으로 봐서는, 아마도 규정에는 없는 일인 듯했다. 동화는 이제 범죄자였고, 범죄를 저지른 사람을 일반인과 접촉하게 하는 것 역시 규정을 어기는 일이었다. 하지만 그는 어린 학생에 불과했다. 게다가 지금이 아니면 다시 만날 수 있는 기회는 평생 없을 것이 분명했다. 그걸 폴란드 정보담당자들도 잘 알고 있었다. 그들에게 10분의 시간이 허락되었다. 명준과 레나는 보안요원들의 안내를 받아 동화가 감금되어 있는 곳으로 안내되었다.

"면담은 10분 동안만 제공됩니다."

담당 직원은 사무적인 말투를 남기고 방안을 나갔다. 이제 방안에 남은 것은 겁에 질려 있는 동화, 그리고 명준과 레나 뿐이었다. 동화는 여전히 고개를 숙인 채 아무 말도 하지 않았다.

"뭐 좀 먹었니?"

"아뇨."

"배고프지 않아?"

"괜찮습니다."

"왜 그랬는지 이유를 묻지는 않겠다. 다만 너의 이번 행동은 스스로 책임을 져야할 것 같다. 너도 철모르는 아이가 아니잖니."

"알고 있습니다."

"너를 데리고 같이 집으로 돌아가려고 했는데, 쉽지 않을 것 같다."

동화는 아무런 말도 하지 않았다. 레나는 조용히 책을 꺼냈다. 몽테크리스토 백작의 성이 보이는 사진도 있었다.

"동화야. 여기가 그렇게 가고 싶었니?"

동화는 사진을 보자 눈을 크게 뜨며 놀라는 기색을 보였다.

"말을 하지 그랬어. 이곳에 가보고 싶다고…… 차라리 선생님이 데리고 갈 걸 그랬어."

"선생님……!"

갑자기 동화의 눈에서 닭똥같은 눈물이 떨어지기 시작했다

"괜히 너를 이렇게 만든 것 같아서 선생님이 마음이 아프구나."

"선생님이 무슨 잘못이 있다구요."

"아니야. 내 잘못이야. 내가 괜히 이런 책을 너한테 준 것 같다."

"레나 선생님, 저 후회하지 않아요. 그리고 그 책 읽으면서 혼자만의 상상이었지만 정말 좋았어요."

"선생님이 많이 미안해."

"미안해 하지 마세요. 나중에 가보면 되죠."

"그래. 그런 꿈을 꿀 수 있다는 게 얼마나 대단한 건데……"

"저는 나중에 주인공처럼 선원이 될 거예요. 그래서 세상 곳곳을 다 돌아볼 거예요. 물론 당분간은 어렵겠지만……"

"멋진 꿈이네. 그때까지 우리 건강하게 잘 지내자. 어떤 상황이 와도 너 스스로 그 어려움을 극복해야 해. 알았지?"

두 사람의 대화를 물끄러미 듣고 있던 명준은 무슨 말을 해야 좋을지 몰랐다. 아이 하나도 집으로 데려갈 수 없는 무기력한 교장, 그런 자신의 모습이 초라하게만 느껴졌다. 명준이 힘겹게 꺼낸 이야기는 고작 앞으로 진행될 절차를 설명하는 것에 지나지 않았다.

"내일 대사관에서 데리러 올거야. 그 사람들을 따라서 고향으로 돌아가게 될 거다."

"고향이요?"

갑자기 동화가 '고향'이란 단어를 혼잣말처럼 중얼거렸다.

"제 고향은 어디죠? 태어난 곳이 고향이라면, 이제 그곳엔 아무도 없어요. 친구도 없고, 부모님도 없는 곳이에요."

동화의 말에 명준은 가슴이 쓰렸다. 뭔가 자신을 향해 추궁을 하는 것처럼 들렸다. 그의 말처럼 진짜 고향은 어디일까? 당과 국가를 위한다는 명분 아래 한 개인의 삶이 이렇게 짓밟혀도 좋은 것인가. 그리고 지금 침묵하고 있는 자신의 모습은 또 얼마나 초라한 것인가. 머릿속에 여러 가지 질문들이 어지럽게 스쳤다.

"선생님, 여기까지 와주셔서 감사합니다. 저도 이젠 다 컸어요. 제 일은 스스로 알아서 해야죠."

어느새 10분이라는 시간이 지나갔다. 폴란드 보안 요원들이 다시 방안으로 들어왔다. 이제 동화와 이별을 해야 할 시간이 왔다. 언제 다시 만날지 알 수 없는 이별이었다. 레나가 자리에서 일어나 두 팔로 동화의 어깨를 감쌌다. 애써 울음을 감추고 있는 레나의 모습을 보자, 명준도 눈물이 나올 것만 같았다. 하지만 명준은 입술을 굳게 깨물었다.

"그럼 무사히 귀국하도록 하거라. 인연이 있으면 다시 만날 수 있을 거다."

"네. 선생님!"

정동화는 아무 말 없이 고개를 숙였다. 고작 그런 인사만을 하려고 여기까지 왔던 것은 아니었다. 하지만 명준이 그를 위해 해줄 수 있는 것은 아무것도 없었다. 명준은 조용히 자리에서 일어났다. 문을 열고 밖으로 나가려는 데 등 뒤에서 다시 동화가 외치는 소리가 들렸다.

"선생님! 보배한테 몸 건강하게 잘 지내라고 전해주세요. 보배를 못 보고 가는 게 제일 아쉽긴 하지만…… 강한 아이니까 잘 지낼 거라 믿어요. 그리고 병호한테 보배를 잘 부탁한다고 전해주세요. 내가 다시 찾아올 거라고 꼭 전해주세요. 전 반드시 집으로 돌아갈 거예요. 반드시!"

마지막 순간까지도 동화는 '반드시'라는 말에 있는 힘을 다 주었다. 그렇게 세 사람은 작별을 고했다. 명준과 레나는 돌아오는 차 안에서 아무 말도 하지 않았다. 할 수 있는 말이 없었다.

늦은 밤 바르샤바 거리 곳곳에서는 자유화를 외치며 시민들이 시위를 벌이고 있었다. 군중들은 거리 한 복판까지 나와서 구호를 외치고 있었다. 이전에 볼 수 없었던 놀라운 변화였다. 소비에트와 스탈린의 권력 앞에서 숨죽여야 했던 폴란드인들이 드디어 자신의 목소리를 외치기 시작한 것이다. 시위대는 '반스탈린', '반소비에트' 구호가 적힌 피켓을 흔들었다. 차 안에 탄 명준과 레나는 이들의 모습을 물끄러미 바라보고 있었다. 말을 먼저 꺼낸 쪽은 명준이었다.

"시위대가 점점 커지고 있는 것 같은데……"

"그동안 사람들이 많이 참았죠. 언젠간 일어날 일들이 터지고 있는 겁니다."

"당과 지도자에 대해서 이렇게 반대할 수 있는 목소리를 내고 있다는 것이 놀랍소."

"자유를 빼앗긴 삶에 다들 지친 것입니다."

"우리로선 상상할 수도 없는 일이요."

"잘못된 길로 가는 것을 국민들이 가만히 보고 있을 수 없었을 겁니다."

"한편으로는 부럽소. 저들의 모습이…… 자유란 게 도대체 뭔지……"

명준은 많은 생각이 있는 것 같았다. 레나는 그런 명준의 모습이 안쓰럽게만 느껴졌다.

"명준 씨, 그런데 정동화는 이제 어떻게 되는 거죠?"

"북으로 이송된 후에 교화소로 끌려가겠지. 그게 일반적인 수순이니까."

"교화소?"

"정치 사상범들을 개조하는 곳이요."

"겨우 18살밖에 안 된 애를 그런 곳에 보낸다구요?"

"당의 지침이니 우리로서도 어쩔 수가 없소."

"난 이해할 수 없어요. 저 시민들이 원하는 것처럼 사람들에게는 자유가 필요해요. 그것 없이 인간이 인간답게 살 수 없어요."

"레나, 말조심 하시요. 그건 우리가 원하는 게 아니니까. 우리에겐 우리만의 방식이 있는 것이니까."

명준은 단호하게 레나의 말을 막았다. 더 이상 두 사람의 대화는 이어지지 않았다. 어색한 침묵이 두 사람 사이를 감쌌다. 사실 운전대를 잡고 있는 폴란드인도 믿을 수가 없었다. 자칫 말 실수라도 한다면 그건 레나와 자신에게 치명적인 일이 벌어질 수도 있다는 것을 의미했다. 누구도 믿을 수 없는 현실, 그것이 명준의 마음을 아프게 눌렀다.

며칠 후, 예정대로 정동화는 곧바로 북으로 송환되었다. 북으로 이송된 이후, 명준이 걱정했던 대로 정동화는 교화소로 끌려갔다. 그 소식을 알게 된 정보배는 큰 충격을 받았다. 작별 인사도 없이 사라진 오빠를 생각하면 미칠 것 같았다. 며칠 동안 보배는 충격에서 벗어나지 못했다. 혼자 있을 때는 눈물만 흘릴 뿐이었다. 친구들은 물론이고 병호가 아무리 위로를 해도 그 상처를 치유할 수 없었다.

"오빠가 너무 불쌍해."

"동화는 똑똑한 녀석이니까 어디서든 잘 살고 있을 거야."

"오빠 혼자서 어떻게?"

"내가 동화를 알아. 그 녀석은 사막에 혼자 남아도 살아남을 녀석이야. 너무 걱정하지 마."

"병호 오빠, 난 왠지 불안해. 우리 오빠한테 안 좋은 일이라도 일어나면 어떡해?"

"그런 일은 없을 거야. 그리고 동화가 다시 돌아온다고 했잖아. 너도 굳게 마음 먹고 있어."

보배는 병호의 이야기가 하나도 귀에 들어오지 않았다. 보배는 불길한 마음이 들었다. 왠지 두 번 다시 오빠를 만나지 못할 것 같은 느낌이 들었다. 그리고 몇 년 후, 충격적인 소식이 폴란드 프와코비체 마을 아이들에게 전달되었다. 그것은 정동화가 교화소를 탈출했다는 소식이었다.

* * *

헝가리 부다페스트 한가운데를 흘러가는 도나우 강은 가까이 다가갈수록 물살이 거칠고 흐름이 빠른 게 느껴진다. 선우진은 직접 차를 몰고 부다페스트의 명물 세체니 다리를 건너고 있었다. 퇴근 시간이 되어선지 다리 위에는 차들로 빽빽히 들어차 있어 좀처럼 차가 앞으로 나가지 않았다.

선우진은 40년 전 헝가리에서 일어났던 부다페스트 혁명을 상상해 봤다. 지금은 아름답고 고색창연한 부다페스트의 오래된 건물이 눈에 보이지만, 1956년 당시에는 부다페스트 시내로 진입하는 소련군 탱크에 맞서 헝가리 시민들이 시가전을 벌였던 곳이다. 수많은 사람이 죽고 다쳤지만, 당시 부다페스트 시민들이 보여준 용기는 전 세계인들의 가슴에 깊은 인상을 남겼다. 그들의 자유를 향한 외침에 많은 사람들이 공감했던 것이다.

선우진은 폴란드 정보당국의 주선으로 부다페스트에서 한 남자를 만나기로 되어 있었다. 지금 조사하고 있는 사건의 배경을 파악하는데 중요한 열쇠를 쥐고 있는 사람이었다. 약속 장소는 부다 왕궁 자유의 여신상. 시간에 맞춰 선우진은 부다 왕궁 위로 올라가는 케이블카를 탔다.

케이블카가 서서히 언덕 위로 올라가면서 유리창 밖으로 부다페스트 시내 전경이 한눈에 들어왔다. 도심을 가로지르는 도나우강 위로 놓여진 부타페스트 다리들에는 가로등 불빛이 하나둘 켜지고 있었다. 멀리서 중세 유럽의 고풍스런 건축양식을 뽐내는 국회의사당도 보였다.

선우진은 손목에 찬 시계로 시선을 옮겼다. 현재 시각 오후 6시 24분. 약속 시간까지는 6분이 남았다. 케이블카가 고장이 나지 않는 한 약속 시간에 도착하는 것은 어려운 일이 아니었다. 비가 오려는지 서쪽 하늘에서 검은 먹구름이 몰려오는 게 보였다. 시간이 멈춘 듯한 도시 부다페스트, 어둠이 내리면서 부다페스트는 화려한 조명들 때문에 점점 황금빛 도시로 변했다.

선우진은 창밖의 풍경을 감상했다. 잠시 후 정상 도착을 알리는 안내 방송이 들려왔다. 선우진은 케이블카에서 내려 부다페스트 자유의 여신상을 향해 걸음을 옮겼다. 월계수 잎을 두 손에 받쳐 들고 있는 여신상 조각이 보였다. 순간 코트 안쪽에서 휴대폰 벨이 울렸다.

"네."

선우진은 전화를 받자 표정이 굳어졌다.

"알겠습니다. 그럼 잠시 후에!"

선우진이 휴대폰을 코트 안쪽에 넣었다. 주머니 한쪽에서 묵직한 글룩19 권총 한 자루가 손끝에 느껴졌다. 만일을 대비해서 갖고 온 방어용 수단이었다. 자유의 여신상 쪽으로 걸어가던 선우진이 갑자기 방향을 틀고 달리기 시작했다. 동시에 검은 정장을 입은 두 명의 사내들이 선우진의 뒤를 쫓았다. 관광버스에서 내린 관광객들 사이로 선우진은 몸을 피했다. 두 명의 사내들은 눈빛을 교환하고 각자 다른 방향으로 달렸다. 관광객 몇 명이 갑자기 방향을 틀어 달리는 사내들 때문에 길바닥에 넘어졌다. 동시에 여자들의 비명 소리가 들렸다. 부다 왕궁 주변을 경비하던 경찰들이 갑작스런 상황에 놀라 현장으로 달려왔다. 아스팔트 위를 달리는 구두 발자욱 소리가 부다 왕궁에 울려 퍼졌다. 선우진은 혼란스런 상황을 틈타 관광객들이 타고 왔던 버스로 몸을 던졌다. 버스는 곧바로 아랫쪽에 위치한 주차장 공터를 향해 달렸다. 선우진은 휴대폰을 꺼내 문자를 전송했다.

'여우굴 노출. 포인트 변경.'

원래 야생 동물들은 자신들만의 은신처를 확보하기 위해 땅속에 굴을 파기도 한다. 곰이나 호랑이도 동굴이나 굴을 이용해서 새끼들을 보호한다. 은신처로 사용되는 굴들은 출입구가 하나밖에 없다. 들어오고 나가는 문이 하나라는 뜻이다. 하지만 곰이나 호랑이처럼 힘센 야생 동물이 아닌 여우들은 은신처로 들어가는 굴의 입구를 두 개 이상 마련해 놓는다. 만일의 경우를 대비하기 위한 것이다. 폴란드에서 레나에게 신변 위협의 징후가 포착된 이후부터 선우진은 여우굴을 두 개 이상 파놓고 있었다. 만일의 사태를 대비하기 위한 것이었다. 오늘도 그 예상은 적중했다. 선우진은 신원을 정확히 알 수 없는 정보원들의 미행을 따돌리고 두 번째 여우굴로 향했다.

부다페스트 공대는 늦은 시간이었지만 대학 건물 곳곳이 환하게 불을 밝히고 있었다. 한 무리의 헝가리 대학생들이 선우진 앞을 스쳐 지나갔다. 선우진은 주위를 살피며 공과대학 건물로 들어갔다. 오래된 건물의 흔적들이 곳곳에서 느껴졌다.

1980년대까지만 해도 헝가리 과학기술을 이끈 수많은 천재들이 이곳에서 배출되었다. 하지만 옛 명성을 확인해줄 수 있는 흔적들은 남아 있지 않았다. 형광등 불빛이 깜빡거리는 복도를 걷다가 선우진은 자물쇠로 채워져 있는 구석진 방에 다다랐다. 자물쇠를 흔들자 고리가 벗겨지면서 문이 열렸다. 아무나 들어올 수 없도록 자물쇠를 채워놓은 것처럼 보이게 해놓은 게 분명했다. 방 안에 들어서자 백발이 성성한 노교수 한 명이 책들로 가득 찬 연구실에서 선우진을 맞이했다.

"어서오세요"

"반갑습니다. 연락드렸던 선우진입니다."

"가보르입니다."

"시간 내주셔서 감사합니다."

"여기까지 오시느라 고생 많으셨습니다. 부다페스트에서 아직도 냉전의 기운을 느낄 수 있다는 게 좀 믿기지 않네요."

"겉으로 총만 들지 않았을 뿐이지, 옛날이나 지금이나 다를 건 없습니다. 정보전에선 영원한 아군도 적군도 없는 것 같습니다."

"아무튼 고생하셨습니다. 그건 그렇고 그분은 어떻게 잘 지내고 있나요?"

가보르 교수가 말하는 그분이란 레나를 의미했다.

"잘 지내고 계십니다."

"그분과의 인연도 벌써 오래 됐네요. 여전하시죠?"

"네. 건강하십니다."

"연락을 받고 몇 가지 자료를 찾아 봤습니다. 일단 이쪽으로 오시죠."

가보르 교수는 자리에서 일어나 준비된 테이블로 이동했다. 테이블 위에는 오래된 사진 앨범과 책들이 놓여져 있었다.

"1956년 헝가리 혁명 당시 부다페스트 공대 학생들의 증언을 모은 자료들입니다. 여기 보면 당시 부다페스트 공대에서 북한 유학생들이 헝가리 학생들에게 소총 사격 방법을 가르쳐주었다는 증언이 나옵니다."

"당시 몇 명이나 있었죠?"

"부다페스트 공대에만 대략 이십 명 정도 있었던 것 같아요. 56년 10월 부다페스트 혁명이 일어났을 때는 동유럽 다른 지역에서도 북한 아이들이 왔다고 합니다. 일종의 연대였죠. 그런 인원까지 합치면 대략 3,40명은 되지 않았을까요?"

"그렇군요. 여기서 그들이 뭘 했던 거죠?"

"몇몇은 간호학교에 다니던 여학생들이었습니다. 소련군과의 시가전에서 부상자들이 발생했을 때 응급치료를 담당했습니다. 남학생들 중에는 물론 직접 전투에 참여한 사람들도 있었구요."

"흥미롭군요."

가보르는 오래된 앨범을 몇 장 넘겼다. 그 안에서 사진 한 장을 꺼내 선우진 앞에 내밀었다.

"재밌는 사진 하나 보여드리죠. 여기 이 사진 보시면 도로에 둥그런 것들이 놓여져 있는 게 보이실 겁니다. 뭔지 아시겠습니까?"

선우진은 눈을 가까이 대고 사진 속 물체를 확인했다. 하지만 그게 뭔지를 알 수는 없었다.

"글쎄요. 잘 모르겠는데요."

"프라이팬입니다. 북한 아이들은 전투는 물론이 여러 가지 경험이 많았던 것 같아요. 당시 소련군 탱크를 저지하기 위해서 바닥에 검은색 프라이팬을 깔아놓았죠."

"그런 걸 왜 바닥에 깔아놓았죠?"

"이유는 간단합니다. 이게 뭐처럼 보이세요?"

"글쎄요……"

"지뢰처럼 보이지 않나요?"

선우진은 놀라는 표정을 지으며 다시 사진 속으로 시선을 고정했다.

"아! 그러고 보니 꼭 대전차 지뢰처럼 보이네요."

"탱크에 탄 소련군들에게는 충분히 위협이 될 수 있었을 거예요."

"교수님은 북한에서 생활하셨다고 들었습니다."

"1959년부터 김일성대학에 있었습니다."

"그럼 레나 씨와 비슷한 시기에 북한에 가셨군요."

"거의 같은 해에 들어갔어요. 한 일 년 정도 차이가 날까요. 저는 1962년까지 북한에 살았습니다."

"그러셨군요. 어려운 시기를 보내고 오셨네요?"

"외국인이 살기엔 힘든 시기였습니다. 주체사상 확립한다고 외국인들을 추방하던 시기였어요. 김일성이 자기식대로 사회주의를 한다면서 엄청 선전하고 다녔죠. 오페라, 발레 같은 공연도 금지시키고 바이올린이나 첼로도 사용을 못하게 했어요. 발레 무용수들은 발레 슈즈도 외국 문물이라 금지되면서 거의 맨발로 마룻바닥에서 연습을 해야만 했어요. 얼마나 힘들었겠어요. 심지어 아기들 태우고 다니는 유모차도 서양 물건이라고 없애버릴 정도였으니 말 다했죠."

"그때 강제추방 당한 외국 여성들이 꽤 있다고 들었어요."

"남편을 따라 북으로 함께 들어갔던 유럽 여성들이 열 명 정도 있었는데 전부 추방 당했습니다."

"그럼 가족과 재회는?"

"아마 다시 만나지 못했을 겁니다. 입국 허가가 안 나왔으니까요. 레나 씨도 그런 케이스로 알고 있어요."

"그랬군요."

"1969년에 북한을 탈출한 사람들이 부다페스트에서 모임을 결성한 적이 있었어요."

"모임이요?"

"조선문화친선교류협회라는 이름의 단체를 만들었어요. 헝가리에서 머물던 전쟁고아들과 연락을 취하려고 시도했죠. 대부분 자기 남편을 찾는 게 진짜 목적이었습니다."

"그래서 연락이 된 사람이 있었나요?"

"한 명도 없었습니다. 남편은 생사 확인은 물론이고 거주지조차 명확하지 않았습니다. 찾을 방법이 없었습니다. 아이들의 경우에도 마찬가지였습니다. 나중에 알아 보니까 전쟁고아들을 전부 국경 지대로 보냈다고 하더군요."

"이유가 뭘까요?"

"김일성 입장에선 유럽의 선진 문명을 접한 아이들이 두려웠던 것입니다. 헝가리 혁명도 그중 큰 사건이었죠. 여기 김일성이 헝가리 북한 전쟁고아 학교를 방문한 사진이 있습니다."

가보르는 선우진에게 사진 앨범을 건넸다. 사진 속에는 김일성이 헝가리에 머물고 있는 북한 전쟁고아들에게 둘러싸여 있는 모습이 보였다.

"공교롭게도 김일성이 헝가리를 방문했던 시기가 1956년 6월 초입니다. 부다페스트 혁명이 일어나기 불과 몇 달 전에 김일성이 헝가리를 공식 방문한 겁니다. 뿐만 아닙니다. 헝가리를 거쳐서 6월 10일 방문한 도시는 폴란드 바르샤바, 그리고 6월 15일엔 체코, 며칠 후 6월 20일엔 루마니아, 마지막으로 6월 25일 불가리아까지 방문이 이어졌습니다. 말 그대로 혁명 전야의 도시들을 계속 돌아 본 셈입니다. 아주 우연한 일치였지요. 역사에는 그런 우연이 자주 일어났습니다. 그리고 우연이 누군가의 운명을 바꾸기도 했죠. 바로 북한 전쟁고아들의 운명이 그때부터 바뀌기 시작한 것입니다.

그때 유럽 곳곳에서는 반소비에트 구호들로 넘쳐났습니다. 김일성 입장에서는 놀랍고 당혹스러웠을 겁니다. 그는 헝가리 혁명 전야의 어수선한 분위기를 몸으로 느끼고 돌아간 것입니다. 그것이 이후에 아이들의 갑작스런 귀환으로 이어졌습니다. 김일성에게 큰 영향을 미친 게 분명합니다. 그는 자기 나라 아이들도 유럽 물을 먹었다고 판단했을 겁니다. 자유주의 사상에 오염됐다고 생각했겠지요. 스탈린 동상이 파괴되는 것을 보면서 엄청난 충격을 받은 것이죠.

게다가 그해 8월에는 북한 내부에서 종파투쟁이라고 해서 김일성을 권력에서 몰아내려는 쿠데타도 일어났습니다. 김일성이 동유럽 방문으로 자리를 비운 사이에 그를 권력에서 몰아내려는 해외파들의 정치적 쿠데타였죠. 간신히 권력을 방어하는데 성공은 했지만, 김일성에게는 그런 일들로 인해서 일종의 트라우마 같은 게 만들어졌습니다. 유럽의 자유를 경험한 아이들이 자라서 언제 자기 목에 칼을 겨눌지 모른다는 두려움과 강박감 같은 게 있었던 것이죠. 그러니 아이들을 그냥 가만히 놔둘 수 없었겠죠. 반동의 싹은 애초부터 잘라버려야 했죠."

"그랬군요."

"북한 전쟁고아들의 유럽 이주는 냉전 시기 사회주의 국가들 사이에서 벌어졌던 가장 큰 휴머니즘 이벤트였습니다. 그런 소중한 가치를 지니고 있음에도 불구하고 전혀 세상에 공개되지 않은 이유가 뭘까요? 그건 김일성 입장에서는 감추고 싶은 역사였기 때문입니다. 특히 당시 해외파들이 대거 숙청되던 시기와 맞물렸습니다. 외국 문화, 외국 사상, 외국에서 수입된 것은 모조리 반혁명적인 것이 되었거든요. 북한 전쟁고아들 역시 마찬가지였던 것입니다. 결국 조용히 잊혀져야 하는 존재들이었던 셈이죠. 처음 시작은 휴머니즘이었지만, 마지막에 가서는 지극히 정치적인 논리가 작동됐습니다. 불쌍하게도 아이들은 그 희생양이었던 셈이죠."

"그런 일이 있었던 것이군요."

"그런 맥락에서 레나 씨 같은 분들을 이해해야 합니다. 역사적 맥락을 이해하지 않으면 설명이 안 됩니다. 참 불쌍한 사람들이죠. 평생 남편을 기다리며 저렇게 살고 있으니까요. 역사의 소용돌이 속에서 희생된 존재들입니다."

"그렇군요."

"사실 헝가리 혁명은 유럽에 있던 북한 전쟁고아들에게도 매우 큰 영향을 미쳤어요. 김일성과 조선노동당에 대한 충성만 알고 있던 아이들이 부다페스트 혁명을 통해서 공산주의에 대한 신념이 흔들리기 시작했으니까요."

"그래서 갑자기 아이들 송환 작업이 군사작전처럼 전격적으로 진행된 것이군요?"

"모든 게 갑작스럽게 진행되었어요. 그러니 아이들을 돌봐준 유럽 사람들에게는 충격이 컸을 겁니다. 자식 같은 아이들이 갑자기 집을 떠나야 한다고 생각해 보세요. 그럼 이해가 빠를 겁니다. 그리고 북한 아이들 입장에서도 힘들긴 마찬가지였어요. 어린 나이에 유럽에 온 아이들 중에는 아예 한국말을 못하는 아이들도 있을 정도였으니까요. 한마디로 그런 아이들 입장에서 북한으로의 귀환은 완전히 낯선 외국 땅에 가는 것과 같았습니다."

"자료를 확인해 보니까, 공교롭게도 1956년을 기점으로 해서 서방세계로 탈출을 시도하는 아이들이 늘어나기 시작하더군요."

"갑자기 북한으로 송환하는데 가만히 하라는 대로 할 수만은 없었겠죠. 특히 동거를 하는 아이들의 경우에는 이미 가족이 만들어진 경우 아니겠어요? 당연히 어디론가 도망치지 않고선 달리 방법이 없었을 겁니다. 불가리아에서는 북한 유학생 4명이 망명을 했는데, 불가리아 외교부가 아이들을 북한 측에 넘기지 않았어요. 그것 때문에 북한은 6년 동안이나 불가리아와 외교 관계를 끊어버렸죠. 공짜로 전쟁고아 문제를 해결하고 그 아이들을 통해서 동유럽 국가들과 정치적 외교관계를 동맹 수준까지 끌어올리려 했던 김일성 입장에서는 참 난감했을 겁니다."

"그렇군요. 김일성 입장에서도 1956년은 참 잊을 수 없는 한 해였겠군요."

"평양 당국이 가장 우려했던 사태가 한꺼번에 벌어지기 시작한 것입니다. 그게 1956년에 집중적으로 쏟아져 나왔습니다. 결국 그 안에 모든 단서들이 담겨져 있습니다."

* * *

1956년 10월이 되면서 동유럽의 정치 상황은 더욱 혼돈 속으로 빠져들고 있었다. 학생과 지식인으로부터 시작된 시위는 곧 헝가리 국민이 참여하는 혁명으로 발전했다. 부다페스트 시민들은 스탈린 광장에 세워져 있던 스탈린의 동상을 쓰러뜨린 후 목을 떼어내어 자동차에 매달아 시내를 돌아다녔다. 스탈린 동상에 침을 뱉거나 발로 차는 사람들도 있었다. 동시에 공산주의를 상징하는 각종 상징물들이 철거되기 시작했다. 평화롭게 시작되었던 시위는 밤이 되면서 과격해졌다. 시민들의 요구를 담은 정치적인 구호들도 더욱 분명해졌다. 공산당 일당독재 철폐를 외치는 함성이 부다페스트 시내에 울려퍼졌다. 많은 시민들이 국회의사당 광장으로 모여들어 구호를 외치며 행진을 시작하자 의사당 맞은편의 국가보위부 청사에서 발포가 시작되었다. 부상당하거나 사망한 시민들이 속출했다.

드디어 시민들은 스스로 무장을 했다. 평화롭던 시위가 무장투쟁으로 변하기 시작한 것이다. 발포가 시작된 지 하루 뒤인 10월 24일, 부다페스트 시내로 소련군 탱크가 진입했다. 부다페스트 곳곳에서는 국가보위부 대원과 경찰에 맞서는 시민들의 총격전이 시작되었다. 상황은 시가전으로 발전해 갔다. 일부에서는 시민들이 보위부 소속 탱크를 탈취하기도 했다.

국회의사당 앞 광장에 모인 시민들은 의사당 광장을 경비하던 탱크에 올라 헝가리 국기를 흔들며 탈사회주의를 선언했다. 시민들은 실질적으로 헝가리를 점령하고 있던 소련에 대한 분노를 표출했다. 공산당 정권의 하수인 노릇을 하던 비밀경찰이나 보위부원들을 찾아내어 처형하는 일도 벌어졌다. 결국 공산 정권이 물러나고 새로운 수상 너지 임레가 복귀했다. 그는 새로운 내각을 구성하고 공산주의 종식, 바르샤바 조약기구 탈퇴를 선언했다. 이제 모스크바로서는 더 이상 사태를 가만히 지켜보고만 있을 수 없었다.

10월 31일, 드디어 소련군 정예 병력이 본격적으로 부다페스트 시내로 진입했다. 헝가리 시민들은 무기고를 털어 무장을 했다. 그들은 자신들의 반공 투쟁에 유럽과 미국이 호응해줄 것이라 믿었다. 하지만 소련군에 맞설 수 있는 지원군은 어디서도 오지 않았다. 11월 4일, 소련군 65,000명이 헝가리로 진입했다. 헝가리 시민들은 외로운 투쟁을 계속해야 했다. 하지만 대대적인 소련군 병력을 시민들의 힘만으로 막아낼 수는 없었다. 결국 헝가리 혁명은 시민 2,500명이 사망하고 13,000명의 부상자를 낳은 채 처참하게 끝이 났다. 지식인들을 포함한 20만 명의 헝가리인들이 고국을 등지고 다른 나라로 망명을 시도했다. 당시 소련은 헝가리 혁명을 진압하기 위해서 탱크 1000대와 군병력 15만 명을 투입했다. 헝가리에서의 반소, 반공 혁명이 다른 주변 동유럽 국가로 번지는 것을 막기 위한 극단의 선택이었다.

헝가리에 들어선 친소 정부는 혁명 지도 세력에 대한 철저한 색출과 숙청 등으로 피의 보복을 가했다. 공교롭게도 당시 동유럽에 있던 북한 전쟁고아들에게 이 사건은 엄청난 영향을 미쳤다. 당에 대한 충성, 공산주의에 대한 절대적인 신념이 흔들리기 시작했다. 무엇보다 아이들은 시민들이 갖고 있던 자유에 대한 열망에 큰 감명을 받았다. 그들은 목숨을 바쳐서 자유의 이상을 실현시키기 위해 노력하는 헝가리 사람들을 통해서 자유의 가치를 깨달았다. 몇몇 아이들은 공산주의에 대한 환상이 깨지는 경험을 하기도 했다.

그리고 이어서 평양 당국이 가장 우려했던 일이 벌어지기 시작했다. 폴란드를 비롯해서 루마니아, 불가리아 등지에 머물고 있던 북한 아이들이 기숙사를 빠져나와 서방 세계로 탈출을 시도하기 시작한 것이다. 거의 매일 망명과 탈출이라는 단어가 적힌 전보가 평양으로 타전됐다. 평양 당국은 당황하기 시작했다. 어떻게든 걷잡을 수 없이 번지는 이 사태를 막아야 했다.

아이들이 있던 곳에 평양에서 새로운 지도원들이 파견된 것도 이런 이유였다. 그들은 일부러 민간인 복장을 하고 있었지만, 한눈에도 군인 출신들이라는 것을 직감할 수 있었다. 짧은 머리, 날카로운 눈매, 다부진 몸매까지 오랜 세월 군사 훈련으로 다져진 사람들이었다. 모두 실탄이 장전된 권총도 휴대하고 있었다. 리명준과 레나는 이런 변화를 누구보다 빨리 실감했다. 폴란드 프와코비체에 평양 출신의 지도원 한동혁이라는 인물이 나타나자 분위기는 더욱 살벌해졌다. 그는 도착 첫날부터 명준의 사무실에 들어와 강압적인 자세로 교사들을 추궁하기 시작했다.

"지금 동유럽에서 벌어지고 있는 반동 분자들의 소행을 공화국은 더 이상 묵과할 수 없다고 판단하고 있소. 내가 온 목적도 아이들의 송환 작전을 담당하기 위함이니 여러분들 모두 내 지시에 협조해주길 바라오!"

명준은 한동혁의 입에서 튀어나온 송환이라는 단어가 믿기지 않았다. 자신이 단어를 잘못 들은 것은 아닌지 다시 물을 정도였다.

"송환 작전이라뇨?"

한동혁은 평양에서 발행한 기밀 명령서를 명준 앞에 내밀었다.

"모든 내용은 그 명령서에 담겨 있습네다. 모두 3차에 걸쳐 나눠서 송환할 계획이요. 첫 번째 일진 출발 명단은 문서에 적어 놓았소. 나머지 인원들 역시 계획대로 진행되도록 차질 없이 준비하시요."

"갑작스럽게 철수를 하면 이곳에선 반발이 적지 않을 것입니다. 이미 아이들은 폴란드 주민들과 가족처럼 지내고 있습니다. 그냥 떠난다고 될 일이 아닙니다."

"우리 당에서는 주체의 자주 노선을 중심으로 동유럽 각국과의 관계를 정리한다는 것이 김일성 동지의 생각이오."

"게다가 기술학교에 다니는 아이들은 아직 수업을 마치려면 시간이 필요합니다."

"지금까지 계획은 전부 취소시키시오!"

"떠날 때 떠난다고 하더라도 그동안 우리 아이들을 돌봐주었던 사람들에게 감사하다는 인사는 하고 가야죠. 인간으로서 그동안 우리 아이들을 돌봐준 것에 대해서 최소한의 예의는 보여야 하는 것 아닙니까!"

"당에서는 1959년까지 동유럽 일대 거주하고 있는 모든 북한 학생들을 전원 철수하겠다는 계획을 이미 수립한 상태요. 더 이상 쓸모없는 논쟁은 하지 맙시다. 당의 지도 방침에 방해가 되는 일은 없었으면 좋겠소. 일정은 계획대로 진행될 것이요!"

리명준은 당황스러웠다. 하지만 더 이상 자신의 말이 먹혀들어갈 것 같지 않았다. 그날 밤 명준은 모든 아이들을 기숙사 로비로 불러들였다. 아이들은 갑작스런 호출에 어리둥절한 표정을 지으며 하나 둘 약속 장소로 모여들었다. 리명준은 아이들이 모두 바라볼 수 있도록 계단 위로 몇 걸음 올라가서 이야기를 시작했다.

"이제 다 모인 것 같으니 한 가지 동무들에게 통보할 것이 있다."

아이들은 심상치 않은 분위기를 감지한 듯 술렁거렸다. 이미 상황을 알고 있는 레나와 폴란드 교사들도 아이들이 혹시나 동요할지 몰라 긴장한 자세로 명준의 이야기를 듣고 있었다.

"김일성 동지의 긴급 명령이 오늘 하달되었다. 이제 여러분들은 조국으로 돌아가게 되었다."

"갑자기 조국으로 돌아간다구요?"

"언제요?"

예상했던 대로 아이들은 갑작스런 송환에 당황하는 모습을 보였다. 이유를 묻는 아이에서부터 언제 돌아가게 되는지를 묻는 아이들까지 저마다 각양각색의 반응이었다. 하지만 '조국으로 돌아가게 되었다'는 말에 기쁨보다 슬픔을 느끼게 될 줄은 아무도 예상하지 못했다. 8년이란 긴 세월 동안 정 들고 마음을 나눴던 곳, 이제 유럽의 친구들과 작별을 해야 하는 순간이 찾아온 것이다.

명준은 이야기를 마친 뒤 조용히 기숙사 밖으로 나갔다. 다들 수군거리기만 할 뿐 누구 하나 문제를 제기하는 사람도 없었다. 그들에게 당의 명령은 곧 하늘의 명령이었다. 어떤 일이 있어도 당과 수령의 명령을 거부한다는 것은 있을 수 없는 일이었다. 마음속으로 아쉬움과 불만은 가득했지만, 아이들은 조용히 각자 자신들의 방으로 돌아갔다. 갑작스런 송환 명령은 동유럽에 있는 모든 아이들과 유학생들에겐 충격이었다. 폴란드 마을 사람들에게도 아이들이 폴란드를 떠난다는 소식이 전해졌다. 아이들은 각자 자신들만의 방식으로 폴란드에서의 이별을 준비하기 시작했다.

한편 한동혁은 곧바로 아이들의 귀국을 위한 준비에 착수했다. 가장 중요한 문제는 귀국 전까지 아이들이 기숙사를 이탈하지 않도록 철저하게 단속하는 일이었다. 그날부터 기숙사에는 취침 시간 이후에 불침번이 정해졌다. 주로 나이 많은 학생들 중심으로 감시조를 짰다. 그들에게는 2시간 간격으로 기숙사 정문과 비상구 앞에서 아이들의 동태를 감시하는 역할이 주어졌다.

김일성학교에서는 이전과는 비교도 할 수 없을 만큼 강도 높은 감시와 무조건적인 복종이 강요되고 있었다. 명령을 거부한다는 것은 곧 죽음을 뜻했다. 명준은 일이 더욱 많아졌다. 어쩔 수 없이 명준과 레나가 남몰래 비밀 연애를 할 수 있는 기회도 그만큼 줄어들었다. 이제는 식당에서 식사를 할 때 정도만 얼굴을 마주 볼 수 있을 정도였다. 간혹 복도에서 만나도 서로 간단히 눈인사 정도만 나눈 채 지나쳐야 했다. 단지 두 사람만이 아니라 기숙사 내 모든 사람들 사이의 관계가 얼어붙고 있었다.

그러던 중 어느날 레나는 어머니의 연락을 받았다. 레나의 어머니는 눈치로 이미 레나가 명준을 만나고 있다는 것을 알고 있었다. 처음에는 철부지 어린 딸이 외국인에 대해서 갖고 있는 호기심 정도로 생각한 것도 사실이었다. 하지만 그녀도 레나와 명준의 관계가 날이 갈수록 깊어지고 있음을 직감할 수 있었다. 게다가 북한 아이들이 송환된다는 소식은 곧 명준이 북한으로 돌아간다는 뜻이기도 했다. 어머니로서 더 이상 두고 볼 수만은 없는 상황이 된 것이다.

"리명준 선생과는 어떤 사이니?"

"교장 선생님은 그냥 좋은 분이세요. 저희 학교 교장이시구요."

"레나야, 혹시 그 사람에 대해서 특별한 감정을 갖고 있는 건 아니니?"

레나는 명준에 대한 자신의 감정을 어머니에게 들킨 것 같아 가슴이 철렁했다. 하지만 끝까지 둘의 관계를 비밀로 하기로 한 이상, 아무리 어머니라도 솔직하게 모든 걸 고백할 수는 없었다. 레나는 말을 얼버무리며 부정도 긍정도 하지 않았다. 어머니는 레나의 손을 잡고 말했다.

"레나야. 그 사람은 때가 되면 폴란드를 떠날 사람이야. 지금 돌아가는 상황을 봐서 너도 잘 알고 있을 거다. 괜히 마음만 주고 나중에 후회하는 일이 없으면 좋겠어."

레나는 계속해서 침묵했다. 부정할 수도 없고, 그렇다고 순한 양처럼 '네. 알겠습니다', 하고 뒤로 물러날 수도 없는 일이었다. 레나는 어머니의 걱정스러운 시선을 피해서 먼 하늘만 바라볼 수밖에 없었다.

"부모를 잃은 아이들을 위해서 봉사하는 너의 착한 마음을 뭐라고 탓하고 싶지는 않아. 하지만 나는 네가 평범한 삶을 살기를 바란다. 게다가 지금 유럽의 정치 상황이 너무 위험해지고 있다. 이런 상황 속에서는 남들 눈에 튀는 것보다는 그저 조용히 평범하게 사는 게 최고인 거야."

"알겠어요."

"우린 전쟁 통에 너무 많은 것을 잃어버렸다. 네 아버지도 그렇고…… 일단은 사람이 곁에 있어야 사랑이고 뭐고 할 수 있는 것 아니겠니?"

레나의 어머니는 전쟁의 기억을 떠올렸다. 2차 대전 중 반나치 레지스탕스 운동에 가담했던 남편이 나치에 의해서 무참히 살해된 기억을 떠올리는 것이었다. 아버지의 죽음은 레나에게도 슬픈 기억이었다. 레나가 공산주의 운동 써클에 가입해서 교직을 이수하고, 북한 아이들의 폴란드 생활을 책임지는 교사가 된 것도 모두 그런 이유 때문이었다. 레나는 늘 정의감에 불탔다. 옳은 일이 무엇인지 알고자 했고, 알았으면 행동으로 옮겨야 했다. 전쟁으로 아버지를 잃어버린 자신의 처지나, 전쟁으로 부모를 잃고 폴란드까지 와서 생활해야 했던 북한 아이들의 처지나 크게 다를 건 없어 보였다. 레나는 그래서 더 열정적으로 아이들을 돌보는 일에 참여했다. 그리고 시간이 지나면서 멀리 아시아에서 온 남자를 사랑하게 된 것도 마음속에 그런 열정이 있었기 때문이었다. 레나는 그런 자신의 신념을 잃어버리고 싶지 않았다.

하지만 평범하고 안전하게 살아가길 원하는 어머니의 바람 또한 외면할 수는 없었다. 어머니는 어머니로서 자식을 사랑하는 방식이 있었다. 모든 것을 포기하고서라도 자식들을 위해 희생할 수 있는 어머니의 사랑을 레나는 늘 감사한 마음으로 생각했다. 오늘은 그런 어머니의 사랑과 자신의 사랑이 평행선 위에 놓여 있었다. 어쩌면 둘의 사랑은 영원히 만나지 못하는 평행선을 달리게 될지도 모르는 일이었다. 이런 운명의 순간이 찾아올 것을 명준을 만난 첫날부터 레나는 직감하고 있었다. 어머니에게는 죄송한 일이 되겠지만, 레나는 자신의 미래를 명준에 대한 사랑으로 채울 준비가 이미 되어 있었다. 다만 그걸 어떻게 세상에 알리고, 어떻게 실현시킬 것인가의 문제만 남아 있었다.

레나의 어머니 역시 더 이상 말을 하지 않았다. 조용히 일어나 레나를 포옹해주고는 레나의 숙소를 빠져나갔다. 레나는 오늘 따라 멀어지는 어머니의 뒷모습이 애처롭게만 보였다. 작년보다 한층 야위어진 어머니의 뒷모습이었다. 달려가서 어머니를 두 팔로 안아드리고 싶었다. 하지만 자신에게는 해야 할 일들이 남아 있었다. 어머니가 자신을 돌봐주는 인생에 헌신했듯이, 레나는 아이들을 끝까지 책임져야 했다. 그건 무엇과도 타협할 수 없는 자신만의 신념이기도 했다.

'죄송해요. 어머니……'

모든 게 혼란스럽고 불투명했던 시절이었다. 전쟁 때를 제외하고 그렇게 많은 나라에서 사람들이 죽고 다친 적도 없었다. 사람들은 서로를 의심의 눈초리로 바라봤고, 서로를 감시하기 시작했다. 불신의 계절이 찾아온 것이다. 명준의 고민도 점점 깊어 갔다. 레나에 대한 자신의 감정을 드러낸 이후부터 그 감정이 사랑임을 명준도 잘 알고 있었다. 상황이 아무리 나빠진다고 해도 레나에 대한 마음만큼은 조금의 흔들림도 없었다. 하지만 자신의 존재 때문에 레나가 불행해지는 것을 명준은 원하지 않았다.

레나 역시 사람들의 따가운 시선을 받으면서도 동양에서 온 리명준이란 남자에 대해서 더욱 각별한 느낌이 들기 시작했다. 호기심이 점점 애정으로 변했다. 하지만 레나는 어머니의 말 중에서 '언젠가 폴란드를 떠나야 할 남자'라는 말이 마음에 걸렸다. 언젠가 그런 순간이 올 수도 있다는 것을 레나도 잘 알고 있었다.

'만약 명준을 진심으로 사랑한다면, 나는 과연 어떤 선택을 해야 할까? 그에게 조국이 하나밖에 없듯이 나에게도 조국은 폴란드 하나밖에 없는 것인데……'

레나는 고민이 깊어졌다. 자신의 조국과 한 남자에 대한 사랑, 이 둘 중에서 한 가지를 선택해야만 하는 순간이 점점 다가오고 있었다. 평범한 사람이 되길 바라는 어머니의 바람대로 살아갈 것인가, 아니면 리명준과 함께 새로운 삶을 찾아 도전을 계속할 것인가? 평양에서는 하루속히 북한 아이들의 귀환을 서둘러 달라는 요청이 속속 도착했다. 유럽의 상황은 더욱 복잡하게 변해 갔다.

계절은 다시 바뀌었다. 1958년 새해가 밝았다. 그때부터 북한으로 향하는 아이들의 송환 열차가 본격적인 운행을 시작했다. 그들의 이송을 위해서 평양에서 더 많은 정보원들이 파견되었다. 시시각각 변하는 상황을 보면서 명준과 레나는 북한 당국이 동유럽 사태를 얼마나 심각하게 생각하고 있는지 알 수 있었다.

유럽 전역에서 유학생들과 문제아들로 지목된 아이들이 바르샤바로 모여들었다. 그곳에서 한꺼번에 열차 편을 이용해서 평양으로 이송될 계획이었다. 정보원들의 엄격한 감시 속에 북한 아이들이 하나 둘 열차에 올랐다. 혹시라도 이탈자가 발생할지 모르는 상황이었기 때문에 기차역 곳곳에는 감시원들이 배치되었다. 일행들 중에는 헝가리 혁명 당시 부다페스트에서 총격전이 벌어졌을 때 헝가리 공대생들과 함께 총을 들고 싸웠던 북한 유학생들도 포함되어 있었다. 총격전 도중에 부상을 당한 아이들도 있었다. 그들은 거창한 이념이 아니라 자신들과 함께 공부했던 동료와 친구들을 위해서 총을 들었을 뿐이다. 하지만 그들에 관한 소식은 유럽 어느 신문에서도 실리지 않았다. 그들은 감춰지고 숨겨져야 하는 역사였다. 거대한 역사의 소용돌이는 점점 빠르게 유럽 곳곳을 휘젓기 시작했다.

평양에서는 불순분자들의 이송 작전이 사람들의 이목을 끌지 않고 조용히 이뤄지도록 각별히 신경을 썼다. 갑작스런 아이들의 귀환에 동유럽 사람들이 당황할 수도 있기 때문이었다. 겉으로 모든 작전은 조용하면서도 신속하게 이뤄졌다. 조금이라도 외교적으로 문제가 될 수 있는 갈등은 사전에 철저히 제거되었다. 유럽 사람으로부터 의심을 받지 않기 위해서 몇몇 아이들은 정신이상자나 질병이 있는 환자로 분류되기도 했다. 공식적으로는 환자 이송을 위한 작업이라고 각국 정부에 통보되었다.

폴란드, 루마니아, 체코, 불가리아, 헝가리, 동독 등 곳곳에서 강제적으로 끌려온 아이들 중 상당수는 학교에서 문제가 있는 아이들로 찍힌 아이들이었다. 아이들은 한 줄로 나란히 서서 아무런 인사도 남기지 않고 기차에 올랐다. 플랫폼에는 아이들의 신분을 하나하나 확인하기 위해 북한 지도원과 유럽인 교사들이 아이들의 이름과 사진 속 얼굴을 일일이 확인했다. 그들이 들고 있던 서류 속 사진 옆에는 붉은 글씨로 '환자'라는 낙인이 커다랗게 찍혀 있었다. 그들의 모습을 본 어느 기자가 우연히 사진을 찍었다. 그 사진 한 장은 다음날 아침 유럽 곳곳의 신문에 실렸다.

하지만 그 기사에 주목을 하는 유럽인들은 많지 않았다. 아이들은 그렇게 정들었던 두 번째 고향, 사랑하는 사람들과 작별해야 했다. 그것이 동유럽 북한 아이들의 갑작스런 송환의 시작이었다.

명준은 신문을 보고 아이들이 속속 유럽을 떠나고 있다는 것을 확인했다. 이제 머지않아 폴란드 프와코비체 마을의 차례가 올 것임을 그도 잘 알고 있었다. 아이들과 폴란드 사람들 사이를 갈라놓게 될 작별의 순간을 어떻게 준비해야 할지 명준은 쉽게 답을 찾을 수 없었다. 게다가 명준에게는 사랑하는 사람이 있었다. 두 사람의 감정은 이제 서로 뗄래야 뗄 수 없는 관계로 발전해 있었다.

명준은 오랜만에 레나와 함께 숲으로 산책을 갔다. 둘 만의 은밀한 장소까지 가려면 작은 실개천을 건너야 했다. 울창한 침엽수림 속에는 예전부터 땔감이나 목재를 구하기 위해 벌목을 하는 나무꾼들을 위해 만들어진 작은 통나무집이 있었다. 겨울이 되면 나무꾼들은 숲으로 들어오는 일들이 거의 없었다. 눈이라도 쌓이면 오도가도 못하는 신세가 되어버리기 때문이었다. 한겨울 추위로 시냇물은 꽁꽁 얼어 있었다. 덕분에 두 사람이 강을 건너기는 쉬웠다. 명준은 레나가 미끄러지지 않도록 손을 잡아주었다. 갑자기 하늘에 먹구름이 몰려

오더니 주위가 어두컴컴해졌다. 산등성이 너머로는 눈발이 휘날리기 시작했다. 겨울 숲속은 하루에도 몇 번이나 날씨가 변했다.

오두막에 들어가자마자 명준은 땔감을 찾아서 난로에 불을 지폈다. 추위에 두 손은 꽁꽁 얼었지만, 능숙하게 불씨를 만들고 나뭇가지들을 모아서 화톳불을 만들었다. 오두막 안은 금방 온기로 따듯해졌다. 창문 밖으로는 눈발이 더욱 거세지기 시작했다.

"눈이 많이 올 것 같은데요."

"그러게."

"다행히 음식을 좀 갖고 왔어요. 당신이 좋아하는 보드카도 한 병 있어요."

"술을 보니까, 오늘은 좀 취하고 싶어지는군."

명준은 술을 좋아하는 성격은 아니었다. 남들 앞에서 취한 모습을 보이는 것도 싫었고, 늘 많은 업무를 처리해야 하기 때문에 술자리를 자주 할 수도 없었다. 오늘은 그런 답답한 일상에서 벗어나 레나와 둘만의 시간을 갖고 싶었다. 명준은 레나가 건넨 술잔을 단숨에 들이켰다. 레나도 명준을 따라 보드카를 홀짝였다. 술이 약한 레나의 볼이 금방 발그스레 상기 되었다.

"아이들이 북으로 떠나기 시작했어. 당신도 알고 있겠지?"

"신문에서 봤어요."

"아무리 당의 명령이라고 하지만 갑작스럽게 아이들을 송환하는 것은 너무 하는 것 같아요."

"어차피 모든 이념은 잿빛이야. 세상에 영원한 것이 있을까?"

"당신의 조국을 나는 이해할 수 없어요."

"미우나 고우나 내가 태어난 나라고, 내가 앞으로 살아가야 할 곳이야. 그건 변하지 않아."

"명준 씨, 아제 당신은 어떻게 할 생각이세요?"

"고민 같은 건 해본 적 없어. 당연히 아이들을 데리고 공화국으로 귀국하는 게 내 임무야."

"그럼 나는 어떻게 해요?"

"사실 오늘 그 이야기를 좀 하려고 해."

명준은 보드카 병에서 술을 한 잔 더 따라서 단숨에 들이켰다. 레나의 잔에도 술을 따라주었지만, 레나는 마시고 싶은 마음이 들지 않았다. 지금부터 명준이 하려고 하는 얘기가 무엇을 의미하는지 예상할 수 있었다. 그건 작별을 의미했다. 레나는 그 이야기를 듣고 싶지 않았다.

"당신에겐 사랑하는 가족이 있고, 당신이 살아가야 할 조국이 있어. 그리고 나에게도 내가 지켜야 할 아이들과 조국이 있고……"

"알아요."

"이곳에 처음 온 날부터 당신을 바라봤어. 늘 당신을 바라보는 것만으로도 행복했어. 당신이 아이들을 돌봐주는 모습을 보면서 마치 하늘에서 천사라도 내려온 줄 알았어. 이곳 숲속에서 아이들이 마음껏 뛰어놀 수 있도록 해주는 것을 보며 내가 할 수 없는 것을 아이들에게 해주고 있다는 것을 알고 얼마나 기뻤는지 몰라. 하지만 우리에겐 각자 지켜야 할 조국이 있어. 그걸 배신할 수는 없을 것 같아. 오늘 그 이야기를 하려고 당신을 불렀어."

레나는 명준이 그런 이야기를 할 거라 예상했다. 그건 명준식 이별 통보였다. 조금도 예상에서 벗어나지 않는 원칙주의자 리명준. 지금 명준은 둘만의 사랑에 종지부를 찍으려 하고 있었다. 그런데 그런 이야기를 듣고 있으면서도 레나는 명준이 싫지 않았다. 오히려 그에 대한 존경심이 커졌다. 여자는 남자를 눈이 아니라 마음으로 사랑하고, 그런 마음은 남자에 대한 믿음과 존경심에서 더욱 커진다는 것을 레나는 이미 잘 알고 있었다.

"당신에게 머르찌쇼르를 선물하던 날 기억하세요? 그날 당신은 나에게 지도를 가리켜 말했어요. '지도 위에는 국경선으로 가득 하지만, 우리들의 우정에는 국경이란 존재하지 않는다'라고 말이에요. 저는 그 순간부터 당신이 좋았어요. 당신과 왈츠를 추며 당신의 발을 밟았던 것도 저에게는 행복한 추억이에요. 당신이 아이들을 위해 늘 노력하는 모습을 보면서 나는 당신 곁에서 아이들을 돌보고 있다는 것이 얼마나 소중한 일인지 깨달을 수 있었어요. 솔직히 말할게요. 저에게 당신이 없는 인생은 이제 상상할 수 없을 것 같아요. 나는 당신과 함께 늘 같이 있고 싶어요. 그건 당신도 마찬가지 아닌가요?"

명준은 더 이상 자신의 감정을 속일 수 없었다. 레나가 한 모든 이야기는 사실이었다. 명준에게도 레나는 이미 각별한 존재였다. 명준 역시 레나와 함께 하는 시간들은 이 세상 무엇보다 행복한 시간들이었다. 하지만 폴란드를 떠나야 하는 상황까지 미리 계산에 넣었던 것은 아니었다. 폴란드에서의 생활이 이렇게 하루아침에 허무하게 끝날 줄은 명준도 미처 예상하지 못했다. 할 수만 있다면 오래도록 폴란드에서 레나와 함께, 아이들을 돌보며 지낼 수 있기를 바랬다. 그것이 솔직한 명준의 감정이었다.

"그렇지만……"

"잠깐만요. 당신이 말하기 전에 내가 먼저 말하겠어요."

레나의 표정은 단호했다. 명준은 지금까지 레나의 그런 모습을 한 번도 본 적이 없었다.

"예전에 언니들하고 점성술사에게 점을 본 적이 있어요. 그때 점성술사가 나는 먼 나라에서 온 남자와 만나 사랑을 하게 될 거라고 예언을 했어요. 믿기지 않았지만 진짜로 먼 나라에서 당신이 왔을 때 참 신기했어요. 당신이 아이들을 위해 애쓰는 모습을 보면서 솔직히 존경심이 생겼어요. 지금도 그 마음은 조금도 바뀐 게 없어요. 걱정이 없는 것은 아니에요. 하지만 당신과 함께 하는 인생은 더 큰 의미가 있을 것 같아요."

명준은 레나의 이야기를 묵묵히 듣고 있었다. 레나가 말하는 것은 자신이 느끼는 것과 다를 게 하나도 없었다.

"레나 씨, 폴란드는 내 인생에 많은 변화를 가져왔소. 그동안 당에 충성하는 것만이 의미 있는 삶이라 믿고 살아왔던 나에게 당신과의 만남은 또 다른 삶의 의미를 발견할 수 있게 만든 것 같소. 그런데 말이요. 만약 당신이 나를 선택한다면, 그건 당신이 아주 큰 결정을 한 가지 해야 한다는 것을 의미하는 것이요. 만약 내가 폴란드를 떠나야 한다면, 당신은 나와 함께 공화국으로 갈 수 있겠소? 평양으로 나랑 함께 갈 수 있겠냐, 말이요."

"난 이미 당신과 함께 하기로 결심했어요. 그게 어떤 곳이든 당신과 함께 할 거예요. 어떤 희생이 따른다고 해도 상관 안해요. 당신이 공화국으로 간다면 나도 당신을 따라서 가겠어요. 그러니 더 이상 나를 설득하려고 하지 마세요."

명준은 레나가 쉽게 한 말이 아니라는 것을 잘 알고 있었다. 레나는 가볍게 말을 하는 스타일이 아니었다. 그리고 무엇보다 중요한 것은 한 번 약속한 것은 반드시 지키는 사람이었다.

"그 일이 당신의 운명을 바꿔놓지는 않을까? 폴란드와는 완전히 다른 세상에서 살아야 하는 것일 텐데…… 당신을 힘들게 만드는 것은 아닐까? 솔직히 난 잘 모르겠어."

"물론 쉽지 않은 결정이 될 거예요. 한 번도 가보지 못한 낯선 나라에서 말도 통하지 않는 사람들과 산다는 게 얼마나 힘든 일인지 잘 알아요. 하지만 당신이 내 곁에 있다면 뭐든 잘 할 수 있을 것 같아요. 어떤 어려움이라도 당신과 함께 한다면 다 이겨낼 수 있을 것 같아요."

레나는 안락함이나 풍족함보다 고난 속에서 가치 있는 일들을 찾아나가려는 여자였다. 그런 순수함이 명준을 사로잡았다. 명준은 아무말 없이 레나의 두 손을 잡았다. 이런 여자와 함께 한다면 평생을 후회하지 않는 삶을 살 수 있을 것 같았다. 레나의 눈이 반짝거렸다. 명준은 조심스럽게 그녀의 입술에 키스를 했다. 레나는 명준이 다가오는 순간 눈을 감았다. 이런 순간이 찾아올 것을 레나도 어쩌면 오래전부터 기다리고 있었는지 모른다.

어느새 창밖으로는 어둠이 찾아왔다. 눈발은 더욱 거세졌다. 쌓인 눈들이 창문을 가릴 정도로 많은 눈이 내리기 시작했다. 난로의 불꽃이 더욱 타올랐다. 레나는 명준의 손길에 자신의 모든 것을 맡겼다. 잠시 후 누가 먼저랄 것도 없이 두 사람은 서로의 몸을 끌어당기기 시작했다. 그렇게 사랑의 불꽃은 뜨겁게 타올랐다.

제6부. 오벨리스크 친선의 탑

교실 복도에서 수업을 마치는 종소리가 울려퍼졌다. 레나는 서둘러서 수업을 마무리지었다. 북으로 귀환이 결정된 다음부터 아이들은 수업에 흥미를 잃어버렸다. 모두가 풀이 죽은 듯한 표정으로 수업을 듣는 둥 마는 둥 시간만 때우는 아이들이 대부분이었다. 가끔씩 한숨을 쉬며 창밖을 내다보는 아이들도 있었다.

"그럼 오늘 수업은 이것으로 마치겠습니다. 내일은 각자 폴란드에서 즐거웠던 추억을 소재로 에세이를 한 편씩 쓰고 발표하는 시간을 갖도록 하겠습니다."

교실을 빠져나가려는데 한 남자 아이가 레나에게 다가왔다. 안동철이라는 아이였다. 그는 고민이 있다면서 상담을 요청했다. 레나와 동철은 복도를 걸으며 이야기를 나눴다.

"선생님, 여쭤 볼 게 한 가지 있는데요."

"그래. 뭔데?"

"이제 곧 공화국으로 돌아가야 한다고 들었어요. 그런데 솔직히 그곳에 가면 어떻게 생활해야 할지 모르겠어요. 말도 잘 통하지 않고, 여기 사람들과 완전히 다르다고 하던데…… 저는 여기가 좋아요. 여기서 계속 살 수 있는 방법은 없을까요?"

"현재로선 쉽지 않을 것 같다."

"그렇군요."

"돌아가더라도 계속 연락할 수 있지 않겠니? 나중에 어른이 되면 다시 폴란드에 올 수도 있지 않을까?

"선생님, 그게 가능할 것 같으세요?"

레나는 대답을 할 수가 없었다. 어린 아이지만 벌써 자신에게 다가오는 운명을 직감하고 있는 듯했다. 솔직하게 대답하는 것이 좋을 수도 있겠지만, 그건 어린 아이들에겐 너무 잔인한 일이었다. 레나는 아무런 말도 하지 않았다. 동철이 역시 레나의 대답을 더 이상 기다리지 않았다.

"선생님, 그럼 가보겠습니다."

동철은 레나를 향해서 머리를 90도로 숙여서 인사를 했다. 레나도 살짝 고개를 숙였다. 풀죽은 표정으로 고개를 숙이고 걸어가는 동철의 뒷모습이 애처롭게만 보였다. 그는 몇 걸음 옮기다가 갑자기 멈춰서서 레나를 향해 고개를 돌렸다. 그리고 큰 소리로 말했다.

"선생님! 나는 폴란드 사람인가요? 아니면 북한 사람인가요?"

예상하지 못한 질문이었다. 그런 질문을 어린 아이가 할 것이라고는 상상도 못했다. 레나는 이번에도 뭐라고 대답을 해야 좋을지 몰랐다. 동철이는 레나가 아무런 대답을 하지 않자, 이번에도 다시 머리를 숙여서 인사를 하고는 앞을 향해 뛰어갔다. 레나의 대답을 듣고 싶어서 던진 질문도 아니었다. 잠시 동안 레나는 마치 얼어 붙기라도 한 것처럼 그냥 복도에 우두커니 서 있기만 했다.

송환 날짜가 다가올수록 자신의 정체성과 미래에 대해서 묻는 아이들이 늘어났다. 그만큼 갑작스런 송환은 아이들에게 큰 충격이었다. 레나는 그런 아이들을 위해서 어떻게 설명해야 좋을지 답을 찾을 수 없었다. 겉모습은 북한 사람이었지만, 사고방식은 완전히 폴란드에 동화된 정체성이 불분명한 아이들이었다. 게다가 언어도 폴란드 말이 더 익숙한 아이들이었다. 그런 어린 아이들만이라도 송환 대상에서 제외될 수 있는 방법이 없을까, 레나는 고민에 빠졌다. 유일한 방법 중 하나는 폴란드인이 북한 아이들을 자신의 가족으로 받아들이고 입양하는 것이었다. 하지만 그것은 반드시 북한의 동의를 얻어야 했다. 폴란드에서 아무리 입양 승인이 나온다고 해도 북한 당국이 거절하면 도리가 없었다. 하지만 폴란드 사람들 중에는 희망을 버리지 않고 입양 방법을 찾으려는 사람들도 있었다. 안제이라는 노인도 그들 중 하나였다.

처음 프와코비체 마을에서 왔을 때 네 살이었던 동철이는 어느새 열한 살이 되었다. 너무 이른 나이에 폴란드로 온 동철 같은 아이들은 한국말을 제대로 할 줄 몰랐다. 한글로 이름 석자도 쓰지 못했다. 동철에게 모국어는 폴란드어였다. 그에게는 목재소를 운영하는 안제이라는 특별한 노인이 한 명 있었다. 그는 2차 대전 때 전쟁통에 아내와 자식들을 모두 잃어버리고 목재소 근처에서 혼자 살고 있었다. 동철은 그 노인을 친할아버지처럼 따랐고, 노인 역시 동철을 손자처럼 생각했다. 아이들이 몇 달 뒤 모두 북한으로 돌아간다는 소식을 전해들은 노인은 결국 동철을 불러 한 가지 제안을 했다.

"동철아. 정말 나랑 이곳에서 살고 싶니? 만약 네 뜻이 그렇다면, 나는 너를 손자로 입양하고 싶구나."

"할아버지, 저도 좋아요. 저도 할아버지랑 같이 폴란드에서 살고 싶어요. 저는 솔직히 조선말을 잘 몰라요. 북한에 가면 말도 통하지 않을 게 뻔해요. 전 여기서 살고 싶어요."

"알았다. 그럼 내가 이제부터 너를 손자로 입양하는 것을 알아볼 테니 조금만 기다리고 있거라."

안제이는 다음날부터 군청을 찾아가서 북한 아이를 자신의 호적에 입양시키는 방법들을 찾기 시작했다. 하지만 북한 아이를 폴란드 가정에 입양시키는 것은 쉬운 일이 아니었다. 두 사람만 좋다고 해서 입양이 성사될 수는 없었다. 아이를 입양시키기 위해서는 폴란드는 물론이고 북한 정부로부터 공식 허가를 얻어야 했다. 문제는 북한 당국이었다.

"북한 아이를 입양한 전례가 없습니다. 폴란드 정부에서 허가를 내준다고 해도, 북한이 어떻게 나올지 예측할 수 없습니다. 게다가 북한 아이들의 전원 철수 명령이 내려진 상황에서 입양 허가가 나오기는 어려울 것입니다. 안타깝지만 입양은 포기하시는 게 좋을 것 같습니다."

"그럴 수 없어요. 8년 동안 함께 지낸 아이입니다. 이젠 친손자 같아요. 아이도 나와 살기를 원하고 있습니다. 이미 폴란드에서 같이 살게 해주겠다고 약속도 했습니다. 제발 다른 방법이 없는지 좀 알아봐주세요. 이렇게 아이를 보낼 수는 없었어요."

"죄송합니다. 저희로서는 더 드릴 수 있는 말씀이 없습니다."

안제이 노인은 군청 건물 계단을 내려오면서 자신 앞에 닥친 현실 때문에 눈 앞이 캄캄했다. 동철에게 뭐라고 이 사실을 알릴 것인지, 그 생각을 하자 어깨 힘이 빠지고 다리가 휘청거렸다. 이렇게 허무하게 동철을 보내야 하는 것인지, 자신이 아무런 힘도 쓸 수 없다는 사실이 슬프기만 했다. 자신과 동철을 갈라놓는 북한이라는 나라가 한없이 원망스러웠다.

그렇게 시간은 멈추지 않고 흘렀다. 동철은 프와코비체를 떠나는 첫 번째 송환 그룹에 속했다. 작별하는 날 마을은 온통 울음바다가 되었다. 아이들이 떠나는 모습을 조금이라도 가까이 보기 위해서 마을 사람들이 모여들었다. 동네 부인들은 보자기에 먼 길 가는 아이들에게 줄 음식들을 싸서 하나씩 챙겨주었다. 아이들이 탄 버스 유리창에 손을 대고 떠날 때까지 눈물을 흘리는 폴란드 소녀도 있었다. 모두가 다시 만나자고 말했지만, 정말 다시 만날 수 있으리라 확신한 사람은 없었다.

버스가 프와코비체 마을을 빠져나가는 모습을 명준은 멀리 사무실에서 지켜봤다. 까무잡잡한 피부, 겁먹은 얼굴로 처음 프와코비체 기숙사에 들어왔던 아이들의 모습이 차창 속에 희미하게 보였다. 폴란드 안제이 할아버지네 집에 양자로 들어가려고 했던 동철이는 고개를 숙이고 창밖을 내다보지도 않았다. 차창 아래에서 안제이 노인이 손으로 입을 가리며 애써 울음을 참고 있는 것도 보였다. 귀환 작업은 평양에서 새로 파견된 지도원들이 도맡아서 처리했다. 스포츠형으로 머리카락을 짧게 깎은 그들은 행동 하나하나가 군인들의 모습 그대로였다. 폴란드를 비롯해서 동유럽 곳곳에 있던 북한 아이들의 학교와 기숙사에는 이렇게 정치 장교들이 배치되어 마지막 송환 작업을 처리했다. 명준 같은 교사들은 아이들이 마지막 유럽을 떠나기 전까지 다치거나 몸이 아프지 않도록 신경 쓰는 일 외에는 별 다른 할 일이 없었다.

'똑똑'

창문에서 아이들을 바라보고 있던 명준은 노크 소리에 몸을 돌렸다.

"들어오세요."

레나였다. 겉으로 표현은 하지 않았지만, 명준은 아이들을 끝까지 돌봐주려 애쓰는 레나가 고맙기만 했다.

"아이들은 잘 떠났습니까?"

"네."

레나의 대답은 간단했다. 오히려 그렇게 간단하게 대답하는 레나의 모습에 명준은 긴장이 됐다.

"동철이 몸이 좀 안좋은 것 같았습니다."

"동철이가요? 무슨 탈이라도 났나요?"

레나는 갑자기 울먹거리며 말을 잇지 못했다.

“왜요? 무슨 일 있었어요?”

“어젯밤에 동철이가 마을 들판 눈구덩이 속에 몸을 이리저리 굴리고 있더랍니다. 옷도 얇게 입고서 말이죠.”

“그게 무슨 말이죠? 왜 동철이가 이 추운 겨울에 눈 속에 몸을 던져요?”

“마을 사람들이 지나가다가 아이를 보고 젖은 옷을 벗기고 간신히 숙소에 데려다 줬다고 합니다. 그들도 아이가 혼자 눈구덩이 속에 몸을 굴리고 있는 게 궁금해서 물었다고 합니다.”

“그랬더니요?”

“아이의 말이 충격이었어요. ‘이렇게 눈구덩이 속에 몸을 굴리면 감기에 걸릴 수 있지 않을까요? 감기에 걸리면 내일 마을을 떠나지 않을지도 모르잖아요.’ 라고요.”

명준은 레나의 이야기를 듣고 말문이 막혔다. 레나는 눈물을 참으며 이야기를 계속 이어갔다.

“어린 것이 얼마나 떠나기가 싫었으면 그랬을까요? 안제이 할아버지가 동철이를 불러서 크게 야단을 친 모양입니다. 왜 어리석은 짓을 하고 있냐고요. 말로는 호통을 쳤지만 안제이 씨도 괴로웠을 거예요. 그걸 생각하니까 마음이 아프네요.”

명준은 더 이상 말을 잇지 못하는 레나를 두 팔로 끌어안았다. 지금 명준 입장에서는 더 이상 위로해줄 수 있는 말이 없었다. 그냥 이렇게 레나의 슬픔을 어루만져 주는 것밖에 자신이 할 수 있는 일이 없었다. 레나가 명준을 두 팔로 힘껏 안으며 말했다.

"솔직히 저도 두려워요. 어쩌면 아이들처럼 나도 당신과 헤어져야 하는 건 아닐까, 하는 생각이 들 때마다 무서워져요."

그건 명준에게도 큰 숙제였다. 레나와 함께 폴란드에 남을 수도 없고, 그렇다고 아무런 일도 없다는 듯이 훌쩍 혼자서 폴란드를 떠날 수도 없었다. 이미 레나는 명준의 여자였고, 레나에게 명준은 영원한 사랑을 맹세한 동반자였다. 하지만 과연 둘 앞에는 어떤 미래가 펼쳐질까, 명준은 여러 가지 상상을 했다. 생각이 길어질수록 답은 쉽게 찾아지지 않았다. 그때였다. 레나가 명준을 안고 있던 팔에 힘을 풀면서 한 걸음 뒤로 물러났다. 그녀가 명준의 두 눈을 바라보며 말했다.

"저…… 드릴 말씀이 있어요."

"무슨?"

"아기를 가진 것 같아요……"

"아기? 임신을 했다는 건가요?"

"네. 오늘 아침 병원에 다녀왔어요. 임신이 맞다고 해요."

뜻밖의 일이었다. 지난 번 숲속 오두막에서 나눴던 사랑이 만든 결과였다. 이럴 때 무슨 말을 해줘야 할지 명준은 잘 떠오르지 않았다. 그만큼 레나의 임신은 명준에겐 예상치 못한 놀라운 일이었다. 하지만 레나의 임신을 확인한 순간 안갯속을 헤매고 있는 것 같던 명준의 시야에서 뿌연 안개가 걷히는 것 같은 기분이 들었다. 이제 무엇을 선택해야 할지 더 이상 고민할 필요가 없었다. 이제 선택은 단 하나다. '영원히 함께 한다!'

"레나, 고마워. 너무 행복한 일이야."

"정말, 기쁘세요?"

"그럼 기쁘고 말고."

"전 혹시 당신이 기뻐하지 않으면 어쩌나 걱정했어요. 당신이 부담스럽게 느끼면 어쩌나 고민했어요."

"아니야. 당신이 나의 아이를 가졌다는 일보다 더 기쁜 일이 어디 있겠소?!"

"고마워요. 그렇게 말해줘서. 저도 당신이 고민하는 것들이 뭔지 알고 있어요. 하지만 명준 씨 어쩌면 이것도 우리들의 운명이 아닐까 싶어요. 우리 더 이상 아무 고민하지 말아요. 이제 전 당신과 어디든 함께 갈 거에요."

"그럽시다. 힘든 일도 많겠지만, 우리 둘이서 어려움들을 잘 헤쳐 나가 봅시다."

"저도 열심히 할게요. 당신을 위해서라면 뭐든…… 그리고 아직은 이해하기 어려운 당신의 나라, 당신의 조국을 위해서도요."

두 사람은 서로를 마주 보며 웃었다. 창밖으로는 눈이 내리기 시작했다. 마치 두 사람의 미래를 축복해 주듯이 하늘에서 하얀 꽃가루들이 휘날렸다. 멀리 창문 너머로 아이들이 떠난 공터 위에도 눈꽃이 소복이 쌓이기 시작했다.

다음날 명준은 폴란드 교육부의 담당자를 찾아갔다. 야코비치, 그와는 처음 폴란드에 올 때부터 알고 지내던 사이였다. 처음에 도착했을 때는 평범한 교육부 직원이었던 야코비치는 이제 자기만의 사무실을 갖춘 어엿한 간부로 성장해 있었다. 모스크바에서 유학을 한 그의 경력이 승진에도 도움이 된 것이 분명했다. 역시 폴란드에서도 모스크바에서 공부를 한 사람들은 어느 곳이나 우대를 받고 승진도 유리했다. 야코비치는 폴란드 교육부 내에서는 명준과 말이 통하는 몇 안되는 인물이었다. 야코비치는 명준의 방문에 두 팔을 벌려 환영을 했다.

"리명준! 이게 얼마만이야!"

"야코비치 동무 잘 지냈소?"

"그럼. 잘 지냈지."

"사무실 멋지고 근사한데, 역시 모스크바 출신들은 다르군."

"그런 소리 하지 말게. 요즘 폴란드에서 모스크바 얘기는 함부로 하면 안 되네. 헝가리 사태 이후에 분위기가 안 좋거든."

"그렇군. 알겠네. 아무튼 반갑네."

"그래, 먼 곳에서 나를 보자고 찾아 온 이유가 있을 것 같은데……"

명준은 업무에 바쁜 야코비치를 오래 붙잡고 있을 수 없을 것 같아 서둘러 본론으로 들어가기로 했다.

"야코비치, 나 결혼을 할까 해."

"그래? 이거 축하하네. 디렉터 리! 그래. 자네의 마음을 뺏은 여성은 누구인가?"

"폴란드 여성일세."

"폴란드 여자? 자네 지금 제정신인가? 해외 결혼은 금지야! 당에서 엄격히 금지하고 있다고!"

"알아 무슨 말을 하려는지. 하지만 내 말 좀 들어봐. 난 그녀를 정말 사랑하고 있어. 그녀도 마찬가지고. 게다가 내 아이를 임신한 상태야."

"결혼도 하기 전에 벌써 아이를 가졌단 말인가?"

"그렇게 됐네. 그래서 말인데, 폴란드 공산당에 결혼 신청을 하려고 생각하고 있어. 그러려면 누군가 뒤에서 좀 도와줄 사람이 필요할 것 같아."

"쉽지 않은 일이야. 지금 폴란드 공산당 내부의 분위기도 어수선하고, 게다가 자네들 북으로 송환 명령을 받은 상태 아닌가? 곧 폴란드를 떠나야 할 텐데, 폴란드 여자와 결혼을 하면 자네야말로 뒷감당을 어떻게 하려고 그래?"

"물론 나도 공화국에 결혼 승낙을 받아야 해. 지금 결혼 신청서를 만들어서 공화국에 제출하려고 하고 있네. 그런데 아무래도 폴란드로부터 먼저 결혼 승인이 떨어져야 공화국에서도 긍정적으로 검토를 할 것 같아."

"하긴 그렇긴 할 거야. 외국인과 결혼한 케이스가 거의 없는 상태니까, 당신네 공화국이나 우리 정부에서도 조금 고민이 될 것 같긴 하네."

"그래서 자네에게 부탁을 하려고 하네. 우리 결혼을 도와줄 수 있는 사람을 찾아봐주었으면 하네."

"알겠네. 자네 같은 남자와 우리 폴란드 여성이 결혼한다면 양국

우호를 위해서도 좋은 일이 될 거야. 게다가 몇 년 전 있었던 자살 사건처럼 불미스런 사건을 기억하는 사람도 있고 하니 또 다시 그런 일이 일어난다면 당에서도 골치가 아프겠지."

"최순옥 동무 이야긴가?"

"맞아. 최순옥 마렉 커플이었지. 그때 그 일로 곤혹스런 상황에 처한 사람들이 많았거든. 어떻게 젊은 사람들의 사랑을 당이 이래라 저래라 할 수 있느냐면서 당 안팎에서 비판적인 목소리가 있었어. 그들도 두 번 다시 그런 일이 일어나지 않기를 바랄 거야. 다만 지금 돌아가는 정세가 문젠데…… 어쨌든 한번 내가 알아보도록 하겠네."

"고맙네. 야코비치 동무!"

명준은 야코비치의 손을 두 손으로 움켜 잡고 크게 흔들었다. 그의 모습 속에는 야코비치에 대한 믿음과 간절함이 그대로 묻어 나오고 있었다. 드디어 프와코비체 마을에서 마지막 남은 그룹이 떠나는 날짜가 정해졌다. 남은 시간은 한 달도 못 됐다. 아이들은 동네 이곳저곳을 다니며 그동안 친하게 지냈던 폴란드 친구들과 이별의 아쉬움을 달랬다. 동네에서 가장 붐빈 곳은 사진관이었다. 폴란드 남자가 운영하는 그 사진관에는 매일같이 북한 아이들의 발길이 끊이지 않았다. 친구들과 기념 사진을 찍으러 오거나, 촬영된 필름의 현상과 인화를 맡길 곳이 오직 그곳 한 곳밖에 없었기 때문이었다.

"레나 선생님, 저희랑 같이 사진 찍어요."

기숙사 13동 아이들이 달려와서 레나의 손을 이끌었다. 레나는 아이들 무리에 이끌려서 동네 사진관에 갔다. 당시로서는 사진 한 장을 찍고 인화를 하려면 적지 않은 돈이 들었다. '아이들이 돈이 어디서 났을까?', 레나는 용돈 하나 받지 않고 생활하던 아이들에게 갑자기 어디서 돈이 생겼는지 궁금했다. 한두 명도 아니고 사진관을 찾아오는 아이들은 생각보다 많은 숫자였다.

"너희들 어디서 돈이 생겼니? 사진 찍으려면 돈이 많이 들 텐데……"

"지희들이 돈이 어딨어요? 여기 사진관 아저씨가 그냥 기념으로 찍어주신다고 하셨어요."

"사진관 아저씨가?!"

레나는 사진 촬영을 준비하며 카메라를 만지고 있는 파벨 씨로 시선을 돌렸다. 평소 무뚝뚝한 파벨 씨한테서 이런 속깊은 마음이 있을 줄은 몰랐다. 레나는 파벨 씨에게 다가갔다.

"감사합니다. 이렇게 소중한 사진을 남길 수 있도록 해주셔서요."

"별 거 아닙니다. 나도 아이들과 정이 많이 들었어요. 그냥 아이들이 떠난다고 생각하니까 너무 서운하더라구요. 내가 뭐 달리 해줄 건 없고, 아이들한테 선물이라도 줄 겸해서 하고 있는 겁니다."

"그러셨군요. 아이들한테 너무 소중한 선물이 될 것 같아요."

"저도 기쁩니다. 이렇게 한 장 한 장 사진을 찍어 놓으면 언젠가 기록이 될 것 아닙니까? 멀리 아시아에서 북한 아이들이 우리 마을에 왔었고, 오랜 시간 동안 함께 가족처럼 살았던 적이 있었다고 나중에 후손들에게 알려야죠. 기록이 사라진다면 역사도 사라지는 것 아니겠어요."

레나는 긴 의자 위에 아이들과 나란히 앉았다. 몇몇 아이들은 뒷쪽에 가서 서기도 하고, 또 몇몇은 바닥에 자리를 잡고 앉았다. 파벨 씨는 카메라 렌즈를 이리저리 돌리며 초점을 맞추기 시작했다.

"자. 이제 촬영하겠습니다. 모두 웃으세요."

파벨 씨가 카메라 셔터를 누를 준비를 마치며 마지막으로 한 번 더 아이들과 레나 선생님에게 미소를 지으라고 주문했다. 아이들은 크게 입을 벌리고 해맑게 카메라를 바라보며 미소 지었다. 레나도 두 손으로 아이들 어깨를 움켜 잡으며 미소를 지었다. 순간 아이들이 처음 폴란드에 왔을 때가 떠올랐다. 낯선 곳에 대한 두려움과 추위에 파르르 떨던 아이들이었다. 그런 아이들이 건강하게 자라서 이제는 제법 단단해진 어깨가 그녀의 손바닥에 느껴졌다.

'시간이 참 많이 흘렀구나. 얘들아, 건강하게 잘 자라줘서 고맙다.'

레나는 속으로 아이들 하나하나의 얼굴을 떠올리며 마음으로 감사의 인사를 전했다. 레나의 마음을 아는지 모르는지 아이들은 천연덕스럽게 미소 지으며 카메라를 바라보고 있었다.

"자. 그럼. 하나, 둘, 셋!"

번쩍하고 카메라 플래쉬가 터졌다. 아이들은 뭐가 좋은지 다들 깔깔거리며 웃음을 터뜨렸다. 아이들에게 좋은 추억을 선물해준 파벨 씨가 너무 고마웠다. 사진관을 나오자마자 아이들은 저마다 왔던 길로 다시 달려갔다.

"선생님, 내일 봐요!"

아이들의 재잘거리며 뛰어가는 모습을 보며 레나도 숙소를 향해 걸음을 옮겼다. 돌아오면서 레나는 파벨 씨가 남긴 한 마디가 계속 머릿속에 떠올랐다.

'기록이 사라진다면 역사도 사라지는 것 아니겠어요.'

비록 사진 몇 장에 불과한 것일 수 있지만, 누군가 자신의 존재를 기억해 줄 사람들이 있다는 믿음은 아이들에게 큰 위안이 됐다. 멀리 아시아 동쪽 끝에서 아이들이 왔고, 그들과 함께 생활했던 순수했던 시절이 있었음을 그 사진들은 언제까지나 증명해줄 것이다. 레나는 애써 행복한 생각을 떠올리려 노력했다. 그건 지금 뱃속에서 자라고 있는 새로운 생명을 위해서 필요한 일이었다. 뱃속에선 마치 작은 새가 꿈틀거리는 듯한 태동이 느껴졌다. 이제 제법 배가 볼록하게 불러오고 있었다. 여성으로서 사랑하는 남자의 아이를 잉태하고 있다는 기쁨, 그건 이 세상에서 가장 행복한 느낌 중의 하나였다. 멀리 기숙사 13동 앞을 밝히는 노란색 가로등이 하나둘 켜지기 시작했다.

* * *

바르샤바의 랜드마크 문화과학궁전에서 남쪽으로 5킬로미터 정도 떨어진 곳에는 북한대사관이 자리를 잡고 있다. 대사관 부지가 축구장 두 개 면적의 넓이로 제법 큰 공간이다. 지금과는 확연히 달랐던 1950년대 북한과 폴란드의 긴밀했던 관계를 잘 나타내주고 있다. 오랜만에 레나가 외출을 했다. 이제는 걸음을 옮기기 쉽지 않아 외출을 자제하고 있었다. 하지만 오늘은 선우진과 함께 꼭 가봐야 하는 곳이 있었다. 바로 바르샤바 북한 대사관이었다.

"옛날에 결혼 승인을 받기 위해 이곳을 자주 방문했습니다. 처음에 결혼을 한다고 하니까 북한 대사관 사람들이 믿지 못하는 분위기였어요. 외국 여자와 북한 남자가 결혼한다는 게 그 당시엔 불가능한 것으로 받아들여지던 때였으니까요. 명준 씨가 몇 번을 찾아왔는지 모릅니다. 나중엔 북한 대사관에서도 두 손 들었다고 하더군요. 그만 좀 찾아오라고 하면서……"

두 사람은 조용히 북한 대사관 현관 앞을 지나쳤다. 멀리서 건물 위에 나부끼는 붉은 색 바탕의 인공기가 보였다. 잠시 후 작은 공원이 하나 나왔다. 레나가 공원 안쪽으로 들어가는 계단을 올라서려고 지팡이를 옮겼다. 선우진은 불편한 레나를 위해서 손을 잡아줬다.

"이곳이 명준 씨랑 대사관 가는 길에 자주 들렀던 공원입니다."

레나는 뭔가 생각 난 듯 커다란 밤나무 아래로 걸음을 옮겼다. 선우진이 묵묵히 그녀의 뒤를 따랐다.

"이 나무 기억 나는군요. 40년이 지났는데 아직도 그대로 이곳에서 있네요. 밤꽃이 피면 참 예뻤거든요."

"결국 결혼 승인을 받으신 건가요?"

"그렇죠. 정말 집념 하나는 대단한 사람이었죠. 결국 북한 공산당을 설득해서 허락을 받아냈으니까요."

"행복하셨겠어요?"

"그럼요. 그때는 정말 날아갈 것 같았죠."

선우진은 레나가 과거의 추억으로 돌아가는 것을 느꼈다. 벌써 몇 번의 만남이 이어지면서 선우진은 눈빛만 봐도 그녀의 심정을 이해할 수 있었다. 비밀을 많이 감춘 것 같지만, 레나는 다정하고 속이 깊은 여자였다. 그런 레나가 사랑하는 남편과 헤어져 오랜 세월 홀로 살아가고 있다는 것만으로도 선우진은 마음이 아팠다. 자신이 해줄 수 있는 것이 없다는 것에 미안한 마음이 들었다.

"여사님, 이젠 그만 가실까요? 오늘은 제가 이 근처에 한국 식당에서 저녁을 대접하려고 합니다. 미리 예약도 해놨어요."

"뭘 그런 것까지 하고 그러세요."

매번 느끼는 것이지만, 레나의 한국어는 보통 수준이 아니었다. 고맙다는 말 대신 한국인들만 사용하는 표현을 쓸 수 있을 정도로 레나는 한국어 실력이 좋았다. 그만큼 레나는 한국에 대한 관심이 많았다. 선우진은 레나의 손을 잡고 식당으로 향했다. 바로 그때였다. 길모퉁이를 도는 순간이었다. 갑자기 대형 덤프 트럭 한 대가 두 사람에게 질주했다. 선우진은 본능적으로 두 팔로 레나를 감싼 뒤 도로 밖으로 몸을 날렸다. 간신히 간발의 차이로 질주하던 덤프 트럭과 충돌을 피할 수 있었다.

"여사님, 괜찮으세요?"

옷에 묻은 흙을 털어내며 레나가 자리에서 힘겹게 일어섰다. 몇 걸음 뒤에서 선우진을 따라오던 요원들도 화들짝 놀라서 달려왔다.

"과장님, 괜찮으세요?"

"어. 나는 괜찮아. 여사님 먼저 살펴 드려!"

"네!"

단순한 우연이라고 보기엔 너무 위험한 상황이었다. 다행히 아무도 다친 사람은 없었지만, 선우진은 본능적으로 자신들에게 다가오는 위협을 느꼈다.

"번호판 봤나?"

"죄송합니다. 순식간에 일어난 일이라서요."

"주변 CCTV 체크하고 회사에 연락해서 동선 확보해."

"네. 알겠습니다."

레나는 담담하게 선우진에게 웃으며 말했다.

"오늘 저녁 식사는 나중에 하는 게 좋겠어요."

"네. 여사님, 편하신 대로 하십시요. 저희 직원이 모셔드릴 겁니다."

"고맙습니다. 그럼 가보겠습니다."

레나는 머리를 숙여서 인사를 했다. 놀라고 당황스러웠을 텐데 차분하게 차에 오르는 레나의 모습을 보며 선우진은 미안한 마음만 앞섰다. 멀리 레나를 태운 차가 도심 속으로 사라졌다. 어느새 해가 지면서 도로에도 가로등이 하나둘 켜지기 시작했다. 선우진은 실체를 알 수 없는 위협이 점점 가까이 다가오고 있음을 느낄 수 있었다.

* * *

폴란드 공산당과 북한 노동당에서 정식으로 명준과 레나의 혼인을 승낙한다는 결정이 나온 며칠 후 명준은 아침 일찍 브로츠와프로 향했다. 특별히 갈 곳이 있었다. 명준은 구시가지에 위치한 패션 거리로 방향을 잡았다. 길을 걸으면서 명준의 마음은 날아갈 것 같았다. 얼마나 오래 기다린 결혼인가. 남 몰래 숨죽여 비밀 연애를 하면서 두 사람의 신분이 노출될까 명준은 늘 걱정했다. 그런데 드디어 결혼이라니…… 명준은 좀처럼 실감이 나지 않았다. 이런저런 생각에 잠겨 길을 걷던 순간, 반지와 보석들을 팔고 있는 상점들이 즐비한 골목이 나타났다. 명준은 아담한 보석 상점 안으로 문을 열고 들어갔다.

"안녕하세요? 지난 주에 주문한 것을 찾으러 왔습니다."

직원은 명준이 내미는 영수증을 보고 진열장 안에 있던 작은 케이스를 하나 집어들어 명준에게 건넸다. 와인색 벨벳으로 표면을 감싸고 있는 예쁜 케이스였다. 명준은 케이스 뚜껑을 열었다. 아무런 장식도 넣지 않은 작은 금반지 하나가 케이스 중앙에 박혀 있는 게 보였다. 명준의 새끼 손가락 중간 마디 정도밖에 안 들어갈 것 같은 작은 반지였다.

"손님이 특별히 주문하신 대로 만들어 놓았습니다."

직원은 옆에 있던 작은 돋보기를 들어 명준에게 건넸다. 명준은 돋보기를 받아 들고 반지를 이리저리 살피기 시작했다. 잠시 후 반지 안쪽에 명준의 시선이 멈췄다. 명준의 입에서 옅은 미소가 피어올랐다.

'1958, MJ'

레나에게 줄 결혼 선물이었다. 반지 안쪽에는 명준과 레나의 결혼을 기념하는 1958년이라는 숫자와 명준의 영문 이니셜을 뜻하는 'MJ'가 새겨져 있었다. 명준은 케이스를 직원에게 다시 건넸다. 직원은 고급스럽게 보이는 포장지에 케이스를 싸고 황금빛 레이스로 정성스럽게 포장을 했다. 포장을 하면서 여직원이 명준에게 물었다.

"좋은 일 있으신가 봐요?"

"네. 결혼합니다."

"오! 축하드려요. 신부는요?"

"폴란드 여성입니다."

"그래요? 정말 잘 됐네요."

"감사합니다."

"어느 나라에서 오셨어요?"

"코레아에서 왔습니다. 노쓰 코레아!"

"혹시 그럼, 프와코비체에 머물고 있는 북한 아이들하고는 어떤 관계죠?"

"제가 그 기숙학교의 교장입니다."

"그러시군요. 아이들이 그곳에 머문 지도 벌써 꽤 오래 됐죠?"

"네. 7,8년 정도 됐습니다."

"벌써 그렇게 됐군요. 가끔 물건을 사러 오는 아이들을 몇 번 본 적이 있어요. 다들 많이 자랐더군요."

"다들 건강하게 잘 자랐어요. 모두 당신들 덕분입니다. 폴란드가 키운 아이들이에요. 정말 감사하고 있답니다."

"어려울 때는 서로 돕고 사는 거죠. 그런데 곧 떠난다는 소문이 들리던데요."

"며칠 후 떠날 예정이에요. 프와코비체와도 작별이죠."

"많이 섭섭하시겠어요. 정든 곳이었을 텐데……"

명준은 대답을 할 수 없었다. 그 말에 대답하면 울컥 울음이라도 나올 것 같았다. 둘의 대화는 잠시 어색하게 침묵 속에 묻혔다. 여직원은 레이스를 케이스에 단단하게 묶었다. 작업을 끝내자 작지만 예쁜 반지 케이스 하나가 레이스를 달고 명준의 손 앞에 놓여졌다. 명준은 서둘러 지갑을 꺼내 잔금을 주었다. 여직원은 잔금을 확인하고 명준에게 영수증을 내밀었다.

"그런데 결혼 반지는 원래 신랑과 신부 두 사람이 같이 껴야 하는 거 아닌가요?"

그런 질문이 나올 것 같았다. 결혼 반지를 준비하면서 한 사람만 선물한다는 것은 보통의 유럽 사람들로서는 이해하기 힘든 일이었다. 유럽에서는 영원한 사랑을 약속하면서 두 사람이 결혼식 날 서로 상대방의 손에 끼워주는 결혼 반지야말로 모든 사람들 앞에서 사랑을 약속하는 증표였다. 그런데 만약 한 사람만 반지를 선물한다면 그것은 뭔가 완전한 것이 아닐 수 있었다. 하지만 명준이나 레나에게 금반지 두 개를 살 만큼의 여유는 없었다. 공화국에서 보내오는 예산으로는 한 푼이라도 아이들을 먹이고 입히는 일에 써야 했다. 레나 역시 어머니의 반대를 무릎쓰고 진행하는 결혼이라서 가족들의 축복을 받기는 어려운 상황이었다. 성당에서 조촐하게 두 사람만의 결혼식을 하기로 마음먹은 것은 그런 이유였다.

"솔직히 금반지 두 개를 서로 나눌 만큼 여유롭지 못합니다. 그래서 대신 반지에 나의 이름을 새긴 거예요. 반지를 끼고 있는 사람은 한 사람이지만, 그 사람의 손에 간직된 반지 안에 나의 이름과 사랑의 맹세를 새겨넣은 거예요. 나중에 여유가 생기면 내 것도 하나 더 사야죠. 지금은 그녀 것만으로도 만족합니다."

"그렇군요. 당신의 신부는 참 행복한 사람일 거예요. 당신처럼 진실한 남자를 남편으로 맞이할 수 있어서요."

"감사합니다."

"두 사람의 인생에 늘 신의 은총이 함께 하길 기원하겠습니다."

명준은 주머니 안쪽에 반지 케이스를 집어넣고 상점을 나왔다. 어서 빨리 레나에게 결혼 반지를 선물하고 싶었다. 하지만 명준에게는 시간이 더 필요했다. 공식적으로 폴란드와 공화국에서 두 사람의 결혼을 허락한다는 공문이 도착할 때까지는 조금 더 기다려야만 했다. 1958년 10월, 무덥기만 했던 여름이 끝나고 계절은 가을로 접어들고 있었다. 어느 날 명준에게 공화국에서 공문이 도착했다는 전갈이 왔다. 명준이 그토록 기다리고 있던 바로 결혼 승인서였다.

'공화국은 조선인 리명준과 폴란드 여성 레나의 혼인을 승낙한다.'

두 사람의 결혼을 공화국이 승인한다는 문서였다. 결혼조차도 당과 국가의 허락을 받아야 한다는 사실이 명준은 아쉽기만 했다. 하지만 그것이 현실이었다. '혼인을 승인한다'는 그 한 줄의 글씨가 적힌 문서를 기다리기 위해 숨죽여야 했던 세월들, 명준은 승인서를 받자 날아갈 것 같이 기뻤다. 곧바로 명준은 폴란드 교육부로 달려갔다.

그리고 북에서 도착한 결혼 승인 서류를 제출했다. 폴란드 측으로부터는 그리 오랜 시간이 걸리지 않았다.

드디어 공식적으로 두 사람의 결혼이 승인되었다. 이제 두 사람은 정식으로 부부가 되었다. 레나와 명준, 두 사람은 프와코비체의 성당으로 갔다. 사제의 축복 기도를 받으며 두 사람은 소박한 결혼식을 치뤘다. 두 사람의 결혼식장에는 레나의 폴란드 친구들과 13동 기숙사 아이들 몇몇이 자리를 함께 했다. 명준은 그날 말쑥한 감색 양복을 입었다. 레나는 가슴에 장미꽃 레이스를 수놓은 하얀색 드레스를 입었다. 7년을 기다려온 비밀 연애 끝에 두 사람은 폴란드와 북한에서 인정한 첫 번째 부부가 되었다. 그날 명준은 아내가 된 레나를 위해서 가슴 속에 간직하고 있던 반지를 꺼냈다. 케이스 뚜껑을 열자 반지가 성당의 촛불을 받아 반짝거렸다. 명준은 조심스럽게 그녀의 손에 사랑의 맹세가 새겨진 결혼 반지를 끼워주었다.

"나, 리명준은 레나 폴리니를 아내로 맞이하여 죽음이 우리를 갈라 놓을 때까지 아끼고 사랑하며 함께 할 것을 맹세합니다."

명준이 먼저 결혼 서약문을 낭독했다. 두 사람의 결혼은 정말 기적과도 같았다. 아무도 공식적으로 혼인 승인이 나올 거라 쉽게 예상하지 않았다. 그래서였을까? 명준은 '죽음이 갈라 놓을 때까지 아끼고 사랑하겠다'는 부분을 읽을 때 갑자기 가슴이 울컥했다. 눈물이 나오려는 것을 억지로 참았다. 다음으로 레나가 신부의 결혼 서약문을 읽어내려갔다.

"나, 레나 폴리니는 리명준을 남편으로 맞이하여 언제나 사랑으로 대하며 어떤 어려움이 닥쳐도 함께 헤쳐나갈 것을 굳게 맹세합니다.”

레나의 마음도 명준과 다를 게 없었다. 숱한 나날 숨죽여야 했던 그들의 사랑이 이렇게 결실을 맺게 되었다는 사실이 감격스럽기만 했다. 두 사람의 미래를 위해 신부는 축도를 했다. 두 사람도 함께 손을 잡고 눈을 감았다.

폴란드 여자들은 결혼을 하고 남편으로부터 결혼반지를 선물받은 다음에는 죽을 때까지 반지를 빼지 않는 전통이 있었다. 심지어 남편이 죽어도 손에서 반지를 빼지 않는 사람도 있었다. 그만큼 반지는 소중했다. 레나는 이 반지와 함께 자신의 사랑도 영원할 것이라고 다짐했다. 피아노 선율에 맞춰 두 사람은 하객들의 축하를 받으며 성당을 빠져 나갔다. 가난한 연인들의 소박하지만 진심을 담은 결혼식은 그렇게 마무리 되었다.

며칠 후 드디어 평양으로 출국하는 날짜가 결정되었다. 앞으로 남은 시간은 열흘 남짓의 시간 뿐. 아이들에게 남아 있는 열흘의 시간은 저마다 각별한 의미로 다가왔다. 명준과 레나에게도 남은 시간이 주는 무게는 특별할 수밖에 없었다. 자신의 고국으로 돌아가는 명준과 자신의 고국을 등지고 떠나야 하는 레나 앞에는 또 어떤 시련과 운명이 기다리고 있을까. 모두들 차분하고 숙연한 마음으로 출발의 시각을 기다리고 있었다.

김일성학교 교장의 자격으로서 명준은 마지막으로 모든 사람들의 힘을 모아 폴란드에 자신들의 행적을 남기는 작업에 착수했다. 인종과 국적을 떠나 한마음이 되었던 폴란드 작은 시골 마을의 추억을 모두가 힘을 모아서 기록으로 남겨보자는 생각이었다. 그것이 바로 북한과 폴란드 아이들, 그리고 김일성학교의 모든 교사들이 기숙사 근처의 검은숲으로 모여든 이유였다.

선두에서 리명준이 손수레를 끌고 앞장을 서고 뒤에는 아이들의 행렬이 이어졌다. 레나는 나이 어린 아이들의 손을 잡고 숲으로 향했다. 일행은 둥그렇게 물음표 모양을 한 나무들이 빽빽하게 심어져 있는 공간까지 이동했다. 왜 나무의 모양이 저렇게 물음표 모양을 하고 있는지 아무도 알지 못했다. 마치 인생을 향한 성찰과 철학적 질문들을 던지고 있는 느낌마저 들었다. 명준이 목적지로 삼은 곳은 바로 그곳이었다.

"여기가 좋겠다. 여기에다 만들어 보자!"

아이들은 손수레에서 시멘트를 내렸다. 손수레 안에는 삽과 곡괭이들이 담겨 있었다. 힘이 좋은 최병호부터 반장 노릇을 했던 박상학까지 다들 이제는 제법 어른스러운 모습들이었다. 병호가 곡괭이로 땅을 파자 다른 아이들은 강에서 물을 길어와 시멘트를 섞었다. 폴란드 아이들도 일손을 거들고 있었다. 명준이 만들려고 하는 것은 5미터 높이의 오벨리스크, 아이들은 '친선의 탑'이라고 이름을 붙였다. 폴란드와 북한의 우정과 친선을 상징하는 탑이었다. 삽으로 땅 위에 있는 돌들을 치우면서 명준이 아이들에게 오벨리스크에 대해서 설명을 했다.

"원래 예전부터 유럽에서는 오벨리스크로 지역의 경계를 표시했다고 한다. 우리는 오늘 이곳에 폴란드와 코레아의 우정을 상징하는 탑을 만들 생각이다. 탑의 이름은 너희들이 정한 것처럼 '친선의 탑'이라고 부르기로 했다. 우리가 폴란드에 살고 있었다는 걸 영원히 기억할 수 있도록 하자."

명준의 말이 끝나고 아이들이 벽돌을 쌓으려고 하는 순간이었다. 갑자기 숲에서 폴란드 사람들이 다가 오는 게 보였다. 마을에서 함께 생활했던 주민들이 탑을 만드는 작업에 함께 하기 위해 검은숲을 찾아온 것이었다.

"아이들이 무슨 힘이 있어서 탑을 만든다고 해요?! 그래도 어른들이 있어야 하지."

"그럼요. 그래야 더 단단하고 오래 버틸 수 있는 탑을 세울 수 있을 거예요."

뜻밖의 출현에 명준은 놀라지 않을 수 없었다. 마을 사람들과는 당의 명령으로 가깝게 지내고 싶어도 실제로는 그렇게 지낼 수가 없었다. '차라리 당의 명령을 어기고서라도 마을 사람들과 처음부터 친하게 지냈으면 좋았을 것을……', 갑자기 명준의 마음속에 그런 생각이 스쳤다. 자신들을 위해 잠자리를 마련해주었고, 아픈 아이들이 있으면 누구보다 먼저 도움의 손길을 뻗었던 사람들이었다. 자신들도 전쟁통에 삶의 터전이 사라지고 망가졌지만, 아무런 이익도 바라지 않고 생면부지 북한 아이들을 받아주었던 고마운 사람들이었다. 긴 세월 동안 명준은 그들에게 해준 것이 아무것도 없다는 사실이 괴로웠다. 오직 그들로부터 받기만 했던 지난 시간들이었다. 이제 북으로 돌아간다면 언제 다시 이 순박한 사람들과 다시 만날 것인가. 어쩌면 지금 이 순간이 마지막이 될지 모른다는 생각이 들었다. 명준은 저절로 마음이 숙연해졌다.

“여러분 감사합니다.”

리명준은 머리를 숙여서 인사를 했다. 그렇게 허리를 숙인 채로 한참 동안 고개를 들 수 없었다. 그의 눈가에 이슬이 맺혔다. 프시미스와프 선생이 명준에게 다가와 두 팔로 따듯하게 감쌌다.

“폴란드 속담에는 손님이 온 것은 신이 온 것과 같다라는 말이 있습니다. 어쩌면 아이들은 신이 보낸 손님들이 아니었나 싶어요. 정말 잊지 못할 거예요. 아이들도 선생님들도 모두 다. 여러분들 덕분에 우리도 행복했습니다.”

그날 검은숲에서는 모든 사람이 주인공이었다. 모두가 힘을 모아 오벨리스크 ‘친선의 탑’을 만들기 위해 작업을 함께 했다. 시간이 지날수록 점점 탑의 모양새가 갖춰지기 시작했다. 누군가 시멘트가 마르기 전에 ‘친선’이라는 글씨를 새겨넣자고 말했다. 북한 아이 한 명과 폴란드 아이 한 명이 대표로 뽑혀 앞으로 나왔다. 아이들 손에는 긴 나무 막대가 들려 있었다. 건장한 체구의 청년들이 아이들을 번쩍 들어 자신들의 목에 태웠다. 두 명의 아이들은 오벨리스크 탑 양쪽 면에 각자 자신들의 언어로 ‘친선’이라는 글씨를 새겨넣었다. 폴란드 시골 마을에서 살았던 자신들의 흔적을 기록으로 남기는 작업은 그렇게 마무리가 되었다. 1958년 겨울의 일이었다.

제7부. 레나의 평양 생활

아이들이 북으로 떠나는 날은 온 동네가 울음바다가 됐다. 서로 헤어지기 싫은 아이들은 역에 나와 떠나는 친구의 마지막 손을 잡고 놓아주지 않았다. 출발 시간이 가까와지자 플랫폼에는 더욱 많은 사람들이 몰려 들었다. 폴란드 학생들로 구성된 브라스밴드가 기차 앞에 도열해서 음악을 연주하기 시작했다. 공산주의 국가에서는 누구나 애창하는 인터내셔널가에서부터 북한 민요 아리랑까지 다양한 곡들이 연주되었다. 헤어짐이 아쉬운 사람들은 서로 부둥켜 안고 조금이라도 이별의 슬픔을 달래려고 했다.

이미 열차 안으로 들어가서 자리를 잡고 앉아 있는 아이들도 있었다. 창문을 열고 폴란드 친구들의 손을 잡고 마지막 우정을 나누는 아이들도 있었다. 작은 종이에 자신의 집주소를 적어주는 폴란드 아이도 있었다. 폴란드 교육부에서 나온 카메라맨들은 16mm 카메라를 돌리며 아이들의 모습을 촬영하느라 정신이 없었다. 조명빛이 밝게 빛나며 마치 영화 속 세트장 같은 분위기가 연출됐다.

환송 인파를 뚫고 명준과 레나도 플랫폼에 모습을 드러냈다. 명준은 커다란 여행 가방을 손에 쥐고, 다른 한 손으로는 레나의 손을 잡고 있었다. 떠나는 사람과 보내는 사람들이 뒤엉켜 플랫폼은 어수선했다. 명준은 자신들이 탑승할 열차 칸을 확인했다. 가방을 옮긴 뒤, 레나가 계단에 오를 수 있도록 손을 잡아줬다. 임신한 탓에 제법 배가 볼록하게 올라와 있어 레나는 거동이 불편했다. 두 사람이 객차 안으로 들어서자 아직 자리를 잡지 않은 빈 자리들이 많이 보였다. 환송을 하러 온 사람들과 조금이라도 더 함께 하고 싶은 마음에 출발 시간이 됐는데도 객차에 오르지 않은 아이들이 많았기 때문이었다. 명준은 열차에 올라 레나를 창가 쪽에 앉도록 했다. 레나의 여행 가방을 선반 위에 올려놓은 뒤 명준이 말했다.

"잠깐 밖에 나갔다 오겠소. 인사할 사람들도 있고, 아이들도 챙겨야 할 것 같소."

"그러세요. 저는 여기에 있을게요."

명준은 레나의 손을 한 번 움켜잡고 밖으로 나갔다. 열차 복도를 걸어가는 명준의 뒷모습을 레나가 물끄러미 바라봤다. 레나의 눈에는 명준은 책임감 강하고 당당한 남자였다. 명준은 플랫폼으로 나가 폴란드 교육부 사람들과 마지막 인사를 나눴다. 결혼을 할 수 있도록 도움을 주었던 야코비치와도 깊은 포옹을 했다. 그가 아니었으면 오늘 이 자리에 레나와 함께 평양행 열차에 오를 수 없었을 것이다. 명준은 다시 한 번 그에게 감사의 마음을 전하며 작별의 아쉬움을 나눴다.

플랫폼에 서서 명준은 잠시 아이들의 모습을 지켜봤다. 명준의 시선 속에 이별을 슬퍼하고 있는 두 나라 아이들의 모습이 들어왔다. 그들 뒤에서 검은 양복을 입은 평양의 지도원들이 호루라기를 불며 어서 객차 안으로 들어가라고 호통을 치고 있는 모습도 보였다. 그들의 모습은 하나하나 마치 정지된 사진처럼 명준의 가슴에 새겨졌다. 아이들은 저마다 간직하고 있던 폴란드에서의 추억만큼이나 이별의 사연도 달랐다. 플랫폼 한쪽 구석에서 누군가 바이올린으로 올드랭자인을 연주하기 시작했다. 명준의 귀에 오늘따라 그 노랫소리가 더욱 처량하게만 들렸다. 연주에 맞춰 폴란드와 북한 아이들은 서로 어깨동무를 하고 함께 노래를 불렀다.

"오랫동안 사귀었던 정든 내 친구여. 작별이란 웬 말인가?
가야만 하는가? 어디 간들 잊으리오. 두터운 우리 정.
다시 만날 그 날 위해 노래를 부르자."

'다시 만날 수 있을까?' 명준은 불쑥 그런 생각이 스쳤다. 어쩌면 마지막일 수도 있는 순간이었다. 노래를 부르는 아이들 눈에 이슬이 맺혔다. 아이들은 마지막으로 폴란드 친구들과 깊은 포옹을 한 뒤 천천히 기차에 올랐다. 폴란드 아이들은 떠나는 친구들을 향해 크게 손을 흔들어 보였다. 친구의 이름을 부르는 아이들도 있었고, 기차 창문 밖으로 몸을 내밀고 포옹하는 아이도 있었다. 무리 중에는 정보배와 최병호의 모습도 보였다. 보배를 친 동생처럼 여겼던 베로니카는 손수건으로 눈물을 닦으며 이별을 아쉬워했다. 열차를 사이에 두고 아이들이 나누는 소리는 어디서나 똑같았다.

"잘 가라! 건강하고!"

"그래! 그동안 고마웠다. 잘 있어. 언젠가 다시 만나자!"

"건강해야 해!"

"널 잊지 못할 거야!"

"나도 영원히 널 기억할게!"

순간 명준의 시선 속으로 키가 큰 폴란드 청년 하나가 이러저리 누군가를 찾는 모습이 보였다. 아직 친구를 찾지 못한 듯, 발을 동동 구르며 계속해서 열차 칸마다 까치발을 해가며 누군가의 이름을 부르고 있었다. 잠시 후 몇 걸음 앞에 있던 기차 창문이 열리고 단발머리 소녀가 몸을 밖으로 드러냈다. 김경희였다. 폴란드 청년 요셉과 동거를 한다고 마을에 소문이 났던 바로 그녀였다.

폴란드 청년 요셉은 경희를 발견하자 크게 손을 흔들었다. 그의 손에는 꽃다발이 쥐어져 있었다. 요셉은 긴 다리를 성큼성큼 내딛으며 경희에게 다가갔다. 그리고 열린 창문 사이로 지금까지 손에 들고 있던 꽃다발을 건넸다. 들판에서 따온 이름 모를 야생화를 정성껏 실로 묶은 작은 꽃다발이었다. 경희가 꽃다발에 코를 대고 꽃냄새를 맡았다. 둘은 기차 창문을 사이에 두고 한참 동안을 아무 말도 하지 않은 체 서로 얼굴만 바라 보고 있었다.

명준은 아이들이 객차에 모두 오른 것을 확인 한 후, 자신도 기차에 올랐다. 서서히 경적소리와 함께 열차가 움직이기 시작했다. 조금 전까지 경희와 창문을 사이에 두고 가만히 바라만 보고 있던 요셉은 다시 한 번 손을 뻗어 경희의 단발 머리카락과 그녀의 뺨을 어루만졌다. 그의 손이 닿자 경희의 뺨이 붉게 물들었다. 둘의 마음을 아는지 모르는지 기차는 점점 속도를 높이기 시작했다.

마지막으로 경희가 창문 너머로 손을 뻗었다. 요셉은 경희의 손을 잡고 큰 걸음으로 달리기 시작했다. 하지만 그의 발걸음은 멀리 가지 못했다. 잡고 있던 두 사람의 손은 멀어졌다. 기차는 긴 경적소리를 울리며 플랫폼 멀리 사라졌다. 기차 안에서 레나는 경희의 모습을 보았다. 창문 너머로는 키 큰 폴란드 청년 요셉의 금발 머리카락이 열차 연기 속에 점점 멀어지는 것이 보였다.

"사랑해. 경희야!"

열차 안으로 폴란드 청년 요셉이 사랑한다고 외치는 목소리가 들려왔다. 단발머리 소녀 경희는 고개를 숙인 채 아무 말도 하지 않았다. 입술을 깨물며 일부러 창밖을 내다보지 않았다. 청년의 모습이 점점 멀어져 갔다. 그제서야 경희는 두 손으로 얼굴을 가리고 울음을 터뜨렸다. 서로 사랑했던 단발머리 소녀 경희와 폴란드 청년 요셉은 그렇게 영원한 이별을 해야 했다.

우정이 사랑이 되고, 이별이 아픔이 되는 것을 경험해야 했던 아이들이었다. 한참 동안 소리내지 않고 눈물만 하염없이 흘리던 경희의 모습을 레나는 묵묵히 지켜볼 수밖에 없었다. 사랑하는 사람과 헤어지는 아픔을 간직한 채 소녀는 잠시 후 눈을 감고 모든 것을 체념하는 모습이 보였다. 그녀를 보며 레나는 마음속으로 하느님께 감사의 기도를 했다.

'감사합니다. 그래도 내 곁에는 사랑하는 남편이 있고, 내 몸 안에서 우리의 아기가 자라고 있으니까요. 8년 전 북한 아이들이 왔던 그 길을 따라서 나는 지금 평양으로 향하고 있습니다. 부디 우리들에게 신의 은총이 가득하게 해주소서.'

평양으로 향하는 기차 안에는 곳곳에 온갖 구호들이 넘쳐났다. '사회주의 조국으로 돌아오는 여러분들을 열렬히 환영합니다', 붉은색 굵은 페인트로 칠해진 플래카드들이 기차 옆면을 따라 늘어서 있었다. 화장실로 나가는 통로에는 김일성과 스탈린의 사진이 나란히 걸려 있었다. 아이들은 밖으로 나가기 전에 사진을 보고 머리를 숙여서 인사를 해야 했다. 이미 폴란드에서부터 습관이 되었기 때문에 아이들의 행동에는 조금도 어색함이 없었다.

바르샤바를 떠난 지 5일째, 드디어 열차는 시베리아 평원으로 접어들었다. 인간의 발길이 닿지 않는 곳. 하늘 높이 솟아오른 침엽수림 속으로 기차는 쏜살같이 달려갔다. 하얀 눈으로 덮인 시베리아는 평온했다.

기차 안에서 최병호는 식사를 할 때도 어린 동생들을 챙기고 밤에 취침 시간이 되면 아픈 아이들을 일일이 챙기는 의젓한 모습을 보여줬다. 특히 정동화의 동생, 보배에게는 더욱 마음이 갔다. 갑작스런 오빠의 송환에 당황해 하던 모습이 아직도 어제 일처럼 생생하게 기억에 떠올랐다. 이제 북으로 귀환하면 병호가 제일 먼저 해야 할 일은 바로 동화를 찾는 일이었다. 그 일은 하나밖에 없는 친구를 찾는 일이자 마음에 품고 있는 보배를 위해서도 자신이 반드시 해내야 하는 일이기도 했다. 물끄러미 창문 밖을 내다보고 있는 보배에게 병호가 담요를 덮어주며 말했다.

"보배야 힘들지 않니?"

"괜찮아."

"이제 곧 고향 땅에 도착할 것 같아."

"그렇구나."

"고향에 가면 내가 동화를 찾아 볼게."

"고마워. 오빠."

"동화도 잘 있을 거야."

"꿈에 동화 오빠를 봤어. 나보고 씩씩하게 잘 살라고 말하곤 늘 어디론가 사라져 버려……"

"동화도 네가 많이 보고 싶을 거야."

"진짜 다시 만날 수 있을까?"

"그럼. 만날 수 있고 말고. 강한 녀석이잖아. 너무 걱정하지 마."

"고마워. 병호 오빠."

폴란드를 떠난 지 열흘째 되는 날 기차는 중국 땅으로 진입했다. 차창 밖으로 비친 아침 햇살이 눈이 부실 정도로 따가웠다. 레나는 눈을 뜨고 창문 밖으로 펼쳐진 중국의 시골 농촌 풍경을 지켜봤다.

처음 보는 아시아 풍의 이국적인 시골집들이 논밭 너머로 듬성듬성 보였다. 그 사이로 아침부터 어깨에 호미를 매고 어디론가 단체로 걸어가는 농민들의 모습도 보였다. 그들은 모두 제복처럼 생긴 검정색 옷을 입고 있었다. 윗도리에는 목까지 단추가 달려 있었는데, 단추와 단추 사이를 끈 같은 것으로 연결해서 멀리서 보면 가슴 부분을 끈으로 묶은 것처럼 보였다. 바짓단은 밭에서 일하기 좋게 품이 넓은 광목으로 만든 것 같았다. 발목에는 고무줄 같은 것으로 바짓단을 묶은 모습이 조금은 우스꽝스러웠다.

레나의 시선 속에 건물 벽에 붉은색 페인트로 크게 써놓은 한자들이 보였다. 말로만 들었던 한자를 보면서 점점 자신이 아시아 땅으로 진입하고 있다는 것을 실감했다. 협동농장의 원색적인 그림과 포스터들은 노동자, 농민들에게 높은 생산성을 요구하는 정치적 구호들이었다. 명준은 레나에게 열차 노선이 평양에서 유럽으로 이동할 때와는 다른 것 같다고 귀띔을 해주었다. 중국과 소련 사이에서 외교적인 줄타기를 해야 하는 공화국에게는 기차 노선조차도 남의 눈치를 보며 결정되고 있었다. 이젠 공화국이 믿어야 할 나라는 중국이 되고 있었다.

열차가 귀국편으로 중국횡단 노선을 이용하기 위해서는 몽골횡단 노선으로 갈아타야 했다. 그래서 갈 때와는 다르게 돌아오는 편은 계속해서 환승을 해야 했다. 명준은 그 이유를 알 수는 없었다. 자신도 벌써 조국을 떠난 지 8년이 되는 긴 시간이었다. 평양 당국이 무슨 의도로 중국 노선으로 선택했는지, 왜 자꾸 환승을 하는지 그걸 알 수 있는 방법은 없었다. 기차역에서 다른 열차로 갈아 탈 때마다 플랫폼에는 군인들이 나와 민간인들과 북한 아이들이 섞이지 않도록 주변을 통제했다. 심지어 어깨에 총을 맨 군인들도 있었다. 아이들은 유럽에서의 평온하고 안락했던 생활을 벌써부터 그리워했다. 하나같이 겁먹은 표정으로 묵묵히 지도원들의 지시를 따라 움직였다.

"레나, 당신 몸은 좀 괜찮소?"

명준은 점점 배가 불러오는 레나 때문에 걱정이 이만저만이 아니었다. 불편한 기차를 열흘 넘게 탄다는 것은 산모나 뱃속에 있는 아기에게도 좋을 게 없었다. 명준은 조금이라도 레나가 편안하게 쉴 수 있도록 두툼한 담요 몇 장을 구해서 바닥에 침대처럼 자리를 만들어 주었다. 다리가 부어서 그녀가 힘들어 할 때는 발 밑에 받침대를 만들어서 조금이라도 편한 자세를 유지할 수 있도록 배려했다.

13동 기숙사에 살던 아이들도 레나가 임신했다는 사실을 안 다음부터는 레나가 편하게 지낼 수 있도록 신경을 쓰는 눈치였다. 따듯한 물을 떠다 주기도 하고, 점심 때 아껴두었던 사과를 몰래 감췄다가 레나에게 주는 아이도 있었다. 아이들은 모두 오랜 공동체 생활에 익숙해져 있어서 누군가 몸이 아프거나 불편한 사람이 생기면 다같이 아픈 사람을 위해 자발적으로 도와주는 것이 습관이 되어 있었다.

기차는 이틀을 더 달려서 선양에 도착했다. 선양에서 아이들은 다시 기차를 갈아탔다. 기차가 이전보다 폭이 좁고 시설도 낡은 기차였다. 선양을 지난 뒤 기차는 계속해서 정차를 반복했다. 잠시 후 기차 안으로 갑자기 한 무리의 북한 군인들과 지도원들이 탑승했다. 기차가 점점 북한 국경과 가까와지고 있다는 것을 느낄 수 있었다.

아이들은 8년만에 자신들의 고국으로 돌아간다는 사실에 마음이 설렜다. 전쟁통에 폐허로 변해 있었던 고향 마을은 어떻게 변해 있을까, 사람들의 모습은 또 어떻게 달라졌을까? 다섯 살 때 고향을 떠났던 아이들에게는 비록 고국으로 돌아가는 길이었지만, 그건 낯선 외국으로 여행을 떠나는 것이나 다를 게 없었다.

"이제 곧 북한 국경을 통과할 것 같소."

명준은 조금 흥분한 어조로 레나에게 기차가 북한 땅으로 진입하고 있다는 사실을 알려줬다. 갑자기 군인들을 대동한 인민복 차림의 고급 지도원이 명준이 있는 객차 안으로 들어왔다.

"리명준 동무가 누구요?"

명준은 자리에서 일어나 지도원 앞으로 걸음을 옮겼다.

"접니다."

"먼 길 오느라 수고 많았소. 공화국 땅으로 들어간 다음부터 아이들 관리는 우리가 맡겠소."

"알겠습니다. 도울 것이 있으면 말씀해주십시요."

"동무가 할 일은 없소. 그냥 우리 지시에 잘 따라주기만 하면 되오!"

곧이어 옆에 있던 보좌관이 들고 있던 가방에서 서류를 꺼냈다. 하얀 종이에 누군가의 이름들이 적혀 있는 서류였다. 지도원은 서류를 몇 장 넘겨 보고는 다시 보좌관에게 넘겼다.

"지금부터 호명하는 동무들은 앞쪽으로 나오시오."

갑작스럽게 이름을 부른다는 소리에 아이들은 술렁거렸다. 자신의 이름을 호명하자 아이들이 자리에서 일어나 앞쪽으로 나갔다.

"정보배, 이숙자, 민영기, 조동환, 김봉균"

자기의 이름을 부르는 소리에 보배가 자리에서 일어났다. 뒤를 이어 숙자와 영기도 몸을 일으켜 세웠다. 그림자처럼 늘 붙어 다니던 쌍둥이 자매는 언니만 호명하고 동생인 연자는 이름을 부르지 않자 조금 당황하는 모습을 보였다.

"숙자 언니!"

"연자야 괜찮아. 별일 아닐 거야."

다섯 명의 아이들이 앞쪽에 나란히 서자, 지도원은 아이들에게 보좌관을 따라 다른 객차로 이동하라고 명령했다. 연자가 자리에서 일어나 다시 '언니!', 하고 소리쳤다. 순간 총을 든 군인들 몇 명이 앞으로 뛰어나오려는 연자를 제지했다.

"연자야. 괜찮아. 그냥 시키는 대로 가만히 앉아 있어."

지도원은 다섯 명의 아이들을 데리고 객차 문을 열고 밖으로 나갔다. 명준은 갑작스럽게 눈앞에서 벌어지는 상황을 전혀 이해할 수 없었다. 그는 자리에서 일어나 지도원을 불렀다.

"지도원 동무, 갑자기 무슨 용무요?"

"동무는 상관할 바 아니요. 가만히 앉아 있으시요."

명준이 일어서려고 하자 고압적인 자세로 군인들이 명준 앞을 막았다. 이 광경을 지켜보고 있던 레나는 두려움이 밀려왔다. 자신들에게는 한 마디 언급도 없이 갑자기 다섯 명의 아이들을 불러 세우고 어디론가 데리고 가려는 모습에 왠지 불길한 느낌이 들었다. 하지만 당장 일어나서 목소리를 높였다가는 무슨 일이 일어날지 모를 상황이었다. 명준조차도 지금 벌어지고 있는 상황을 전혀 알지 못하는 것이 더욱 그를 불안하게 만들었다.

잠시 후, 기차는 작은 간이역에 멈췄다. 명준은 창문 밖을 쳐다봤다. 간이역에서 보이는 글씨는 한자가 아니라 낯익은 한글이었다. 어느새 북한 땅으로 기차가 진입해 있었다. 기차가 멈추자 지도원과 군인들이 다섯 명의 아이를 기차에서 내리라고 명령했다.

"날래날래 내리라우!"

아이들은 두려움에 떨며 그들이 시키는 대로 기차 밖으로 나섰다. 창문 너머로 다른 객차에서도 아이들 몇 명이 밖으로 나와 있는 게 보였다. 아이들 뒤로 역에서 대기하고 있던 군인들이 다가왔다. 군인들은 아이들 앞을 막아섰다. 동시에 기차가 움직이기 시작했다. 아이들은 당황해서 기차에 올라타려고 했지만, 군인들에 둘러싸여 움직일 수 없었다. 불과 몇 분도 되지 않은 짧은 시간이었다. 그제서야 다섯 명의 아이들은 자신들이 버려진 것을 깨달았다. 아이들이 군인들을 밀치고 기차를 향해 뛰려고 했다. 동시에 서너 명의 군인들이 주변으로 달려왔다. 그들은 소총으로 아이들을 가로막았다. 창문 너머로 멀어지는 언니 숙자의 모습을 보고, 쌍둥이 동생 연자는 소스라치게 놀라며 객차 밖으로 뛰어나가려고 했다. 하지만 그녀 역시 군인들의 억센 팔에 제지를 당했다.

"이거 놓으라요! 저기 언니가 있시오. 나도 가게 해주라요! 언니!

숙자 언니! 나도 데리고 가야지!"

연자는 울부짖었다. 창문 밖으로 쌍둥이 언니 숙자가 동생의 모습을 보고 소리치며 기차로 달려드는 게 보였다. 하지만 작은 체구의 소녀를 군인들이 제압하는 것은 식은 죽 먹기였다. 숙자는 꼼짝도 못하고 그 자리에 주저앉았다. 순식간에 벌어진 일이었다. 열차 밖으로 끌려 나간 보배도 상황은 마찬가지였다. 군인들에 둘러싸여 있는 보배의 모습을 보자 병호는 미친듯이 열차 밖으로 나가려 했다. 순간 군인들이 병호를 제지했다. 병호는 큰 몸집으로 군인을 밀쳐 버렸다. 문을 열고 달리는 기차에서 뛰어내리려고 하는 순간이었다. 다른 군인이 들고 있던 총의 개머리판으로 병호의 얼굴을 가격했다. 병호는 비명을 지르며 바닥에 쓰러졌다. 입가에는 피가 흐르기 시작했다. 병호는 다시 일어났다.

"보배야!"

"이 자식이 미쳤나! 가만 있지 못해!"

군인들이 병호의 몸을 총으로 눌러 제지했다. 더 이상 병호는 몸을 움직일 수 없었다. 이 광경을 지켜보던 보배는 손을 입으로 가리고 절망하며 눈물을 흘리고 있었다. 그것이 병호와 보배의 마지막이었다. 평생을 같이 살리라 약속했던 이숙자, 이연자 쌍둥이 자매도 그렇게 생이별을 해야 했다. 레나는 이 모든 상황이 어이가 없었다. 당황한 것은 명준도 마찬가지였다.

"아니. 도대체 지금 뭐 하는 짓입니까? 왜 저 아이들을 버리고 떠난 겁니까? 지도원 동무! 이유를 말해주시요!"

“동무, 내가 앞서 말하지 않았소. 동무의 역할은 이제 끝났다고 말이요. 그만 가만히 앉아 있으시요!”

“아니 이런 법이 어딨습니까? 전쟁으로 부모 잃고 늘 함께 생활했던 아이들입니다. 왜 아무런 이유도 없이 아이들을 떼놓고 있느냐 말입니다. 내가 반드시 상부에 보고하겠습니다. 당신들 큰 실수를 하고 있는 거요!”

명준은 흥분해서 목소리를 높이며 지도원에게 대들었다. 그 순간이었다. 갑자기 지도원이 명준 앞으로 성큼성큼 다가왔다. 그리고 팔을 휘둘러 명준의 뺨을 갈겼다. 명준의 몸이 휘청거렸다. 더 이상 아무 말도 할 수 없었다.

“내가 몇 번을 말해야 알아듣갔소! 동무는 이제 할 일이 없다고. 그저 조용히 있으시요. 나는 지금 당의 명령을 수행하고 있다는 사실을 명심하시요!”

당의 명령이라는 소리에 명준도 더 이상 할 말이 없었다. 자신들이 믿고 따르던 교장 선생님이 뺨을 얻어맞는 모습을 본 아이들은 몸을 움츠리고 두려움에 떨었다. 레나는 몸을 일으켜 명준에게 다가갔다. 명준의 손이 부르르 떨리는 게 느껴졌다. 레나는 떨리는 명준의 손을 가만히 움켜 잡았다. 명준도 더 이상 자신의 힘으로 이 상황을 어떻게 할 수 없었다. 기차는 그렇게 간이역마다 아이들을 내려놓고 떠났다. 아이들이 기차에서 내릴 때마다 서로 헤어지기 싫은 아이들 때문에 소동이 일어났지만, 어린 아이들이 군인들의 힘을 이길 수는 없었다. 아이들은 영문도 모른 채 기차 안에서 생이별을 당해야 했다. 마치 달리는 기차에서 짐이 내팽개치듯이 그렇게 아이들은 계속해서 이름도 알 수 없는 간이역에서 이별을 해야 했다.

그렇게 북한 전역으로 뿔뿔이 흩어진 아이들은 결국 더 이상 두 번 다시 만나지 못했다. 늘 함께 생활했던 아이들에게 갑작스런 이별은 상상도 할 수 없는 아픔이었다. 평양 당국은 처음부터 아이들이 북한에 들어오면 뿔뿔이 분산시키려는 계획을 갖고 있었다. 이유는 간단했다. 유럽에서 오래 생활한 그들 중에 헝가리에서처럼 자유주의 사상에 물든 아이들이 있을 수도 있다고 판단한 것이다.

북한 당국은 아이들이 혁명이라도 일으킬까 두려웠던 것이다. 고작 10대에 불과한 아이들에게 가해진 정치적 폭력이었다. 고향으로 돌아가 안락하고 평화로운 삶을 기대했던 아이들의 꿈은 그렇게 산산이 부셔졌다. 레나는 자신 앞에 펼쳐질 평양에서의 삶이 점점 두렵게 느껴지기 시작했다. 세상이 변하고 있다는 것을 실감한 것은 명준도 마찬가지였다. 과연 이들 앞에 어떤 운명이 기다리고 있을지, 그건 오직 신만이 아는 일이었다.

우여곡절 끝에 기차는 평양역에 도착했다. 오랜만에 돌아온 고향이었지만 명준은 마음이 편하지 않았다. 중간에 기차에서 내린 아이들의 겁먹은 얼굴들을 잊을 수 없었다. 하지만 참을 수밖에 다른 도리가 없었다. 열차 앞에 붙어 있던 스탈린과 모택동, 김일성의 얼굴이 그려진 초상화가 연기를 뚫고 모습을 드러내자 플랫폼 안은 술렁거렸다. 초상화 밑에는 러시아 키릴 문자로 '조국 귀환 열차'라는 뜻의 문구가 적혀 있었다. 기차는 정확히 플랫폼에 도열해 있던 교육부

담당관들이 서 있는 곳에서 정차했다. 폴란드를 떠날 때 수많은 사람들의 환송을 받은 것에 비하면 환영식은 초라했다. 꽃다발을 든 아이 몇 명과 당 교육부 직원들이 나와서 손을 흔들고 있을 뿐이었다.

기차가 완전히 멈추자 레나와 명준은 서너 명의 아이들과 함께 열차 밖으로 나섰다. 두 사람의 표정은 무거웠다. 이유도 없이 군인들에 의해서 아이들이 어디론가 끌려간 것에 대한 일종의 저항의 표시였다. 하지만 그걸 알아차린 사람은 없었다. 이미 평양역에 도착하기 전, 어딘지 알 수 없는 곳으로 떠난 아이들 때문에 종착역에서 내린 인원은 고작 50여 명에 불과했다. 남은 인원 중 대부분은 당 간부의 자제들이나 한국전쟁 때 공을 세운 집안의 자녀들이었다. 평범한 아이들이라고 부르기에 적당하지 않은 유력한 가문의 자손들이었다.

레나는 명준의 손을 잡고 기차에서 내렸다. 오랜 여정과 기다림 끝에 도착한 남편의 나라 북조선, 드디어 레나는 공화국에 첫 발을 내딛었다. 알 수 없는 묘한 설렘과 긴장감이 레나에게 느껴졌다. 당 교육부 관리들은 명준에게 다가와 악수를 청했다. 화동들은 오른손을 머리 위로 치켜 올리며 경례를 했다. 청년동맹식의 인사였다.

"리명준 동지, 고생 많았소. 이게 몇 년만이지요?"

"오랜만입니다. 잘 지내셨습니까? 이쪽은 제 아내 레나입니다."

"말씀 많이 들었습니다."

교육부 관리는 러시아 말로 '환영한다'고 인사를 한 뒤, 레나의 손등에 키스를 했다. 레나는 갑작스런 손등 키스에 당황했다. 하지만 괜히 당황하는 모습을 보여서 상대방의 기분을 상하게 하고 싶지는 않았다. 미리 준비한 대로 한국어로 인사를 건넸다.

"만나서 반갑습니다."

"레나 씨 조선말 잘 하시네요?"

"아닙니다. 조금밖에 못합니다."

"여기서 지내시려면 빨리 조선어에 익숙해 지셔야 할 겁니다."

"네. 열심히 해보겠습니다."

"그럼 가실까요? 두 분을 위해 당에서 마련한 숙소부터 보러 가시죠."

"잠깐만요! 여쭤볼 게 하나 있습니다."

갑작스런 레나의 돌발적인 질문에 명준이 당황하며 레나 앞으로 나섰다. 하지만 레나는 하던 말을 멈추지 않았다.

"아이들이 왜 중간에 기차에서 내려야 했죠? 아이들을 왜 뿔뿔이 흩어지게 한 거냐구요?"

"레나 씨, 그 이야기는 나중에 다시 하도록 합시다."

명준이 레나의 어깨를 잡으며 말렸다. 하지만 레나의 표정은 딱딱하게 굳어 있었다.

"아뇨, 이유는 알고 가야죠. 왜 갑자기 아이들을 역마다 내리게 했는지 말입니다."

"무슨 이야기를 하시는 건지요?"

그제서야 교육부 관리가 억지로 대답을 했다.

"이곳에 도착하기 전까지 많은 아이들이 이유 없이 어디론가 끌려갔습니다. 너무나 갑작스러운 상황이라서 저희도 당황스럽습니다.

갑자기 군인들이 열차 안에 올라와서 아이들을 정거장마다 내려놓았습니다."

"그 일이라면 간단히 말씀드리죠. 우리 당의 천리마 노동 사업을 모르고 계셨군요. 지금 공화국 전체가 인민들의 적극적인 노동 투쟁으로 뜨겁게 일어나고 있습니다. 지방에 노동력을 분산 배치하는 것은 이미 당에서 실시해 오던 정책입니다. 그 아이들은 천리마 사업에 참여하게 될 겁니다."

"아무리 그렇다고 해도 폴란드에서 함께 생활하던 아이들을 갑작스럽게 분산 배치하는 것은 너무 하는 것 아닙니까?! 아이들이 얼마나 놀라고 당황한 줄 아십니까?"

"그랬나요? 저희가 세세한 부분까지 신경을 쓰지 못해 죄송합니다."

"오랫동안 같이 생활했던 제자들입니다. 적어도 어디로 가 있는지 정도는 알아야 하는 것이 제 소임이라고 생각합니다."

"알겠습네다. 리명준 동무. 일단 짐부터 정리하시고 나서 하나하나 이야기하도록 합시다."

"부탁드리겠습니다. 조선말을 못하는 아이들도 많습니다. 여러 가지로 공화국 생활에 적응하는데 시간이 필요할 테니까요."

"그럼 가실까요? 두 분을 위해서 당에서 마련한 숙소부터 보러 가시죠."

명준은 알았다는 듯이 고개를 숙였다. 아직 마음속에는 왜 중간에 아이들이 따로따로 흩어졌는지 따지고 싶은 마음으로 가득했지만,

지금 그 이야기를 꺼내봤자 본전도 못 차릴 게 뻔했다. 당분간은 침묵을 지키고 있다가 기회를 봐서 나중에 그 문제를 당 교육위원회에 보고하는 게 낫겠다는 판단이 들었다. 사실 지금 명준 앞에 서 있는 관리자 정도로는 결코 쉽게 결정을 내릴 수 없는 사안이었음을 명준도 잘 알고 있었다. 명준은 더 높은 자리에 있는 교육부 간부를 찾아가서 자초지종을 따지리라 마음먹고 일단은 감정을 숨기기로 했다.

당 교육부 관계자의 안내를 받으며 일행이 탄 차는 대동강 강변을 달려서 5층짜리 아파트들이 들어서 있는 지역으로 들어갔다. 성냥갑들을 세워놓은 듯한 회색빛 콘크리트 건물들이 가지런히 들어서 있는 평양의 고급 아파트 지구였다. 외국에서 입국한 과학자나 기술자들이 주로 머무는 곳이라고 일행 중 한 명이 귀띔을 해주었다. 가까운 곳에 모란봉 공원도 있어서 산책하기 좋은 곳이었다. 다른 지역보다 지대가 높아서 아파트에서 창문을 열면 대동강도 내려다 볼 수 있는 경치 좋은 곳에 위치해 있었다.

“이곳은 외국인 기술자나 과학자들이 주로 머무는 곳이요. 당에서 리명준 동무가 오랜 시간 폴란드에서 활약한 것을 높이 치하해서 이곳에 거처를 마련해주었소. 폴란드에서 온 레나 씨가 지내기에도 적당한 곳이 될 것이요. 당의 배려를 고맙게 생각해주면 좋겠소.”

“감사합니다.”

“나한테 고마워 할 게 뭐 있갔소? 당과 지도자 동지의 배려라고 생각해 주시오. 아무튼 두 부부가 더욱 당을 위해 충성을 해주길 바라오.”

"알겠습니다."

명준과 레나를 위해 당에서 마련해준 아파트는 생각보다 시설이 좋았다. 방 두 개와 널찍한 거실, 대동강이 한눈에 내려다 보이는 전망 좋은 곳에 위치한 아파트였다. 아파트 관리인의 안내를 받아서 레나가 집안 곳곳을 구경하는 동안 명준은 창문을 열고 베란다로 나갔다. 강에서 불어오는 신선한 바람이 명준의 얼굴을 간지럽혔다.

고국을 떠난 지 8년, 건물 한 채 제대로 남아 있지 않았던 1951년 평양에 비하면 많은 것들이 변해 있었다. 순간 언제 어느 곳에서 살든지 인간의 모습을 잃어버리지 말라던 아버지의 충고가 떠올랐다. 그렇게 자신을 위해 평생 교육자로 살아왔던 아버지의 임종조차 그는 지켜드리지 못했다. 쉽게 오고 갈 수 없는 곳에 있었기 때문이라 스스로를 위로했지만 자식된 도리는 분명 아니었다. 그런 아픔만큼이나 명준에게는 지켜야 할 아이들이 있었다. 그것이 지난 8년 동안 폴란드에서의 삶이었다. 명준의 머릿속으로 과거의 시간들이 주마등처럼 스쳐갔다. 언제 왔는지 레나가 등 뒤로 와서 살며서 두 팔로 명준의 몸을 감쌌다.

"드디어 왔군요. 당신의 조국에……"

"이곳에서 당신과 함께 있을 거라고는 상상도 못했어. 꿈만 같구려."

"저도 기뻐요."

"우리 어떤 어려움이 있더라도 함께 잘 헤쳐나가 봅시다."

레나는 자신들을 배려해준 공화국의 환대에 놀랐다. 앞으로 이곳에서 남편과 함께, 그리고 곧 태어날 아이와 함께 새로운 인생을 살 것을 생각하니 긴장이 풀리면서 마음이 한결 가벼워졌다.

평양에 도착하자마자 명준은 바빠졌다. 하루이틀 쉰 다음 곧바로 평양 시내에 있는 교육부 건물로 출근을 하기 시작했다. 명준은 아침 일찍 출근을 해서 저녁 늦게 귀가할 때가 많아졌다. 레나는 혼자 있는 시간이 많아졌다. 그래서 대학에 들어가서 조선어를 공부하기 시작했다. 북한에서 살기 위해서는 우선 조선어를 배워두지 않으면 안 된다는 생각이 들었다.

레나는 며칠 후 평양외국어대학교 내에 있는 조선어 학습소에 등록을 했다. 그곳에는 평양에 살고 있는 외국인들을 위한 특별 교실이 마련되어 있었다. 학생들은 소련이나 동독처럼 주로 공산권 국가에서 온 사람들이 대부분이었다. 당시로서는 외국인과의 결혼이 쉽지 않았기 때문에 북한인 남편을 따라서 평양에 입국한 외국인 여성은 그리 많지 않았다. 레나는 루마니아에서 자신처럼 북한인 남편을 따라 입국한 말리카와 친해지게 되었다. 레나와 말리카는 러시아어를 할 줄 알았기 때문에 조선어로 표현할 수 없는 것들은 주로 러시아어를 통해서 의사소통을 했다. 나이도 비슷한 또래여서 두 사람은 금방 친해졌다. 이국만리 먼 곳에서 그나마 친하게 지낼 수 있는 사람이 있다는 것이 레나는 다행스러웠다.

조선말은 생각보다 배우기 쉽지 않았다. 어순도 폴란드어와는 정반대였고, 단어들은 대부분 처음 접하는 말들이었다. 단어를 외우는 일이 쉽지 않자, 남편은 레나를 위해서 조선어와 폴란드어가 함께 써 있는 단어장을 만들어주었다. 늘 자신을 위해 배려하는 자상한 남편이 레나는 고맙기만 했다.

한 가지 아쉬운 것은 남편의 얼굴을 볼 시간이 점점 줄어들고 있었다는 점이었다. 명준은 평양에 도착한 직후, 폴란드 김일성학교에 관한 보고서 작성에서부터 동유럽에서 벌어지고 있는 반소비에트 시민 혁명에 관한 정보들을 상부에 보고해야 하는 일들로 눈코 뜰새 없이 바빴다. 특히 폴란드에서 발생했던 공화국 아이들의 기숙사 이탈과 국외 탈출 사건은 여전히 남편의 발목을 잡았다. 남편은 어떤 식으로든 당에 대한 자신의 충성심을 보여주기 위해 애쓰는 모습이었다.

한편 레나는 시간이 나는 대로 평양 시내를 돌아다니기로 마음먹었다. 아파트에서 평양역까지는 걸어서 십여 분 정도를 걸어야 했지만, 낯선 도시를 여행하는 기분이 들어서 버스를 타는 것보다 좋았다. 북한 여자들은 어른이든 아이든 머리를 양갈래로 땋고 다니는 사람들이 많았다. 생활은 당에서 일괄적으로 지급되는 배급표로 필요한 물건들을 지급받는 형식이었는데 경제 상황이 별로 좋지 않아서 물건의 질도 떨어지고 배급의 양도 많지 않았다. 북한 사람들이 주식으로 하는 쌀의 경우, 남자는 하루 5백 그램, 여자는 3백 그램 정도가 배급되었다. 고기는 한 달에 한 번 정도 나오는 것이 전부였다. 그나마 상류층들에게만 배급될 뿐이었다.

일반 시민들이나 다른 지역 사람들의 경우에는 훨씬 배급 상황이 열악했다. 그들이 고기를 맛볼 수 있는 기회는 1년에 단 네 번밖에 없었다. 신년이 시작되는 1월 1일, 노동절인 5월 1일, 그리고 일제 식민지에서 해방된 날을 기념하는 8월 15일, 그리고 4월 15일에 고기 배급증이 나왔다. 나중에 안 것이지만 4월 15일은 김일성의 생일이기도 했다. 그마저도 쌀과 달리 고기는 일인당 배급이 아니라 가구당 배급이었기 때문에 양이 많지 않았다. 북한의 경제 사정이 좋지 않다는 것을 쉽게 알 수 있는 증거들이었다.

하지만 레나는 감사했다. 소박하지만 남편과 함께 살아갈 수 있는 공간을 얻었다는 것 자체가 축복으로만 느껴졌다. 공화국의 생활은 레나에게 모든 게 신기하기만 했다. 대학에서 배운 조선말도 조금씩 늘어서 이제는 아파트 공원에서 마주치는 이웃들과도 대화를 나눌 수 있을 정도가 되었다. 하지만 딱 한 가지 레나가 쉽게 이해할 수 없었던 것이 있었다. 그것은 바로 김일성과 관련된 일들이었다. 특히 김일성 우상화 작업만큼은 같은 공산권 사회에 살던 레나로서도 이해할 수 없는 것들이 많았다. 레나가 거주하는 아파트에는 건물 벽에 김일성이 어린아이들을 안고 서 있는 커다란 벽화가 그려져 있었다. 현관 복도를 지날 때는 자연스럽게 김일성의 사진 밑을 지나야 했다. 모든 사람들은 그의 사진을 보고 허리를 90도로 숙이고 절을 했다.

처음 며칠 동안 레나는 사진 앞에서 절을 하는 행동이 익숙하지 않아서 사진을 보고도 지나칠 때가 많았다. 그런데 자신의 그런 행동을 보고 싸늘한 시선을 보내는 사람들이 많아졌다. 결국 한 달도 지나지 않아 레나도 그들처럼 어색하지만 김일성의 사진 밑을 지날 때마다 고개를 숙여서 절을 하게 되었다.

한번은 일요일에 문득 성당이 가고 싶어졌던 적도 있었다. 사회주의자였던 남편은 특별히 종교가 없었다. 물론 레나 역시 독실한 가톨릭 신자라고는 말할 수 없었다. 하지만 전통적인 가톨릭 국가에서 생활한 탓에 누구나 태어나면 성당에서 세례를 받고, 주일마다 성당에 가서 미사에 참여하는 것이 당연한 일이었다. 객지에 나와 친지들과 떨어져 있는 낯선 환경속에서 뭔가 마음을 의지할 곳이 필요했다. 레나가 성당을 찾은 것은 그런 이유였다.

"여보, 이번 주 일요일에는 성당에 다녀오고 싶어요. 혹시 집 근처에 제가 갈만 한 성당이 어디 없을까요?"

"성당? 글쎄 나도 그건 잘 모르겠는데…… 내가 내일 직장 동료들에게 한 번 물어보리다."

명준은 성당에 가고 싶다는 레나의 말을 대충 얼버무리는 눈치였다. 레나도 가톨릭 신자가 아닌 명준에게 성당 이야기를 꺼내는 것이 조금은 부담스러웠다. 늘 솔직하고 자신을 위해서라면 뭐든지 해주었던 남편이었지만, 그날 이후 더 이상 성당 이야기는 하지 않았다. 다시 물어볼 수도 있었지만, 그건 괜히 남편을 불편하게 만드는 일이 될 것이 뻔했다. 오히려 남편이 성당에 관해서 이야기를 꺼내면 동료들 사이에서 남편만 불편하게 될 수도 있다는 사실을 직감적으로 알 수 있었다. 그래서 남편 대신 아파트 관리를 책임지는 소장에게 성당의 위치를 물어본 적도 있었다.

"성당이요? 공화국에서 성당은 미제국주의자들과의 전쟁 때 모두 폭격으로 불타 없어졌습네다. 평양에도 십자가가 많았는데, 그때 십자가란 십자가는 다 폭파시켜 버렸시요. 그래도 내가 한번 알아는 보갔습네다."

아파트 관리 소장 역시 다른 사람에게 성당이 어딨는지 물어본다고 말을 맺었다. 남편처럼 그도 물어보고 알려주겠다고 했지만, 실제로 답을 주지는 않았다. 레나는 이 모든 변화가 새로운 공화국에서의 삶이란 사실을 실감했다. 성당에 갈 수는 없는 대신, 레나는 마음속 기도로 미사를 대신하기로 했다.

'부디 남편의 삶이 평안할 수 있도록 해주세요. 그가 늘 다른 사람들의 존경을 받으며, 미움을 받거나 배척 당하는 일이 없도록 해주세요. 지금 뱃속에 자라고 있는 이 아이에게도 늘 행운이 함께 할 수 있도록 해주세요. 가족이 사랑으로 하나 되고 어려움들이 닥쳐와도 굳건히 이겨낼 수 있도록 해주세요. 성부와 성자와 성령의 이름으로 기도 드립니다. 아멘.'

1959년 7월, 장마가 끝나고 여름 더위가 시작되던 어느 날, 레나는 갑자기 산통이 시작되고 있음을 느꼈다. 다행히 그날 남편은 출근 전이었다. 레나는 남편과 함께 평양 시내에 있는 산부인과로 향했다. 그리고 열두 시간이 넘는 긴 산통 속에 그날 밤 딸 아이를 낳았다. 아빠의 검은 머리카락과 날카로운 눈매, 엄마의 하얀색 피부를 닮은 귀엽고 사랑스러운 딸이었다.

두 사람은 아이에게 '파란'이라는 이름을 붙여주었다. 북한에서 폴란드를 뜻하는 '파란'이란 단어를 그대로 써서 만든 이름이었다. 조선어로 파란은 하늘처럼 맑고 아름다운 색깔을 뜻했다. 폴란드와 북조선이 낳은 아름다운 딸, 파란. 레나는 그 이름이 마음에 들었다. 이제 이 세상 하늘 아래 자신의 목숨처럼 소중한 존재가 태어났다는 사실이 경이롭기만 했다. 하얀 광목천으로 감싼 딸 아이를 품에 안으며 그날 레나는 다짐했다.

'남편이 자신을 위해 모든 것을 희생한 것처럼, 나도 이 아이를 위해서 모든 것을 희생할 것입니다. 이 아이가 행복할 수 있다면 나의 모든 것을 걸고 지켜낼 것입니다. 저희를 위해 축복해 주세요.'

레나는 갓난 아기의 이마에 성호를 그었다. 성당이 없는 북조선에서 그녀는 한 아이의 엄마였고, 한 남자의 아내였으며, 가족을 위해 축복 기도를 하는 사제가 되어야만 했다. 레나의 1959년은 그렇게 흘러가고 있었다.

1960년 새해가 밝았다. 모두들 새로운 희망과 미래에 대한 포부로 들떠 있었다. 특히 몇 년 전부터 시작된 '천리마운동'의 기세가 대단했다. 이미 1956년 중국에서 시작되고 있던 '대약진운동'을 모방해서 시작한 일종의 노동 총동원령이었다. 1950년 발발한 3년 동안의 6.25 한국전쟁으로 북한은 많은 기간 시설들이 파괴되었다. 특히 미군의 항공폭격 위력은 대단했다. 평양의 경우 솟아오른 건물이 단 두 채에 불과할 정도로 상황은 처참했다. 온 거리와 마을이 잿더미가 되었고 관개시설과 제방, 저수지들도 파괴되어 경지 면적이 줄어들고 식량 생산에도 막대한 차질이 생겼다. 공장이나 기업이 파괴된 현장은 더욱 처참했다. 8,700여 개의 공장이 파괴되어 전후 공업 생산은 전쟁 이전이었던 1949년의 60여 퍼센트에 불과했다.

이런 상황 속에서 소련과 동유럽 국가들의 지원은 단비와도 같았다. 폴란드는 철도 건설 복구를 지원했고, 체코와 헝가리 같은 나라들은 병원 건립에 필요한 자금과 의료진들을 파견했다. 하지만 1956년부터 동유럽에서 일어난 자유화 운동 속에 소련과 동유럽의 지원도 줄어들기 시작했다. 여전히 기간 산업의 대부분이 전쟁 이전으로 돌아가지 못했고 소비재가 부족해서 주민들의 생활은 열악하기만 했다. 사회주의 국가들의 원조와 지원이 줄어들면서 북한은 새로운 길을 선택해야 했다. 그것이 바로 김일성주의 주체사상이었다. 이런 조짐은 이미 폴란드 프와코비체 시골 마을에 있었던 북한 아이들의 기숙사와 학교에서 나타나고 있었다.

레나는 폴란드에서 보았던 김일성에 대한 찬양 구호와 선전물들을 평양에서도 다시 목격하기 시작했다. 김일성은 공화국 주민들의 힘을 조직적으로 동원하여 사회주의 공업 국가를 건설할 계획을 세웠다. 그렇게 시작된 것이 바로 '천리마운동'이었다. 신문에서는 연일 김일성의 교시가 적힌 내용들이 큼지막하게 헤드라인을 장식했다. 라디오를 켜면 천리마운동을 다룬 소식 말고는 다른 방송은 나오지 않았다. 레나는 클래식이 듣고 싶었다. 하지만 평양의 라디오에서 클래식 감상을 기대하는 것은 사치스러운 일이었다. 천리마운동을 독려하거나 김일성의 업적을 찬양하는 혁명가만 하루 종일 스피커를 타고 흘러 나왔다.

"김일성 동지께서는 압연강재를 1만 톤만 더 생산하면 나라가 허리를 펼 수 있다며 많은 호소를 하시었습니다. 그 결과 천리마제강련합기업소 노동자들은 연 6만 톤 생산능력을 가진 용광로에서 9만 톤의 철을 생산하겠다고 결의하였습니다. 천리마를 탄 기세로 열심히 일하는 우리 강산 노동자들 덕분에 기존 생산 능력의 2배에 달하는 12만 톤의 압연강재를 생산할 수 있었습니다. 모두가 다 우리 지도자 김일성 동지의 위대한 령도 덕분에……"

레나는 라디오를 꺼버렸다. 매일 반복되는 똑같은 내용의 선전 방송에 질렸다. 뜻도 모른 채 반복되는 아나운서의 말들이었지만, 몇 가지 표현은 귀에 못이 박힐 정도였다. 김일성의 주체사상이 강화되면서 외국인에 대한 인식에도 변화가 나타났다. 레나는 시대가 바뀌고 있다는 것을 실감했다. 자신이 처음 왔을 때 손등에 키스를 하며 격조 있게 외국인을 맞이해 주었던 때와는 전혀 다른 분위기가 감지되기 시작한 것이다. 그 변화의 바람은 레나와 명준, 그리고 새로 태어난 파란이 살고 있던 평양의 아파트에도 불어닥치기 시작했다.

레나는 얼마 전부터 명준의 행동에서 어떤 변화를 감지했다. 명준은 말수가 적은 사람이었다. 그래서 자신의 주변에서 일어나고 있는 일들에 대해서는 먼저 말을 꺼내는 경우가 거의 없었다. 특히 명준이 근무하는 교육부에서 있었던 일들에 대해선 더욱 말을 조심하는 편이었다. 매일 아침 남편의 출근길 표정은 무겁고 어딘가 불편해 보였다. 가끔은 자면서 헛소리를 하기도 했다. 하지만 레나는 명준이 자면서 내는 소리가 무슨 뜻인지 알 수 없었다. 누군가에게 간절히 뭔가를 호소하는 듯한 느낌이 들었지만, 그게 무엇을 호소하는 것인지 알 수는 없었다. 그렇게 또 며칠이 흘렀다.

어느 날 교육부 관계자들이 집으로 찾아왔다. 그날 명준은 평소와는 다르게 출근을 하지 않고 있었다. 폴란드에서 처음 평양에 도착했을 때 역전에 마중나왔던 바로 그 교육부 관리였다. 그리고 그 뒤를 따라 또 한 명의 남자가 빳빳하게 다린 인민복 복장으로 모습을 나타냈다. 레나는 그의 모습을 보고 놀라지 않을 수 없었다. 바로 폴란드에 있을 때부터 자신들을 감시했던 정치 교사 강충식이었다.

"레나 동무, 잘 지냈소? 평양에서 동무를 다시 보게 될 줄은 생각도 못했소. 어쨌든 반갑소!"

레나와 명준은 갑작스런 강충식의 출현에 놀라고 당황스러웠다.

"최순옥 동무 사건은 유감이었소. 일이 그렇게 틀어질 줄은 정말 몰랐소. 그것 때문에 지방으로 좌천 당해 몇 년 고생 좀 했는데, 이번에 우리 지도자 동지가 날 다시 평양으로 불러주셨지 뭐요. 감사하게도……"

두 사람에게 강충식은 피도 눈물도 없는 잔인한 인간이었다. 강충식으로 인해서 생을 마감했던 최순옥과 마렉을 생각하면 도저히 용서 할 수가 없었다. 그 사건의 책임을 지고 지방으로 쫓겨 났다는 소식은 들었지만, 그런 강충식이 다시 평양에 복귀해 있으리라고는 상상도 못했다. 어색한 분위기를 깨기 위해 교육부 관리가 레나에게 다가와 인사를 했다.

“부인 그동안 잘 지내셨습네까?”

“잘 있었습니다. “

“아기는 잘 크고 있지요?”

“네. 이젠 혼자서 기어 다니려고 한답니다.”

“벌써요? 대단합네다.”

“그런데 무슨 일로 이렇게 아침부터?”

“오늘은 사실 리명준 동무와 긴히 논의할 게 있어서 이렇게 찾아왔습네다. 잠시 자리를 비켜 주시면 감사하겠습네다.”

교육부 관리는 명준에게 눈빛으로 신호를 보냈다. 명준은 그들을 방으로 안내했다. 레나는 폴란드에서 올 때 가져온 홍차를 준비했다. 손님이 올 때만 아껴 마신 덕분에 아직은 여유가 있었다. 검붉은 홍차의 기운이 찻잔 안에 시나브로 퍼지기 시작했다. 레나는 북한 여자들이 하듯이 쟁반에 찻잔을 받쳐 방안으로 들어갔다. 손님들에게 차를 건네주면서 레나는 그들 사이에서 차가운 냉기가 흐르고 있는 것을 느꼈다. 명준의 표정은 침울했고, 명준에게 말을 걸고 있는 사람 역시 뭔가 안절부절하지 못하는 느낌이 들었다. 레나는 말없이 조용히 방문을 닫고 나왔다. 레나가 방을 나가자 묵직한 저음의 교육부 관리 음성이 들려왔다.

“길게 얘기하지 않겠네. 당의 명령이니 나로서도 할 말이 없네. 리명준 동무, 힘든 결정이겠지만 자네가 이해를 좀 해주게."

아직 서툰 조선말이지만, 레나의 귀에 그 말은 확실히 들려왔다. '당의 명령', '이해를 해달라', 이런 식의 표현은 뭔가 명준에게 큰 변화가 찾아 왔음을 의미하는 것이었다. 게다가 직장도 아니고 집으로 찾아와서 저런 말을 한다는 것은 보통 평범한 일은 아닐 것이다. 레나는 불안했다. 뭔가 심상치 않은 일이 벌어진 것이 틀림 없었다.

"리명준 동무. 나는 솔직히 두 사람이 폴란드에서 있을 때부터 심상치 않은 사이란 걸 느끼고 있었소. 하지만 뭐 당이 허락한 결혼이고 자식까지 낳고 살고 있으니 내래 더 이상 문제 삼지는 않갔소. 다만 지금 당이 추진하고 있는 천리마 사업의 성공을 위해서 동무가 자진해서 하방의 모범을 보여준다면 정말 고맙갔소."

강충식의 건방지고 비꼬는 말투는 여전했다. 두 사람의 대화는 그리 오래 계속되지 않았다. 잠시 후 교육부 관리는 외투를 챙겨들고 방을 나왔다. 다시 레나에게 러시아어로 '나중에 또 보자'는 말을 남기고 서둘러서 떠났다. 손님 배웅을 하고 거실로 들어와 보니, 명준이 식탁에 앉아 뭔가 깊은 생각에 잠겨 있었다. 팔짱을 낀 채로 창문 밖을 바라보기만 했다. 불길한 느낌이 들었다. 레나는 조용히 명준이 앉아 있는 식탁으로 향했다.

"무슨 일 있어요?"

"레나. 지금부터 내가 하는 말을 잘 들어요."

"알겠어요."

"며칠 전부터 교육부 내에서는 지방으로 직원들을 내려보내는 하방 작업들이 진행되고 있었소. 천리마운동 차원에서 교육부 직원들을 노동력이 필요한 지역에 보충 자원으로 내려보내는 일이요. 그런데 그 지방으로 내려가는 인원 중에 내가 뽑힌 것 같소. 오늘 최종 결정을 통보하러 담당관이 집을 찾아온 것이요. 예상은 하고 있었지만, 막상 내가 지목됐다고 하니까 좀 당황스럽긴 하구려."

"그럼 이제 어떻게 되는 건가요?"

"며칠 내로 발령지로 가야 할 것 같소."

"저도 같이 가는 거죠?"

"그래서 하는 말인데…… 내가 새로 발령 받게 된 곳은 함경북도 끝에 위치한 신산이라는 탄광이오. 당신은 같이 갈 수 없는 곳이야. 그리고 당신이 알아야 할 것이 한 가지 더 있는데, 나는 이제 더 이상 교사가 아니요. 탄광에서 광부로 일을 하라는 당의 명령이요."

레나는 순간 다리에 힘이 빠지는 느낌이 들었다. 머리가 어지러웠다. 하지만 정신을 똑바로 차려야만 했다. 말도 안 되는 소리를 그저 가만히 듣고 있을 수는 없었다.

"광부라니요! 당신 같은 교육자가 왜 갑자기 광부가 되어야 하는 거죠? 지금 이게 말이 된다고 생각하세요?!"

"그게 당의 방침이요. 지식인들도 노동자, 농민의 힘겨운 삶을 경험하고 더욱 민중들을 위해서 봉사해야 한다는 지도자 동지의 뜻이기도 하고."

"그럼 저는 어떻게 되는 거죠?"

"당신은 여기 평양에 계속 남는 게 좋을 것 같소."

"같이 가면 안 되는 건가요?"

"탄광일은 쉬운 일이 아니요. 당신이 살 곳도 없소. 나는 기숙사 생활을 하게 될 것 같으니까."

"모두 너무 하네요. 조국을 위해서라면 뭐든 봉사하며 살아왔던 당신 아니었던가요? 그런 당신에게 고작 해준다는 게 탄광 광부 일인가요? 가족과도 헤어져 살아야 하고? 나 혼자서 어떻게 살라고요?! 정말 다들 너무 하네요."

레나는 갑자기 화가 났다. 적어도 명준을 알고 지낸 모든 시간들을 되돌아 봤을 때, 명준만큼 헌신적으로 당과 국가에 봉사한 사람은 없었기 때문이다. 부모를 잃은 아이들을 위해서 모든 것을 아낌없이 베풀어준 인간적인 남자였다. 그런 사람을 당에서는 헌신짝처럼 탄광 광부로 보내버린다는 사실을 레나는 도저히 받아들일 수 없었다. 게다가 폴란드에서 명준은 폐에 문제가 생겨서 한동안 병원에 입원을 해야 할 만큼 상태가 안 좋았다. 몸에 문제가 있는 사람에게 광부 일을 시킨다는 것은 죽으라는 것과 다를 게 없었다. 레나는 평생 교육자였던 남편이 하루아침에 광부가 된다는 말을 믿을 수 없었다.

"명준 씨, 못 간다고 하세요! 당신은 몸도 안 좋잖아요. 폴란드에서 병원에 입원했던 거 기억 안 나요? 그리고 난 당신이 없는 이곳에서의 생활은 상상할 수도 없어요!"

"레나, 사실 그래서 그동안 내가 다른 직종으로 알아봐 달라고 부탁을 해오고 있던 참이었소. 지방으로 내려가는 것은 좋으나, 탄광에서 광부일을 한다는 것은 아무래도 나에게는 맞지 않는 일이란 생각이 들었기 때문이요. 하지만 내 요청이 받아들여지지 않은 것 같소."

"아니, 그런 법이 어딨어요?! 폐병 환자를 탄광에 보내다니요! 이런 일은 있을 수 없어요!" 당장 교육부를 찾아가서 항의를 해야 해요."

"그래 봐야 소용없는 일일 거요. 어쩔 수 없이 당의 명령에 따르는 수밖에……"

"나 혼자 평양에서 어떻게 지내란 말이에요? 파란이도 있잖아요."

"생활하는 데는 문제가 없을 거요. 나도 가끔 휴가를 받으면 집에 올 수도 있을 테고."

"정말 비정한 사람들이네요. 난 당신을 따라 갈 거예요. 혼자 있을 수 없어요."

"레나, 내 말 잘 들어요. 함경북도에 위치한 그 탄광은 평양에서 가장 먼 곳 중 하나요. 쉽게 올 수도, 쉽게 나갈 수도 없는 곳이라고 들었소. 어린 파란이를 당신에게 맡기고 멀리 떠나야 한다는 사실이 너무 괴롭기만 하오. 하지만 어쩌겠소. 당의 명령이니 따를 수밖에……"

"사람들이 갑자기 다들 이상해졌어요. 도저히 이해할 수 없는 일들 뿐이예요."

"나도 잘 알아. 하지만 지금은 무조건 버티는 수밖에 다른 방법이 없어! 살아남기 위해서는 버텨야 해!"

레나는 가만히 의자에 앉아 명준의 이야기를 끝까지 들었다. 1960년대 초반 평양에서는 거대한 변화의 바람이 불어오고 있었다. 그 변화는 레나와 명준의 모든 것을 집어삼키고 있었다. 둘은 어떻게든 바람을 피해 몸을 숨기고 살아남는 자가 되어야 했다. 명준은 레나를 설득했다. 언제 왔는지 파란이가 아장아장 기어서 식탁까지 와 있었다. 파란은 아빠의 다리를 잡고 일어서려고 안간힘을 쓰고 있었다. 보다 못한 레나가 두 팔로 파란을 일으켜 앉았다. 명준은 할 말이 끝났는지 울분을 토해 내듯이 깊게 한숨을 쉬었다.

"잠깐 혼자 있고 싶소."

명준은 신선한 바람이 쐬고 싶다면서 베란다로 나갔다. 레나는 잠시 자신 앞에 닥쳐올 일들을 머릿속으로 상상해 보았다. 순간 숨이 막혔다. 그 모든 것을 혼자서 감당하기엔 너무 벅찬 일들이었다. 아빠를 찾으며 파란이가 보채기 시작했다. 레나는 투정을 부리는 파란을 두 팔로 안았다. 베란다 밖에서는 여전히 명준이 깊은 생각에 잠겨 있었다. 창문 너머로 보이는 그의 축 처진 어깨가 레나는 안쓰러워 보였다.

'하필 왜 탄광으로 보낼까? 폐가 안 좋아서 많이 아팠던 사람인데, 그런 사람을 탄광으로 보낸다니 너무 잔인한 것 아닌가.'

사실 말이 안 되는 결정이었다. 천리마운동도 좋고, 사회주의 건설의 기초를 다지는 것도 좋다. 김일성에게 충성을 맹세해야 한다면, 그것도 얼마든지 할 수 있을 것 같았다. 하지만 정말 인민을 위한 나라라면 평생 교육 사업에만 전념했던 지식인을 탄광 광부로 내려보낸다는 것은 있을 수가 없는 일이었다. 어떤 말로도 설득이 불가능한 비인간적인 결정이었다. 레나는 파란의 등을 몇 번 토닥여 준 뒤, 아기를 침대에 뉘였다. 어느새 파란이는 잠이 들어 있었다.

레나는 조용히 베란다로 나갔다. 멀리서 햇빛에 반사된 대동강의 잔물결들이 눈부시게 반짝거렸다. 명준은 아무 생각 없이 강물만 바라보고 있었다. 레나는 명준의 등에 다가갔다. 조용히 두 팔로 명준을 감쌌다. 그 순간 레나가 해줄 수 있는 일은 그렇게 명준을 위로하는 것밖에 다른 게 없었다.

그날 레나의 눈에 비친 남편의 모습은 지금까지 한 번도 보지 못했던 측은하고 안쓰러운 모습이었다. 그런 남편의 모습을 보며 아무 말도 할 수 없다는 현실이 더욱 그녀를 아프게 했다. 남편과 멀리 떨어져 살아야 한다는 것이 실감 나지 않았다. 하지만 온갖 역경과 난관을 뚫고 이뤄낸 사랑이었다. 쉽게 포기할 수 없었다. 몇 년 더 고생하면 다시 남편과 만날 수 있겠지, 하는 심정으로 레나는 남편의 등을 어루만져 주었다.

그로부터 며칠 후, 명준은 지방으로 내려가기 위해 짐을 쌌다. 말은 '잠시 다녀오겠다', 라고 했지만 남편은 마치 영원히 다시 오지 않을 사람처럼 자신의 물건들을 가방에 챙겨넣었다. 북조선은 4계절이 뚜렷한 나라였다. 숨이 턱턱 막히는 여름도 있었고, 한 겨울에는 털옷을 입어도 살을 에는 한기를 느낄 만큼 추운 날도 있었다.

명준은 금방 돌아오겠다는 자신의 말이 무색하게 봄, 여름, 가을, 겨울까지 모든 계절에 필요한 옷들을 가방에 넣었다. 명준이 짐을 싸는 모습을 보면서 레나는 남편이 없는 평양에서의 생활이 길어질지도 모른다는 직감이 들었다. 하지만 평범한 아내들처럼 울며불며 매

달리지 않기로 결심했다. 그런 나약한 모습을 보이면 명준이 자신보다 더 힘들어할 것을 레나는 잘 알기 때문이었다. '어려운 일이 있을 때마다 당당하자', 레나는 처음 폴란드에서 남편의 나라를 선택했을 때 가슴에 품었던 생각을 이제 실천에 옮길 때가 된 것 뿐이라고 스스로를 위로했다.

1960년 3월의 어느 날, 남편은 '아빠'라는 말도 제대로 하지 못하는 딸과 레나의 배웅을 받으며 평양의 집을 나섰다. 레나는 남편의 짐가방 하나를 대신 들고 계단을 내려갔다. 남편은 나오지 말고 집에 있으라고 말했지만, 남편이 떠나는 모습을 조금이라도 가까이서 보고 싶었다. 조선의 여인네들이 하는 것처럼 레나는 포대기로 딸 아이를 등에 업었다. 남편은 아기를 업고 계단을 내려오는 레나의 모습을 보고 미소 지으며 말했다.

"당신 그렇게 하고 있으니까, 꼭 조선 사람 같구려."

남편은 웃으며 말했지만, 그런 말을 하는 속마음은 얼마나 쓰렸을까. 레나는 남편의 무뚝뚝함 속에 감춰진 슬픔을 느낄 수 있었다. '분노와 슬픔도 속으로 삭이는 것이 이 나라 사람들의 특징이지 않을까', 문득 레나의 머릿속에는 그런 생각이 스쳤다. 등에 업혀 있는 파란이는 엄마 등에 가려 아빠의 모습이 제대로 보이지 않을 때마다 몸을 좌우로 흔들었다. 철없는 아이에게도 본능이라는 것이 있는 모양이었다. 레나는 딸 아이가 아빠의 모습을 제대로 볼 수 있도록 자신의 몸을 한쪽으로 돌렸다. 아이는 그제서야 아빠의 모습을 보며 미소를 지었다. 역까지 짐을 옮기는 일은 교육부 직원들이 차를 구해서 도와주었다. 자동차 트렁크에 두 개의 큰 가방을 집어넣은 뒤 명준은 레나에게 다가왔다.

"그럼 다녀오겠소. 밥 잘 먹고 건강히 지내시오."

"당신도 몸 조심하시고, 너무 무리해서 일하지 마세요. 그리고 편지도 자주 해주세요."

"그리 하리다. 파란이도 잘 부탁하오."

두 사람의 인사는 언제나 그렇듯이 단순했다. 명준은 늘 자신의 감정을 겉으로 드러내는 것에 익숙하지 않은 사람이었다. 그건 폴란드에서부터 보았던 모습이었다. 하지만 겉으로 자신의 감정을 표현하지 않는다고 해서 명준의 가슴이 차가운 것은 아니었다. 언제나 아이들을 위해서 봉사하고 자신의 모든 것을 아낌없이 희생할 줄 아는 남자, 레나에게 달콤한 사랑의 메시지 하나 남길 줄 모르는 과묵한 남자였지만, 레나는 세상 누구보다 명준의 진심을 잘 알고 있었다.

'사람은 말이 아니라 행동으로 자신을 드러내야 한다.'

그건 명준의 오랜 신념이었다. 레나는 그런 명준을 늘 존경했다. 그런 존경이 사랑으로 커졌고, 험난한 시대를 헤쳐나갈 수 있는 든든한 용기를 주었다. 그건 명준이 지방으로 발령을 받아 떠나는 날에도 다를 게 없었다. 평생 교육부 관리이자 교사로 살아왔던 자신이 하루아침에 탄광 광부로 전락했지만, 명준은 자신의 조국을 사랑했다. 조국이 부르는 곳이라면 그게 어디든 달려갈 수 있는 게 진정한 사회주의자의 삶이라고 믿었다.

명준은 다시 한 번 레나의 손을 잡아주었다. 명준의 따듯한 손의 느낌이 레나의 손등에 전해졌다. 갑자기 등에 업혀 있던 파란이가 아빠에게 손을 뻗었다. 아무것도 모르는 아이였지만, 엄마와 아빠의 슬픈 표정으로 아이도 뭔가 이상한 느낌을 받은 모양이었다. 명준은 딸아이를 두 팔로 꼬옥 안아주었다. 그리고 긴 다리를 성큼성큼 옮겨서 자동차로 향했다. 레나는 손을 흔들며 남편에게 이별을 고했다. 명준이 차 문을 열고 안으로 들어갔다. 곧이어 '쿵'하고 자동차 문이 닫혔다. 그 순간이었다. 갑자기 딸 아이가 아빠를 찾기 시작했다.

"아.빠."

아이가 언제 '아빠'란 말을 배웠을까? 아직 말도 하지 못하는 아이인 줄 알았는데, 그날 파란이는 엄마의 등 뒤에서 분명 '아빠'라고 소리쳤다. 자동차 엔진 소리에 딸 아이의 '아빠'라는 소리는 잘 들리지 않았다.

"여보, 파란이가 '아빠'라고 말했어요."

차 안에 탄 명준은 시선을 돌려 레나를 바라봤다. 가만히 서 있는 줄로 알았던 아내가 명준에게 뭐라고 소리를 지르는 모습이 보였다.

"뭐라고?! 잘 안들려!"

자동차는 엔진 소리를 내며 속력을 높였다. 레나는 계속해서 남편을 향해 두 손을 모아 외쳤다.

"여보, 지금 파란이가 당신을 찾으면서 '아빠'라고 불렀어요. 당신, 들었어요?"

자동차는 언덕을 내려가고 있었다. 명준은 운전대를 잡고 있는 직원의 어깨를 두드리며 말했다.

"동무. 잠깐만. 창문 좀 내려주시요. 아내가 뭐라고 하는 것 같은데 잘 들리질 않소."

하지만 자동차는 멈추지 않았다. 보조석에 앉은 담당자가 명준을 향해 몸을 돌리며 퉁명스럽게 말했다.

"명준 동무, 기차 시간이 급하오. 서두르지 않으면 기차를 놓칠 수 있소!"

결국 그렇게 자동차는 레나의 시야에서 완전히 사라졌다. 레나는 마음이 아팠다. 세상에 태어나 처음 입을 뗀 딸 아이의 '아빠'라는 말을 명준에게 들려주지 못하고 그냥 보낸 것이 너무나 아쉬웠다. 아쉬움과 안타까움이 겹치면서 눈물이 나오는 것을 입술을 깨물며 참았다. 눈물을 보이는 것은 패배자들이 하는 모습이라며 명준이 나무랄 것만 같았다.

레나는 등에서 보채는 파란이를 두 손으로 달래면서 걸음을 돌렸다. 아무리 참으려 했지만 눈물 때문에 시야가 뿌옇게 흐려졌다. 한창 아빠의 손길과 사랑을 받고 자라야 할 파란이가 측은하게 느껴졌다. 눈에 넣어도 아플 것 같지 않다며 딸 아이를 사랑했던 명준이 앞으로 당분간 딸 아이의 얼굴 한 번 제대로 볼 수 없다는 사실이 눈물 나도록 슬프기만 했다. 하지만 끝까지 레나는 눈물을 흘리지 않았다. 지금부터 어쩌면 더 강한 여자가 되어야 한다는 생각에 이를 악물고 눈물을 참아냈다.

몇 달 뒤, 명준으로부터 편지가 도착했다. 편지 겉봉에는 함경북도 신산에 위치한 탄광의 주소가 적혀 있었다. 듣도 보지도 못한 낯선 곳으로부터 온 남편의 편지였다. 편지 봉투를 뜯자 하얀색 종이 위에 깨알처럼 적은 남편의 글씨가 드러났다. 편지 속에는 남편의 사진 한 장도 끼어 있었다. 탄광에 도착해서 찍은 듯 보이는 사진이었다. 그 사이 남편의 얼굴은 더욱 야위어 있었다. 양쪽 뺨에 길쭉하게 주름이 잡힌 것도 보였다. 평생 사무실에서 일했던 남편으로서는 쉽지 않은 탄광 일이었다. 레나는 사진 속 남편의 주름진 얼굴을 손가락으로 어루만졌다.

남편이 없는 평양에서의 생활은 생각보다 쉽지 않았다. 아직은 배워야 할 것이 많은 공화국에서의 생활이었다. 배급증을 받아 배급소에서 쌀이나 생활 물품을 바꾸는 일에서부터 갑자기 집으로 찾아오는 공무원들을 상대하는 일까지 벅찬 일들이었다.

한번은 배급소에서 쌀을 배급을 받기 위해 줄을 서 있다가 봉변을 당한 적도 있었다. 갑자기 낯선 중년 여성이 줄을 서 있는 레나 앞으로 새치기를 했다. 오랜 시간 배급소 앞에서 기다리고 있던 상황이라서 레나는 불쑥 불쾌한 감정이 솟구쳤다. 더 놀라운 건 그녀가 미안한 표정 하나 짓지 않고 당당하게 자기 앞에 서 있는 것이었다. 주변에 있던 사람들 누구도 새치기를 하는 그녀를 비난하는 사람이 없었다. 배급소 정문 앞을 지키고 있던 경비원들도 못 본 척 고개를 다른 곳으로 돌려 버렸다.

"순서를 지켜야죠."

레나는 새치기를 한 여성에게 정중하게 비켜 달라고 요구했다. 그 때였다. 갑자기 여자가 몸을 돌려 사나운 눈초리로 레나를 쳐다봤다.

그러고는 레나가 알아들을 수 없는 조선말로 뭐라고 소리를 질러 댔다.

"이봐 당신! 어느 나라에서 온 사람인지는 모르겠는데, 왜 남의 나라에 와서 공화국 쌀을 축내고 있는 거야?! 당신 같은 외국 사람들 때문에 우리 배급도 줄어들고 있는 거 알아? 그러니 어서 당신네 나라로 돌아가라구!"

레나의 귀에 '쌀'이라는 단어와 '배급'이라는 단어는 익숙한 단어였다. 그리고 '당신네 나라로 돌아가라'는 말은 이해하기 어려운 말이 아니었다. 순간 주위의 차가운 시선들이 온통 자신을 향해 쏟아지고 있는 게 느껴졌다. 레나는 얼굴이 화끈거려서 아무 말도 하지 못했다. 몇 년 전 처음 평양에 도착했을 때만 해도 이런 표정은 본 적이 없었다. 그만큼 북한의 경제 사정이 나빠지고 있다는 뜻이기도 했다. 단지 경제 사정 때문이 아니었다. 외국인을 혐오하는 사회적인 분위기가 일어나고 있었다. 늘 '환영한다'는 말을 하던 남편의 시댁 식구들까지도 등을 돌렸다.

외국인들에 대한 불신, 이유 없이 혐오감을 표출하는 일들이 곳곳에서 느껴졌다. 심지어 다른 평양 시민들처럼 협동농장에 나가서 노동을 해야 배급도 나온다는 협박도 받았다. 말도 잘 통하지 않는 레나가 협동농장에 나가서 호미를 들고 땅을 고르고 무거운 돌을 나르는 일을 하기란 쉽지 않았다. 게다가 레나에게는 젖먹이 어린 딸을 돌봐야 하는 책임도 있었다. 하지만 아파트 지역을 관리하는 소장은 몇 번이나 집을 찾아와서 레나에게 노동일을 하라고 요구했다.

레나는 어려운 일이 생기면, 교육부의 지도원 동무를 찾으라는 명준의 말을 떠올렸다. 오랜만에 정장을 차려 입고 평양 시내에 있는 교육부 건물로 그를 찾아간 것도 그런 이유였다.

"지도원 동무, 저는 외국인입니다. 제가 조선인들처럼 협동농장에서 일을 해야 할 의무는 없다고 생각합니다."

"레나 동무, 내 말 잘 들으시오. 지금 세상이 바뀌고 있소. 과거에 동무가 공화국으로부터 받았던 은혜는 그냥 좋은 추억으로 간직하고 있으시요. 이제 새로운 천리마 시대에는 누구나 공화국에 살고 있는 사람이라면 공화국을 위해서 일을 해야 하는 시대요. 동무의 남편이 누구였든 그건 상관없는 일이요."

"말도 통하지 않는 곳에서 어떻게 조선인들과 일을 할 수 있겠습니까? 그리고 저는 폴란드에서 교사로 활동했습니다. 만약 일을 시키고 싶다면, 협동농장이 아니라 학교로 보내주시기 바랍니다. 교사의 역할을 하는 것이라면 뭐든 좋습니다."

"동무! 동무 같은 외국인이 어디서 교사 일을 한단 말이요. 당신 같은 폴란드인을 필요로 하는 학교는 공화국 안에는 어디에도 없소!"

"정 그렇다면 저는 폴란드 대사관으로 찾아가서 문제를 제기하겠습니다. 부당한 대우에 항의하겠습니다."

레나가 폴란드 대사관에 찾아가겠다는 말을 하자 지도원 동무는 갑자기 인상이 험악해졌다.

"이 사람 가만 보자보자 하니까 안 되갔군! 동무가 폴란드 대사관을 찾아가든 말든 내 알 바 아니요! 단, 이건 분명히 알고 가시요. 동무의 남편 리명준이가 왜 평생 근무했던 교육부에서 쫓겨나서 함경북도 산골 탄광으로 갔는지 동무는 생각해 본 적 있소?"

레나는 한 번도 생각해 본 적 없는 질문이었다. 그냥 남편의 직업이 바뀔 수 있다는 것이 당연한 것처럼 살아왔다. 하지만 가만히 생각해 보니 분명 그건 당연한 일이 아니었다. 평생 사무실 서류 더미 사이에서 일하던 사람을 무슨 이유로 한 번도 경험해보지 않은 탄광 광부로 보냈을까? 그제서야 레나는 남편이 지방으로 발령받은 것에는 자신이 알지 못하는 또 다른 이유가 있었다는 사실을 깨달았다.

"레나 동무, 내 말 잘 들으시오. 이제 공화국에서 외국인은 필요 없는 존재가 되었소. 아니 단지 불필요한 존재가 아니라 제거 대상들이요. 당신네 구라파 사람들이 괜히 쓸데없이 자유화니 개인주의니 하면서 떠들고 다닌 죄값이란 말이지. 우리 공화국 사회주의는 앞으로 당신네들처럼 쓸 데 없는 불순한 사상과는 영원히 결별하기로 했소. 우린 우리식대로 사회주의 조국을 건설해 가기로 김일성 수령님의 령도를 따르기로 했소."

지도원은 마치 녹음기라도 틀어놓은 것처럼 일장 연설을 했다. 그는 목이 타는지 테이블 위에 있던 물컵을 들어 벌컥벌컥 물을 들이켰다.

"당신 아직 잘 모르는 모양인데, 리명준 동무는 바로 당신 때문에 교육부에서 쫓겨난 것이오! 아시겠소?"

레나는 순간 머리가 아찔했다. 의자에 앉아 있었으니 다행이지, 만약 서 있었다면 휘청하고 쓰러질 만큼 충격적인 말이었다.

“남편이 나 때문에 쫓겨 났다니요?”

“당신 같은 외국인과 결혼한 리명준 동무가 감수해야 할 일이란 말이요! 공화국에서 이제 당신 같은 외국인들이 설 자리는 없소. 당신들의 불순한 사상으로부터 사회주의 이념을 수호하는 것이 이 나라를 지키는 것이란 말이요.”

단지 외국인과 결혼을 했다는 사실만으로 남편이 탄광 노동자가 되었다는 사실은 레나에겐 엄청난 충격이었다. 과연 이것이 인간을 중심으로 하는 사회를 만들겠다던 사회주의의 이상이었단 말인가. 여기 어디에 인간이 존재할 수 있단 말인가. 남편에게 벌어진 모든 책임의 원인이 외국인인 레나 바로 자기 자신이었다니! 레나는 더 이상 자리에 앉아 있을 수가 없었다. 허겁지겁 교육부 건물을 빠져나오면서 조금 전 들었던 한 마디 말이 레나의 귓전에서 계속 울리는 듯했다.

‘당신 같은 외국인과 결혼했기 때문에 남편이 탄광 광부가 된 거란 말이요!’

1960년 여름이 지날 때부터 북한에서는 그렇게 외국인을 혐오하는 감정들이 곳곳에서 표출되었다. 아기를 위해 끌고 다니던 유모차조차도 서양 물건이라며 사용을 금지시켰다. 서양의 클래식 연주가 금지되고 바이올린, 비올라, 첼로 같은 악기들도 서양 악기라는 이유만으로 사라져야 할 운명에 처했다. 오페라나 발레 공연도 금지 목록에 올라갔다. 발레 댄서들은 서양 물건이라고 비난받는 게 두려워 발레 슈즈도 신지 못하고 맨발로 연습을 해야 했다. 그마저도 겨울이 되면서부터 연습실은 폐쇄되었다. 서양의 문화, 예술, 책, 사상은 모두 금기와 배척의 대상이 되었다.

외국인 배척 운동은 단지 레나에게만 해당되는 것은 아니었다. 평양에 살고 있던 모든 외국인들에게 똑같이 적용되었다. 루마니아, 헝가리, 체코, 불가리아, 동독, 심지어 사회주의 종주국 소련에서 온 과학자들도 더 이상 북한 땅에서 생활할 수 없었다. 전쟁의 잿더미 위에서 사회주의 연대를 위해 지원을 아끼지 않았던 루마니아의 기술자, 헝가리의 의사, 체코의 과학자, 불가리아의 목축업자들도 모두 짐을 꾸려 서둘러 북한을 떠났다. 떠나면서 그들이 느꼈을 배신감은 이루 말할 수 없을 만큼 컸다.

그러나 그들보다 더 안타까운 사연을 간직한 이들이 있었다. 바로 북한 남편과 결혼해서 공화국에 이주해 온 외국인 여성들이었다. 남편에 대한 사랑 하나만을 믿고 가난한 남편의 조국을 위해 봉사하기로 마음먹고 공화국에 입국했던 여인들에 대해서는 더욱 가혹한 겨울이 기다리고 있었다.

그들 모두는 레나와 명준처럼 생이별의 아픔을 경험해야 했다. 당 고위 간부에서부터 대학의 교수, 기술자에 이르기까지 범위도 다양했다. 조국에 대한 사랑 하나만을 믿고 공화국에 입국했던 모든 북한인 남편들은 이름도 들어 본 적 없는 낯선 곳들로 쫓겨나고 있었다.

심지어 강제 이혼을 요구하는 경우도 있었다. 사정은 모두 레나와 비슷했다.

'외국인 여자와 결혼한 배신자들……'

그것이 그들의 남편들에게 씌워졌던 죄명이었다. 외국 여성과 결혼한 것이 어떻게 죄가 될 수 있을까. 과연 어느 나라에서 사랑이 죄가 될 수 있단 말인가. 안타깝게도 그것이 당시 북한의 현실이었다. 레나는 배신감이 밀려왔다. 하지만 자신이 할 수 있는 것은 아무것도 없었다. 언제부터인가 평양 외국인 거주 지역에서는 북한 남편을 둔 여인들이 하나둘 공화국을 떠난다는 소문이 들려오기 시작했다.

제8부. 찢겨진 가족 사진

명준의 지방 발령은 레나의 삶에 큰 변화를 가져왔다. 특히 1961년 들어서부터 딸 파란의 몸 상태가 나빠지기 시작했다. 아직 어린 아이에 불과했지만 갑작스런 아버지의 부재는 아이에게 정신적 충격을 주었다. 아이는 밤이 되고 어둠이 내리기 시작하면 '아빠'를 부르며 찾기 시작했다. 그런 딸 아이에게 레나가 해줄 수 있는 것은 많지 않았다. 남편의 사진을 꺼내서 딸 아이 얼굴 앞에 보여주는 것이 레나가 할 수 있는 전부였다. 다행히 그럴 때마다 아빠의 사진을 본 파란은 울음을 그치고 미소를 보였다. 마치 실제로 자신 앞에 아빠가 나타난 것처럼 기뻐하기도 했다.

언제부턴가 딸 아이의 몸 상태에 이상이 생긴 것을 레나는 확연히 감지할 수 있었다. 파란은 기침을 심하게 하고 밤에 잠을 제대로 못 자는 날이 많아졌다. 한번은 열이 심하게 오르고 내려가질 않았다. 물수건으로 몸을 닦아서 열을 내려주고, 해열제를 먹였지만 열은 쉽게 잡힐 것 같지 않았다. 결국 레나는 아이를 들쳐 업고 평양에 하나밖에 없는 외국인 전용 병원으로 달려갔다. 한참을 기다린 후에야 레나는 진료실에 들어갈 수 있었다. 문을 열고 들어서자 뜻밖에도 머리가 하얗게 샌 나이 든 서양인 의사가 레나를 맞이했다.

"안녕하세요?"

"안녕하세요. 딸 아이 열이 내리질 않아요."

"어디 좀 볼까요?"

레나는 딸 아이를 의사와 간호사 손에 맡겼다. 의사는 잠시 진료기록부에 적힌 내용들을 훑어보기 시작했다. 그러더니 고개를 돌려 폴란드 말로 레나에게 말을 걸었다.

"폴란드 사람인가요?"

"네. 폴란드 사람입니다. 어떻게 아셨죠?"

"진료 기록부에 레나 폴리니라고 적혀 있네요. 폴리니는 저희 장모님 성이기도 합니다. 폴란드 분이시거든요. 폴란드 사람 아니면 누가 이런 성을 쓰겠어요."

"그렇군요. 당신도 폴란드 사람인가요?"

"아닙니다. 헝가리 사람입니다."

"그런데도 폴란드말을 잘 하시네요?"

"아내 덕분이죠."

"그렇군요."

"공화국에는 언제 오셨나요?"

"1년 좀 넘었습니다."

"오래 되지는 않으셨군요."

폴란드 말을 하는 의사를 병원에서 만나게 될 줄은 상상도 못했다. 하지만 조선어로 의사소통이 원활하지 않은 레나에게는 오히려 다행이었다. 오랜만에 폴란드 말을 하니 마음도 편안해졌다. 의사는 파란을 진찰한 뒤, 단순한 감기 이상의 증세가 있다는 것을 금방 알아차렸다. 간호사를 불러 혈액 검사를 비롯해서 몇 가지 정밀한 검사를 지시했다. 그동안 레나는 대기실에서 기다려야 했다. 잠시 후 간호사가 레나를 호출하는 소리가 들렸다.

"지금 아이의 상태가 상당히 안 좋습니다."

"네?! 어떻게 안 좋은가요?"

"솔직히 말씀드리죠. 폐렴 증세는 그리 심각한 상태는 아닙니다. 며칠 약을 먹고 치료를 받으면 곧 나아질 것으로 보여집니다. 그보다는 아이에게 구루병 증세가 있습니다. 그게 더 심각합니다."

"구루병이요?"

"다리가 휘는 병인데요. 영양 부족이 일차적인 원인입니다. 그동안 아이에게 충분한 영양 공급이 이뤄지지 않았나요?"

"남편이 갑자기 다른 곳으로 발령을 받으면서 생활이 어려워졌습니다."

"그랬군요."

"어떻게 하면 나을 수 있죠?"

"현재로서는 편안한 안정과 충분한 영양 공급이 제일 중요합니다."

"그럼 어떻게 하죠?"

"지금 이 나라에선 모든 게 부족한 상황입니다. 가능하면 폴란드로 돌아가서 치료를 받는 것이 좋겠어요. 지금처럼 생활한다면 아이에게는 좋지 않은 결과가 올 수도 있습니다. 평생 장애를 안고 살아갈 수도 있습니다."

레나는 갑자기 하늘이 노랗게 변하는 기분이었다. 딸 아이가 장애를 안고 평생 살게 할 수는 없었다. 외국인인 레나가 남편도 없이 혼자서 딸을 보살피기에는 분명 현실적으로 역부족인 상태라는 것은 누가 봐도 알 수 있었다.

"당신도 지금 평양에서 일어나고 있는 변화를 알고 계시죠?"

"네. 느끼고 있습니다."

"이제 평양은 외국인들이 살만 한 곳이 못 됩니다. 저도 전쟁 이후에 의료 지원단으로 왔지만, 이제 떠날 때가 되었다는 생각을 하고 있습니다. 여긴 지금 의료진도 부족하고 의약품조차 제대로 공급받지 못하는 상황입니다. 생필품 부족 현상도 쉽게 해결될 기미가 보이지 않고 있구요. 하지만 그보다 더 심각한 것은 이 나라 사람들이 갖고 있는 외국인들에 대한 생각입니다. 그들은 더 이상 우리 같은 외국인들에게 우호적이지 않아요. 오히려 적으로 생각하고 있어요."

"저도 몇 번 그런 경험을 한 적이 있습니다. 사람들이 점점 무서워지고 있어요."

"그랬을 거예요. 지금 평양은 물론 공화국 전체가 외국인들에 대한 혐오 사상으로 물들어 있습니다. 얼마 전 불가리아 여성 한 명이 간첩 혐의를 받아 감옥에 갇혔다가 결국 소련으로 추방되었다고 합니다.”

“어떻게 그런 일이 있을 수 있죠?”

“그뿐만이 아닙니다. 몇몇 대사관에 도청 장치를 달아놓았다는 소문도 있습니다. 지금은 그래도 제발로 나가겠다고 하면 별 제약은 없는 상황이지만, 시간이 지나면 공화국을 출국하는 것 자체가 쉽지 않을 수도 있습니다. 그 전에 우리 같은 외국인들은 이곳을 빠져나가야 합니다. 게다가 지금 딸 아이 상태가 너무 안 좋습니다. 사실 저 병은 충분히 영양공급만 이뤄지면 금방 나을 수 있는 병입니다. 딸 아이를 위해서라도 폴란드로 돌아갔다가 나중에 훗날을 기약하는 것이 좋지 않을까 생각합니다. 남편과 잘 상의해서 현명하게 판단하길 바랍니다.”

“네. 알겠습니다. 감사합니다. 의사 선생님.”

레나는 잠이 든 파란이를 안고 병원을 나왔다. 버스 정류장까지 길을 걸으면서 레나는 머리가 복잡해졌다. 이럴 때 남편이 곁에 있었으면, 결정도 쉬웠을 것이다. 하지만 남편은 이름도 들어본 적 없는 국경 근처의 탄광에 있는 상태다. 어떻게든 남편에게 지금 상황을 전달하고 함께 방법을 찾아보는 수밖에 달리 다른 도리가 없었다.

레나는 집으로 향하던 발걸음을 옮겨서 우체국으로 향했다. 남편에게 전보를 쳐서 하루라도 빨리 이 문제를 상의하는 것이 좋겠다는 생각이 들었다. 우체국은 생각보다 한산했다. 접수 창구에는 직원 두 명이 유리벽 너머에 앉아 있었다. 레나는 가방에서 수첩을 찾았다.

수첩 속에는 남편이 적어주고 갔던 주소가 적힌 종이가 들어 있었다. 볼펜으로 강하게 눌러 쓴 남편의 필체가 눈에 들어왔다. 레나는 종이를 들고 접수 창구 직원에게 다가갔다.

"텔레그람, 부탁합니다. 주소, 여기 있습니다."

그녀는 레나의 신분증을 받아 몇 장의 종이에 레나의 이름과 주소, 외국인 등록번호를 기재했다.

"전보는 뭐라고 치시겠습니까?"

'딸 위중, 속히 귀가 바람'

목숨이 오락가락 할 정도로 딸 아이의 상태가 위중한 것은 사실 아니었다. 중요한 것은 남편이 빠른 시간 안에 집으로 돌아올 수 있도록 하는 것이었다. 그 정도로 심각한 표현을 쓰지 않으면 남편이 집으로 쉽게 올 수 없으리란 사실을 그녀 자신이 누구보다 잘 알고 있었다. 그것이 공화국의 현실이었다. 전보를 치고 건물 밖으로 나오니 어느덧 길에는 어둠이 깔리고 있었다. 도로에는 퇴근길 차들도 많아졌다. 하루 일과를 마치고 집으로 향하는 사람들로 거리가 북적이고 있었다.

레나는 아직 익숙하지 않은 평양의 거리를 걷기 시작했다. 남편을 따라 몇 번 근처에 와본 적이 있었지만, 어둠이 내리기 시작한 평양 거리는 어디가 어딘지 잘 분간이 되지 않았다. 순간 남편이 없는 평양에서의 삶이 더욱 힘들게 느껴졌다. 그녀에게 평양이란 도시는 누구하나 의지할 데 없는 곳이었다. 누구에게 도움을 요청할 곳도 없고, 도움을 요청한다고 해도 지금처럼 외국인들에 대한 감정이 좋지 않은 상황에서는 선뜻 도움을 주겠다고 나설 수 있는 사람도 없었다. 갑자기 레나는 외딴 세상 한가운데 홀로 버려진 듯한 느낌이 들었다. 남편이 곁에 없다는 것이 절망스럽기만 했다.

잠시 길을 건너기 위해 신호등을 기다리고 있을 때였다. 누군가 자신을 계속 지켜보고 있는 시선이 느껴졌다. 아픈 아이 때문에 제대로 신경을 쓰지 못했지만, 병원 문을 나섰을 때도 자신을 바라보고 있는 청년이 하나 있었다. 그때는 대수롭지 않게 생각했다. 그저 낯선 외국인을 보고 신기해하는 사람이겠지, 하는 정도로 생각을 했다. 그런데 우체국에서 나올 때도 그 청년은 건물 옆에서 자신을 기다리고 있었다. 레나는 낯선 사람의 시선이 부담스럽게 느껴졌다. 신호등 불빛이 붉은색에서 녹색으로 변했다.

레나는 빠른 걸음으로 행인들 사이를 비집고 나가기 시작했다. 마치 달리기라도 하듯 레나는 한참을 걸었다. 이 정도면 낯선 사람의 시선으로부터 벗어날 때가 되었다고 생각했다. 그래도 혹시나 하는 심정으로 고개를 돌려 뒤를 돌아봤다. 순간 그 청년이 숨을 헐떡거리며 자신을 향해 뛰어오고 있는 게 보였다. 레나는 두려움이 앞섰다. 누군가 자신을 감시라도 하고 있는 것인가? 그런데 감시를 하는 사람치고는 너무 순진해 보였다. 미행을 하려면 눈치채지 못하게 뒤를 쫓았을 터. 자신을 해치려는 의도는 없는 사람처럼 보였다. 레나는 걸음을 멈추고 청년을 향해 걸어갔다.

"당신, 누구십니까? 왜 나를 따라오는 거죠?"

레나의 질문에 청년은 주변을 살피며 조심스럽게 입을 열었다.

"죄송합니다."

놀랍게도 청년의 입에서 튀어나온 말은 폴란드어였다.

"당신 폴란드말을 합니까?"

"네. 폴란드 말을 할 줄 압니다."

"아니. 어디서 폴란드 말을 배웠습니까?"

레나를 쫓아오던 청년은 뜻밖에도 폴란드 말을 할 줄 아는 사람이었다. 그것도 보통 수준이 아니었다. 발음도 표현도 거의 원어민 수준에 가까운 완벽한 폴란드 말이었다.

"폴란드에서 산 적이 있었습니다."

"폴란드에서 살았다구요? 어디서요?"

"오트보츠크에서 살았습니다."

"오트보츠크?! 그렇다면 혹시 당신은……"

레나의 머릿속에 오트보츠크가 금방 떠오른 곳은 자신이 살았던 폴란드 프와코비체 마을처럼 오트보츠크에도 200명 정도의 북한 아이들이 살았던 것이 기억났기 때문이었다. 1951년 폴란드에 도착한 아이들은 두 그룹으로 나뉘어졌다. 한 그룹은 프와코비체를 향해 떠났고, 또 다른 그룹은 바르샤바에서 그리 멀지 않은 곳인 오트보츠크로 향했다. 프와코비체 마을로 향한 아이들이 대부분 어린 아이들었던 것에 비해, 오트보츠크로 간 아이들은 15살 이상된 아이들이 많았다. 그때로부터 몇 년의 세월이 흘렀으니까, 지금은 이십대 청년이 되어 있을 것이다. 지금 레나 앞에 선 청년이 바로 그 나이 또래로 보였다.

"아까 병원에서 당신이 폴란드 말을 하는 것을 우연히 듣게 되었습니다."

"내가 폴란드 말을 하는 것을 들었다고요?"

"병원 대기실에서 따님 등을 두드리면서 자장가를 불러주는 것을 우연히 봤습니다."

아픈 파란이를 위해서 자장가를 불러줬던 기억이 났다. 그때 그냥 본능적으로 폴란드 말이 튀어나왔던 것 같았다.

"그 노래를 듣는데 어찌나 반갑던지요. 제가 어릴 때 폴란드 할머니들이 우리들을 위해서 불러주던 노래였거든요."

"그랬군요."

"공화국으로 돌아온 다음에는 폴란드 말을 할 기회는 없었어요. 사실 아까 당신 뒤에 앉아서 한참 동안 노래를 듣고 있었습니다. 너무 반가웠어요. 고향 생각이 나는 것 같았어요."

레나는 그 심정을 이해할 수 있었다. 아이는 전쟁으로 부모를 잃고 폴란드로 보내졌던 전쟁고아들 중 한 명이 분명했다. 공화국으로 돌아온 뒤에는 모두 뿔뿔이 흩어져서 지금 그 아이들이 어디에 살고 있는지 알 수도 없었다. 비록 자신이 가르친 학생은 아니었지만, 레나는 마치 프와코비체에서 가르쳤던 북한 아이를 만나는 기분이 들었다.

"그랬군요. 반갑습니다."

"늘 폴란드 말이 너무 하고 싶었습니다. 아쉽게도 이곳에선 폴란드 말을 할 기회가 없었죠. 그래서 당신을 보고는 무작정 우체국까지 따라갔습니다. 당신과 잠시나마 폴란드 말로 이야기를 하고 싶었습니다."

레나는 청년의 심정을 이해할 수 있었다. 폴란드 말이 얼마나 그리웠으면 일부러 자신의 뒤를 따라왔을까. 고향을 떠난 사람은 누구나 이해할 수 있는 감정이었다. 청년은 갑자기 고개를 숙이고 우물쭈물거렸다.

"그리고 한 가지 부탁이 있는데요."

"어떤?"

그는 가슴에서 뭔가를 찾아 꺼냈다. 어둠 속에서 하얀 편지 봉투가 하나 보였다.

"폴란드 오트보츠크에 부모님처럼 모시던 분들이 살고 계십니다. 폴란드 분들입니다. 저를 너무 아껴주셨고, 저도 부모님처럼 늘 생각했어요."

"직접 보내면 되지 않나요?"

청년은 갑자기 주변을 살피더니 더욱 가까이 레나 곁으로 다가왔다. 그러고는 속삭이듯 말했다.

"요즘 계속해서 편지가 반송되어서 돌아오고 있어요."

"반송? 왜요?"

"이유는 묻지 마세요. 사실 여러 번 편지를 썼습니다. 하지만 답장이 오질 않더라구요. 제 편지를 받으셨으면 답장을 안 하실 분들이 아닙니다. 벌써 작년부터 있는 일입니다. 궁금해서 아는 사람을 통해 물어 봤더니, 편지가 검열에 걸려서 더 이상 폴란드로 가지 않는다고 합니다. 아마 폴란드 부모님들이 보낸 편지도 여기서 검열에 걸려서 모두 반송되었을 거예요."

"아니. 어떻게 그런 일이 있을 수가 있죠. 고작 안부를 묻는 편지였을 텐데요."

"자세한 이유는 저도 모릅니다. 그동안 편지를 통해서 그나마 그 분들과 연락을 했는데, 이젠 어려울 것 같아요. 저만 그런 게 아니라 폴란드에서 돌아온 아이들 모두가 비슷한 상황입니다. 몇몇 친구들은 뿔뿔이 흩어져서 지금 어디에 살고 있는지 행방을 알 수도 없어요. 숨겨진 존재들이죠. 우린 지금 공화국에서 버려진 것과 같아요."

청년은 마지막 '공화국에서 버려진 것과 같다'는 말을 할 때는 더욱 목소리를 낮췄다. 주변을 둘러보며 힘겹게 꺼낸 말인 것 같았다.

"제 사진하고 부모님께 안부를 묻는 내용밖에 없습니다. 문제가 될 내용은 전혀 없으니 걱정하지 않으셔도 됩니다. 그냥 당신이 곧 폴란드로 돌아갈 것 같다는 얘기를 듣고 서둘러서 종이에 쓴 편지입니다. 어쩌면 이 편지가 제가 그분들에게 드릴 수 있는 마지막 편지가 되지 않을까 싶어요."

레나는 청년으로부터 편지를 건네 받았다. 청년의 말처럼 급하게 쓴 듯 보였다. 필기체로 휘갈겨 쓴 글씨였지만, 폴란드어를 능숙하게 할 줄 아는 사람이 아니면 쓸 수 없는 글씨였다.

"혹시 두 분께 직접 전해주실 수 있는 기회가 있다면, 꼭 전해주세요. 두 분을 정말 사랑했다고 전해주세요. 그리고 저에게 베풀어주신 두 분의 사랑을 영원히 잊지 않겠다고 전해주세요. 부탁드립니다."

"알겠습니다."

수만 킬로미터 떨어져 있는 두 노부부도 어쩌면 청년의 이 편지를 간절히 기다리고 있지는 않을까. 청년에게는 그 어떤 것보다 소중한 편지였다. 레나는 청년의 편지를 곱게 두 손으로 받았다.

"늘 집으로 돌아가고 싶은 생각이에요. 다시 갈 수 있을지 모르겠지만……"

"그런 날이 올 거예요."

레나는 비록 말로는 '그런 날이 올 것'이라 말을 했지만, 자신이 한 말을 자신도 믿을 수 없었다. 편지조차 나눌 수 없게 된 청년의 상황이 안쓰럽기만 했다. 청년은 머리를 크게 숙여서 인사를 한 후, 어디론가 쏜살같이 달려갔다.

레나는 잠시 동안 청년이 뛰어가는 뒷모습을 바라보며 서 있었다. 손에는 그가 건네주고 간 편지가 쥐어져 있었다. 비록 한 통의 편지에 불과했지만, 그 안에는 한 인간의 모든 추억이 간직되어 있는 편지였다. 기다림이란 달콤하기도 하지만, 그 기다림이 너무 오래 되면 고통이 된다. 레나는 청년의 기다림 역시 그랬을 거란 생각이 들었다. 어쩌면 평범한 사람들의 사연이 담긴 편지 한 장에 불과한 것이지만, 지금 평양에선 남들의 눈에 띄면 문제가 될 수도 있는 편지였다. 게다가 폴란드로 향하는 편지를 검열하고 있다는 그의 말은 레나에게 충격이었다. 이런 편지 하나조차 서로 나눌 수 없을 만큼 그들이 무슨 죄라도 지었단 말인가. 아무리 생각해도 이해할 수 없는 일들이 지금 자기 주변에서 벌어지고 있었다.

레나는 다시 집으로 향하는 길을 걷기 시작했다. 좀 전보다 거리는 더욱 어두워져 있었다. 간신히 대동강으로 향하는 표지판을 발견했다. 그곳에서 자신이 살고 있는 외국인 아파트를 찾는 것은 그리 어려운 일이 아니었다. 생각해 보면 처음 평양에 도착해서 보았던 대동강의 첫 인상은 평화롭기만 했다. 군데군데 파편에 무너진 제방과 움푹 패인 구멍난 강가의 흙덩이들이 전쟁의 흔적을 남기고 있었지만, 그래도 사람들은 외국인인 자신을 보며 미소를 지어보였다. 손을 흔들어주는 사람들도 있었다. 하지만 지금 평양에서 자신에게 미소짓는 사람은 하나도 없었다.

'공화국의 쌀을 축내고 있는 기생충 같은 존재'

폴란드에서 전쟁으로 부모를 잃어버린 북한 아이들을 돌보던 시절, 아마 평양에서 이런 모욕과 비참한 대접을 받게 될 거라 예상한 사람은 그 누구도 없었을 것이다. 이것이 인간을 위한 사회를 만들자며 약속했던 혁명가들의 이상이었단 말인가. 그들이 부르짖는 휴머니즘에서 '인간'은 과연 어디에 있는 것인가?

레나는 집으로 향하는 길에서 많은 상념에 잠겼다. 저 강물 위에 흘러가는 나뭇잎처럼, 역사의 강물 위에서 이리저리 떠다니는 힘 없고 나약한 존재가 바로 자신이 아닐까. 문득 그런 생각이 스쳤다. 하지만 그렇게 무기력해질수록 더욱 마음을 다잡아야 했다. 레나에게는 하나밖에 없는 딸 파란이 있고, 탄광에서 복귀할 날만을 손꼽아

기다리고 있는 사랑하는 남편이 있었다. 무엇을 선택하든 그것은 오직 가족을 위한 일이어야 했다. 가족을 지킬 수 있다면 무엇이든 감수할 각오가 되어 있었다. 레나는 자신의 인생을 위해서 마지막 한 번 더 중요한 결정을 해야 할 순간이 다가오고 있다는 것을 느끼고 있었다.

일주일 후 레나가 보낸 전보는 남편이 근무하는 탄광 사무실에 도착했다. 전보를 받고 명준은 마음 한 구석이 찢어지는 듯이 아팠다. 집을 떠난 뒤 단 하루도 레나와 딸 아이 생각을 안 한 적이 없었다. 혼자 낯선 이국 땅에서 어린 아이를 키우고 있을 레나에게 마치 큰 죄를 지은 사람처럼 미안한 마음이 들었다. 차라리 이럴 거면 폴란드를 떠나지 않고 남아 있을 방법을 찾는 것이 낫지 않았을까, 아니 차라리 이럴 거였으면 레나와 결혼을 하지 말 것을 그랬다며 스스로 자책했다. 하지만 지난 시간을 후회하는 것보다 더 어리석은 일도 없을 것이다. 명준은 그런 어리석은 생각을 하고 있는 자신이 부끄러웠다.

'어떻게든 살아남을 방법을 찾아야 한다. 어떻게든 다시 당에 충성심을 인정받아 평양으로 돌아갈 수 있는 방법을 찾아야 한다.'

명준이 한번도 해본 적 없는 탄광 광부 일을 미친듯이 열심히 한 것은 그런 이유였다. 폴란드에 있을 때부터 폐가 좋지 않았기 때문에 막장에 내려가서 탄을 캐는 일은 여간 힘든 일이 아니었다. 숨이 턱

턱 막히는 갱도 안에서는 신체가 건강한 사람들도 힘에 부쳐서 고통을 호소하는 경우가 많았다. 게다가 갱도는 언제 어디서 가스가 새어 나와 폭발할지 모르는 위험한 곳이었다. 죽기를 각오한 사람이 아니고서는 갱도 맨 선두에서 채탄 작업을 한다는 것은 불가능에 가까운 일이었다.

하지만 명준은 이를 악물고 남들보다 두 배, 세 배의 일을 했다. 남들은 겁이 나서 할 수 없는 일들도 명준은 자진해서 앞장 섰다. 사람들은 명준을 보고 '불나방'이라고 불렀다. 석탄 가루를 온 몸에 뒤집어 쓰고 눈만 하얗게 뜬 얼굴 모양이 마치 나방처럼 보였기 때문이었다. 게다가 자기가 죽을 걸 뻔히 알면서도 불빛을 향해 미친듯이 달려가는 불나방의 모습과 흡사했기 때문이었다. 명준이 오후 작업을 마치고 갱도 밖으로 나왔을 때, 광업소 직원이 찾아와 레나로부터 온 전보를 전달했다.

'딸 위중, 속히 귀가 바람'

남편은 전보를 받자마자 서둘러 탄광 사업소 소장에게 달려가서 전보를 내밀며 말했다.

"며칠만 휴가를 주십시요! 딸 아이가 많이 아픈가 봅니다."

"어디가 아픈가?"

"자세한 것은 모르겠습니다. 아내가 외국인이라서 혼자서는 아이를 돌볼 수 없을 것입니다. 부탁드립니다. 소장님!"

"아내가 외국인인가?"

"네. 그렇습니다. 폴란드 여성입니다."

다행히 소장은 마음씨가 착한 사람이었다. 소장의 눈에도 명준은 보통의 탄광 노동자들과 다른 존재처럼 보였다. 교육부에서 잔뼈가 굵은 관리자이자 교육자였다는 소문도 있었다. 그런 그가 이런 산골 오지 탄광까지 오게 된 것은 분명 당의 눈 밖에 났거나, 뭔가 큰 범죄를 저질렀을 것이라 짐작하고 있었다. 오늘에서야 왜 명준이 교육부 관리자에서 탄광 광부가 되었는지 소장은 알 수 있었다.

외국인 아내를 둔 남자, 그 사실 하나만으로도 명준은 공화국에서 감시 대상 1호에 찍힐 수 있는 존재였다. 세상이 바뀌지 않는 한, 명준이 탄광 노동자의 신분을 벗어나기란 쉽지 않을 것이란 사실을 그는 누구보다 잘 알고 있었다. 어쩌면 자신의 처지를 극복해 보기 위해서 그동안 명준이 미친듯이 일을 했다는 생각이 들자 측은한 마음도 들었다. 사람들은 그를 '불나방'이라 부르며 놀렸지만, 정작 그 자신은 희망을 끈을 결코 놓을 수 없는 한 아이의 아빠이자, 한 여자의 남편이었다.

소장은 특별 귀향 허가증을 발급해주었다. 그의 배려 덕분에 일주일 간의 휴가를 얻을 수 있었다. 탄광이 자리잡고 있는 함경북도 국경 마을에서 평양까지는 기차를 타고 가도 2,3일이 걸렸다. 돌아오는 시간을 감안한다면 명준이 가족들과 함께 보낼 수 있는 시간은 고작 이틀밖에 안 되는 것이었다.

며칠 후, 남편이 집에 들어오는 것을 본 레나는 기절할 것 같았다.

8개월만에 집으로 돌아온 남편의 모습은 완전히 다른 사람으로 변해 있었다. 몸은 더 야위고 얼굴은 까무잡잡한 노동자의 모습이었다. 폴란드에 있을 때, 정장 스타일의 투 버튼 재킷을 입고 날 선 바지를 입고 다니던 정갈하고 세련된 모습은 찾아볼 수가 없었다. 다행히 그래도 여전히 지적인 눈매만큼은 살아 있는 것 같았다. 남편은 딸 아이의 안부부터 물었다.

"파란이 어디가 아픈 거요?"

"폐렴 증세가 있다고 해요."

"폐가 안 좋다고? 못난 아비를 닮았군."

"게다가 영양결핍으로 아이가 구루병에 걸렸다는 진단이 나왔어요."

"구루병? 다리가 휘는 병 말인가?"

"네. 의사는 폴란드로 돌아가서 치료를 받는 게 좋다고 했어요."

"그렇군……"

"의사 말로는 영양 부족에서 생긴 병이라고 합니다. 아무래도 제대로 먹을 게 없다 보니 이런 일이 벌어진 것 같아요."

"미안하오."

"당신이 미안하긴요."

"내가 평양을 떠나지 않고 있었으면 이런 일도 일어나지 않았을 거 아니요."

"그게 당신 잘못인가요? 나도 다 알고 있어요. 당신이 왜 탄광 노동자가 됐는지……"

명준은 아무말도 할 수 없었다. 외국인에 대한 질시와 혐오 사상이 만들어낸 비극이었다. 그것은 외국인 여성과 결혼한 공화국 사람이면 누구나 감수해야 할 짐이었다. 이젠 레나도 자신 앞에 벌어지고 있는 모든 부조리한 현실들을 묵묵히 받아들이기로 마음먹고 있었다.

"외국인과 결혼한 게 죄라면 어쩔 수 없이 받아들여야죠. 이 나라 법이 그렇다면 말이에요. 하지만 용서할 수 없을 것 같아요. 당신을 이렇게 만든 사람들을……"

"세상이 이렇게 변할 줄 정말 몰랐어. 당에 충성하고 조국을 위해서 열심히 봉사하면 모든 게 잘 될 줄 알았어."

"알아요. 당신 마음. 당신 같이 순수한 영혼을 가진 사람들이 살기에 이곳은 너무 이상한 곳이예요."

명준은 아무 말도 할 수 없었다. 자신의 비참한 처지 앞에서 명준은 조금씩 무너지고 있었다. 그런 남편의 모습을 보면서 힘을 내야 할 사람은 레나 자신이었다. 레나의 눈빛이 빛났다.

"명준 씨, 제가 그동안 여기 있는 외국인들에게 부탁을 해서 알아봤는데요. 당신만 좋다면, 폴란드 대사관의 도움을 받아서 공화국을 떠날 수 있을 것 같아요."

"폴란드 대사관?"

"네. 제가 대사관 직원들에게 부탁을 했어요. 폴란드 대사관의 임시 통역사로 당신에게 신분증을 만들어줄 수 있을 것 같아요. 그럼 그걸로 우리 다함께 폴란드로 가는 거예요. 의사 말로는 지금 이 나라에서는 파란이의 병을 고칠 수 있는 방법이 없대요. 폴란드로 돌아가서 파란의 병도 고치고, 당신도 새로운 직장을 얻을 수 있으면 좋겠어요. 우리 같이 폴란드로 가요!"

명준은 대답 대신 한숨을 길게 내쉬었다. 고개를 돌려 잠이 든 파란이를 바라봤다. 순간 남편의 눈빛이 떨렸다.

"그게 쉽게 될까?"

늘 깊은 고민을 할 때면, 남편은 눈을 감고 턱을 손으로 매만지는 버릇이 있었다. 그럴 때마다 남편의 눈빛은 조금씩 떨렸다. 레나는 남편의 떨리는 눈빛을 보며 그가 얼마나 많은 밤을 고민 속에 보냈을까, 짐작이 됐다. 잠시 후 남편은 레나를 향해 고개를 돌리고 정면으로 그녀의 눈을 바라봤다. 레나는 이미 남편의 마음이 한 쪽으로 기울어져 있다는 것을 직감했다.

"만약 일이 잘못되기라도 한다면 어떻게 하지? 나는 어찌 돼도 상관없지만, 당신과 파란이한테 안 좋은 일이 생길 수도 있지 않을까?"

"아이가 아파서 잠시 공화국을 떠난다는 데 누가 뭐라고 하겠어요."

"글쎄, 그 말을 믿어줄까? 상황이 어렵다고 자기 살길 찾아서 공화국을 탈출하는 배신자라고 보지는 않을까?"

"자기 가족과 함께 하고 싶다는데 누가 그걸 막을 수 있어요."

"레나! 당신이 아직 이 나라의 상황을 몰라서 그래. 공화국에선 배신자에겐 죽음 뿐이야."

"그럼 어떻게 하면 좋겠어요. 계속 시간만 끌다가 아이가 병신이 되도 좋아요?"

레나의 말에 명준은 아무런 대답도 할 수 없었다. 대신 그는 몸을 돌려 베란다로 향했다. 창문을 열고 밖으로 나가 잠시 동안이라도 생각을 정리할 시간이 필요했다. 그렇게 몇 분을 머뭇거리던 명준이 다시 방안으로 들어왔다. 그는 레나에게 다가와 진지한 표정으로 이야기를 시작했다.

"당신과 파란이가 먼저 떠나도록 해. 난 기회를 봐서 곧 뒤따라 갈 테니까."

"그게 무슨 말이예요? 어떻게 당신을 여기 남겨 두고 우리만 갈 수 있어요."

"레나, 내 말 잘 들어요. 지금 우리 셋이 움직이는 건 너무 위험해. 자칫 당신까지 이곳에서 나가지 못할 수도 있어. 그럼 우리 아이의 병은 고칠 수 없어. 난 여기 남아서 당에 충성하는 모습을 보일게. 그게 당신과 파란이가 안전하게 여길 탈출할 수 있는 길이야."

"탈출? 지금 탈출이라고 했어요?"

"레나, 이 나라에서 살아남기 위해서는 그들에게 충성을 하는 모습을 보이지 않으면 안돼. 그들이 나를 아직 필요로 하고 있다는 것을 나 스스로 증명해야 한다는 뜻이야. 그리고 어디까지나 여긴 내 조국이야. 난 조국을 위해서 내가 할 일이 아직 남아 있다고 생각해."

레나는 기가 막혔다. 아직도 조국 사랑 타령이나 하고 있는 남편이

야속하기만 했다.

"명준 씨! 당신이 그렇게 사랑한다는 조국이 당신에게 한 짓을 보고도 그런 말이 나와요! 당신은 자신의 명예를 회복하기 위해서 탄광 노동자의 일도 서슴치 않고 할 수 있겠지만, 나는 달라요. 나는 지금 파란의 어머니로서 말하는 거예요. 당신이 떠난 뒤, 우리가 겪어야 했던 수모를 당신은 모를 거예요. 배식소에서 우리보고 '왜 공화국의 쌀을 축내고 있냐고, 기생충'이라는 소리까지 들었어요. 집단농장에 가서 일을 하지 않는다고 배급도 절반으로 줄어들었어요. 지금 이게 현실이에요. 당신이 그렇게 믿고 있는, 그 잘난 인민의 공화국은 어디에 있는 거죠? 그냥 딱 한 번만 다시 생각해 보세요. 파란이와 저를 위해서 생각을 바꿔주세요."

레나는 눈물이 흘러나오는 것을 참을 수 없었다. 도저히 그렇게라도 하지 않고서는 분이 풀리지 않았다. 명준은 울먹이는 레나의 손을 잡고 말했다.

"레나, 옛날 우리 국경선으로 가득 찬 지도를 보며 이야기 했던 말 생각 나? 세상에 아무리 국경이 많고, 장벽이 높다고 해도 우리 둘 사이를 갈라놓을 순 없을 거야. 당신이 먼저 아이를 데리고 폴란드로 가서 자리를 잡고 있으면 내가 곧 뒤따라 가리다. 땅에 떨어진 나의 명예는 회복해야 하지 않겠소. 그리고 지금은 당장 아픈 파란이를 위해서 하루라도 빨리 폴란드로 돌아가는 것이 제일 급한 일이잖소. 아이가 우리 때문에 잘못되기라도 한다면, 그때는 어떻게 하겠소?"

"아무리 그렇다고 해도 어떻게 우리 둘만 떠날 수 있겠어요."

"더 이상 이 문제로 싸우지 맙시다. 내 말대로 하시요. 당장 내일이라도 여길 빠져나가요. 어렵게 얻은 휴가라서 오래 있을 수는 없소. 내가 평양에 있을 때 당신이 떠나는 모습을 보고 싶소. 그래야 마음도 놓일 것 같고……"

명준은 이야기를 마치며 옷 속에 간직하고 있던 기차표 두 장을 레나 앞에 내밀었다. 모스크바행 기차표 두 장이었다. 이미 명준은 집으로 오기 전에 평양역에 도착해서 시베리아행 열차 시간표를 확인해 놓았다. 그가 내민 기차표를 보고 레나는 더 이상 할 말을 잃었다. 명준은 그런 남자였다. 늘 한결같이 듬직한 남자. 지금 자신 앞에 서 있는 리명준, 그가 바로 자신이 그토록 사랑했던 진실한 남자의 모습이었다. 레나는 말 없이 명준을 가슴으로 안았다. 예전보다 홀쭉해진 그의 몸이 애처롭게 느껴졌다. 하지만 그의 가슴은 여전히 따듯했다.

명준은 우선 레나를 위해서 여행 가방을 꾸리는 일부터 시작했다. 집에는 폴란드에서 올 때 갖고 왔던 두 개의 여행 가방이 있었다. 하나는 두꺼운 옷가지를 넣었던 가방이었고, 다른 하나는 간단히 속옷과 양말 정도만 넣을 수 있는 가로 세로 50센티미터의 작은 가방이었다.

명준은 큰 가방은 쳐다보지도 않고 작은 가방을 꺼냈다. 여성의 몸으로 아이까지 안고 가야하는 먼 여행길에 큰 가방은 짐만 될 게 뻔했다. 지퍼를 열자 가방 안에서 폴란드에서 올 때 기념으로 갖고 왔던 광고 전단지 몇 장이 보였다. 역전 가판대에서 무료로 나눠주던 폴란드의 관광지를 선전하는 팜플렛들이었다. 폴란드에서는 흔한 선전물에 불과했지만, 레나는 왠지 버릴 수가 없었다. 고국의 산천이 담겨진 사진이라도 보면서 나중에 향수병을 달랠 생각이었다. 적어도 10년 정도는 지나야 폴란드에 대한 그리움으로 향수병이 생기지 않을까, 하고 생각했는데 이렇게 1년여 만에 다시 폴란드로 돌아갈 것이라고는 전혀 예상하지 못한 일이었다. 게다가 지금처럼 이렇게 쫓기듯이 돌아가는 것은 레나에겐 계획에 없는 일이었다.

남편을 혼자 놔두고 떠나야 하는 여행이다 보니 그녀의 마음이 편할 리 없었다. 하지만 명준은 레나의 그런 사소한 감정 따위는 전혀 관심도 없는 사람처럼 보였다. 서둘러 레나와 어린 딸 아이의 속옷들을 가방에 넣었다. 그러고 나서 명준은 방으로 가서 책장 위에 있던 작은 상자 하나를 찾아냈다. 상자 안에는 명준이 개인적으로 소중하게 보관해오고 있던 물건들이 가득 차 있었다. 돌아가신 부모님의 사진을 비롯해서 어릴 적 명준의 모습이 담긴 사진도 있었다.

물건들 사이에서 명준은 빨간 실과 하얀 실을 꼬아서 만들어진 작은 꽃바구니 하나를 찾아냈다. 1951년 폴란드에 처음 도착했던 어느 봄날, 레나가 명준에게 선물로 주었던 머르찌쇼르였다. 봄을 알리는 전령사, 생명을 상징하는 하얀색과 사랑과 열정을 상징하는 빨간색이 서로 교차하면서 꽃의 형상으로 승화된 머르찌쇼르. 그때 레나는 마지막 남은 머르찌쇼르 꽃바구니를 명준에게 선물하기 위해 사무실로 향하는 복도에서 한참을 머뭇거렸다. 방문 앞에 서서 가슴이 뛰었던 일도 기억이 났다. 명준과 처음 마주했던 단 둘만의 시간들, 두 사람을 이어준 것이 바로 머르찌쇼르였다. 명준은 그동안 자신의 보물상자 속에 그걸 간직하고 있었던 것이다.

"당신, 그걸 아직도 갖고 있었어요?"

"이 머르찌쇼르를 통해서 당신과 나의 운명이 하나가 되었어. 우리한테는 소중한 물건이잖아. 당분간 당신이 간직하고 있는 게 좋겠어."

명준은 머르찌쇼르를 가방 옷가지들 사이에 넣었다. 작은 가방에 옷가지를 비롯해서 여러 가지 아이를 위해 필요한 물건들을 넣자 가방은 금방 부풀어올랐다. 명준은 두 손으로 가방을 누르면서 힘겹게 지퍼를 잠갔다.

"꼭 필요한 것만 넣었어. 짐이 많아서 좋을 것도 없을 것 같아. 다른 사람이 봤을 때, 그냥 잠깐 어디 다녀오는 거라고 생각하는 게 좋을 것 같아."

"알겠어요. 그 정도면 된 것 같아요."

"여행 가방은 이제 됐고, 오늘 당신하고 같이 다녀올 곳이 있어."

"어딘데요?"

"가보면 알아. 가기 전에 당신 화장도 좀 하고 예쁘게 입어요."

"옷을 차려 입으라고요?"

"나도 오랜만에 넥타이좀 매 볼까?"

명준은 옷장에서 낡은 양복 한 벌을 꺼냈다. 군데군데 좀이 슬어서 레나는 몇 번이나 버리려고 했던 옷이었다. 명준은 늘 먼지를 털면서 '아직 몇 년은 더 입을 수 있다'면서 옷장 안에 넣어두곤 했었다. 오늘 그 감색 양복을 명준이 다시 꺼내고 있었다. 하얀색 와이셔츠와

분홍 빛이 은은히 배어 있는 넥타이도 꺼냈다. 가만히 생각해 보니 결혼식 때 입었던 양복이었다. 사람은 누구나 특별한 순간에 대한 기억이 있다. 그런 특별한 순간을 오래도록 기억하고 싶어서 평소에 잘 하지 않는 행동을 하기도 한다. 레나의 눈에 그날 명준의 행동이 그랬다.

"우리 세 사람의 모습이 담긴 가족 사진 한 장 정도는 갖고 있어야지 않겠어?"

명준은 가족 사진을 찍자고 했다. 레나는 생각해 보니 딸 아이가 태어난 뒤로 셋이서 함께 가족 사진 하나 찍을 여유가 없었던 것 같았다. 나중에 하자면서 계속 뒤로 미뤘던 게 벌써 많은 시간이 흘러버린 것이다. 가족 사진 한 장 제대로 찍을 수 없을 정도로 분주한 삶이었다. 레나는 지금 이 순간이 가족 사진을 찍기에 가장 적당한 순간이란 생각이 들었다. 레나는 옷장 안에서 명준의 양복과 가장 잘 어울릴 것 같은 검정색 드레스로 옷을 꺼내 갈아 입었다. 오랜만에 입술에 붉은 립스틱도 발랐다.

계절은 어느덧 겨울의 문턱으로 접어들고 있었다. 아이를 안고 집을 나서자 제법 쌀쌀해진 기운이 느껴졌다. 그나마 다행히 날씨가 화창해서 거리를 걸을 때쯤에는 따스한 햇살을 받아 추위는 느껴지지 않았다. 남편은 레나에게서 딸 아이를 건네 받았다. 파란이도 아빠 품에 안기는 것을 좋아했다. 남편이 오랜만에 양복에 넥타이까지 맨 모습을 보는 것만으로도 레나는 행복했다. 하지만 이런 작은 행복조차도 이젠 쉽게 느낄 수 없게 될 것이란 사실이 레나를 슬프게 만들었다.

남편을 따라 간 곳은 집에서 멀지 않은 곳에 자리잡은 사진관이었다. 간판의 페인트 글씨가 군데군데 떨어진 것으로 봐서 꽤 오래 된 사진관처럼 보였다. 사진관 유리창에는 그동안 그곳에서 사진을 찍었던 여러 사람들의 사진이 가지런히 진열되어 있었다. 명준은 그중에서 세 명이 나란히 앉아 있는 젊은 부부의 가족 사진에 손가락을 가져갔다.

"우리도 이렇게 찍읍시다."

명준이 문을 열고 안으로 들어서자 나이 든 사진사가 반갑게 인사를 했다.

"어서 오세요."

"안녕하세요? 리명준이라고 합니다. 가족 사진 촬영을 하려고요."

"여기 이쪽 의자에 앉아주세요."

봄날 개나리와 진달래가 활짝 피어 있는 대동강 강변의 풍경을 배경으로 해서 세 사람 정도가 나란히 앉을 수 있는 의자가 준비되어 있었다. 레나와 명준은 둘 사이에 파란이를 앉혔다. 카메라와 조명불이 켜진 스튜디오의 낯선 분위기 때문인지 파란이는 눈을 동그랗게 뜨고 조금 겁먹은 표정을 지어 보였다. 레나는 그런 파란이가 걱정하지 않도록 팔을 펴서 파란이의 몸을 둥그렇게 감쌌다. 동시에 명준의 팔이 자신의 어깨를 감싸는 게 느껴졌다. 생각해 보면 명준이 지금처럼 사람들 앞에서 자기 몸을 감쌌던 적은 한 번도 없었던 것 같았다. 익숙한 모습은 아니었지만, 레나는 명준의 손길이 좋았다. 그의 듬직한 어깨에 머리를 기댔다. 레나는 카메라를 향해 정면을 바라 보았다.

"표정 좀 밝게 해주세요. 다들 너무 표정이 딱딱하게 굳어 있네요. 좀 웃어보시라요."

사진사는 '웃으라' 말을 했지만, 웃음이 저절로 나오지는 않았다. 레나는 한 쪽 입술을 약간 위로 올려 미소처럼 보이게 만들었다. 파란은 여전히 신기한 듯 눈을 동그랗게 뜨고 카메라에 시선을 맞추고 있었다.

"그럼 찍겠습니다. 여기 보세요. 하나. 둘. 셋!"

순간 조명이 번쩍했다. 그것이 레나와 명준, 그리고 파란의 모습이 담긴 단 하나밖에 없는 사진이 되었다. 그들은 그렇게 1961년의 시간 속에 멈춰버린 듯 정지했다.

다음 날 아침 일찍 명준과 레나는 평양역으로 향했다. 역 안에서는 모스크바행 시베리아 횡단 열차가 곧 출발한다는 안내 방송이 울려 퍼지고 있었다. 명준은 마음이 더욱 조급해진 듯 발걸음이 빨라졌다. 길게 연기를 내뿜으며 열차가 곧 출발할 듯이 엔진 소리를 내기 시작했다. 명준은 파란이를 한 쪽 팔로 안고, 다른 팔로는 가방을 끌고 객차 번호를 확인했다. 티켓에 적힌 객차 번호를 다시 한 번 바라봤다.

"레나, 여기야. 여기 이 쪽 자리 같아. 파란이좀 받아주구려."

레나는 명준으로부터 아이를 받아 안았다. 명준은 창가 쪽에 난 자리 위 선반에 여행 가방을 올렸다. 열차가 곧 출발할 것처럼 엔진 소리가 커졌다. 잠시 동안 어색한 침묵이 이어졌다. 서로 눈만 바라보며 아무 말도 하지 않고 있었다. 승객 몇 명이 둘 사이를 스쳐갔다.

"그럼 여보. 난 그만 갈게."

"명준 씨……!"

명준은 마지막으로 딸 아이를 두 팔로 힘껏 안았다. 잠시 동안 딸 아이의 얼굴을 뚫어져라 바라봤다. 파란이도 아빠의 동그란 눈으로 아빠의 얼굴만 쳐다보고 있었다. 명준은 팔을 벌려서 레나를 힘껏 껴안았다. 남편의 팔에 안기자 레나는 눈물을 참을 수 없었다.

"파란이 몸이 나아지면 다시 돌아올게요. 그때까지 몸 건강히 잘 계세요."

"알겠소. 당신도 건강히 잘 지내고……"

"우리 꼭 다시 볼 수 있겠죠? 그죠? 맞죠?"

"그럼! 다시 보고 말고. 약속하리다!"

명준은 레나의 손을 잡았다. 그의 묵직한 손이 레나의 작고 흰 손가락 사이로 느껴졌다. 명준은 레나의 손가락에 끼워져 있는 반지를 물끄러미 바라봤다. 돈이 없던 시절, 외국인과의 결혼이 불법이 되었던 시절, 용기 있는 두 사람만의 사랑을 증명해주는 세상에 하나밖에 없는 반지였다. 물끄러미 반지를 바라보고 있던 명준의 눈가가 햇빛에 반짝거렸다. 남편은 이별의 아픔을 가슴속으로 삭이고 있었다. 아니 어쩌면 그건 분노였는지 모른다. 남편은 그런 사람이었다. 무정한 남자. 레나는 심장이 뛰었다. 플랫폼에서는 역무원들이 호루라기를 불며 기차가 곧 출발한다고 소리쳤다. 승객이 아닌 사람은 어서 기차 밖으로 나가라는 뜻이었다.

명준은 조용히 눈 인사를 하고는 밖으로 나가기 위해 자리에서 일어났다. 명준은 한 걸음 한 걸음 힙겹게 객차 복도를 걸어가기 시작했다. 레나의 시선 속으로 명준의 뒷모습이 보였다. 어깨가 축 처진 명준의 모습은 레나의 마음을 더욱 안타깝게 만들었다.

"여보! 파란이 아빠! 잠깐만요!"

레나가 명준을 향해서 소리쳤다. 소리를 듣고 명준이 걸음을 멈추고 몸을 되돌렸다. 순간 레나는 품에서 가족 사진을 꺼냈다. 그리고 양손으로 사진을 잡고 정확히 한가운데를 자르기 시작했다. 순식간에 한 장의 가족 사진은 두 개의 조각으로 나뉘어졌다. 하나는 레나와 딸 파란의 모습으로, 그리고 또 다른 하나는 명준의 모습으로 그렇게 각각 나뉘어졌다.

"여보. 우리 이 사진 반쪽씩 갖고 있어요."

하나였던 사진이 둘로 나뉘어진 것을 보자 명준의 눈에 눈물이 맺혔다.

"이 사진 보면서 당신은 우리를 보고, 나는 당신을 보도록 해요. 그리고 잘 간직하고 있다가 다시 한 장의 가족사진이 될 수 있도록 우리 꼭 다시 만나요! 알겠죠?"

"여보……!"

"지금부터 아쉽지만 난 당신만 바라 볼게요. 당신도 나와 파란이만 바라봐주세요."

명준은 눈물을 흘리며 반쪽짜리 사진을 가슴속 깊이 집어넣었다.

“내가 꼭 갈게! 이 사진 가지고 꼭 당신 곁으로 갈게. 그때까지 당신도 건강하게 잘 지내.”

“네. 그때까지 건강하게 잘 지내세요. 당신 앞에서 더 이상 눈물을 보이고 싶지 않아요. 다시 만날 건데요. 뭐……”

명준은 자리에서 조용히 일어났다. 그리고 고개를 돌려 열차 밖으로 걸음을 옮겼다. 명준이 열차 밖으로 내려서는 모습을 레나는 묵묵히 지켜 봤다. 명준은 레나가 앉아 있는 좌석 쪽 창문으로 다가와 손을 흔들었다. 긴 경적을 울리며 시베리차 횡단 열차가 움직이기 시작했다. 명준은 아쉬운 마음에 한 번 더 레나가 앉아 있는 유리창에 손을 댔다. 그 손바닥 위로 레나의 손바닥이 겹쳐졌다.

“여보, 걱정하지 마시요. 우린 다시 만날 거야. 내가 꼭 당신 곁으로 갈거야.”

“그래요. 우린 꼭 다시 만날 수 있을 거예요. 그때까지 몸 건강히 계세요.”

기차가 속도를 내기 시작했다. 그렇게 플랫폼에 명준을 홀로 남겨둔 채 기차는 점점 멀어져 갔다. 그것이 두 사람이 간직하고 있는 평양역에서의 마지막 기억이었다.

제9부. 돌 위에 새겨진 이름들

드디어 반쪽짜리 사진을 보냈던 정체불명의 사내와 만나기로 약속이 잡혔다. 선우진은 지하철을 타고 바르샤바 센트럴역으로 향했다. 사진을 보낸 남자, 그는 지금까지 단 한 번도 자신의 신원을 노출시킨 적이 없었다. 베일에 가려졌던 존재, 그런 그가 먼저 연락을 해왔고 선우진에게 은밀히 전달할 것이 있다면서 약속 장소를 알려줬다.

선우진은 긴장하지 않을 수 없었다. 물론 호기심도 컸다. 찢겨진 사진 반쪽을 들고 시작했던 조사가 어느덧 막바지로 들어서고 있는 느낌이 들었다. 선우진은 혹시 모를 일에 대비하기 위해 글록 권총한 자루를 챙겼다. 첩보의 세계에선 생명의 위협을 느끼는 일들이 언제나 일어날 수 있었다. 만일의 사태에 대비해서 접선 장소 주위엔 대사관 직원들을 배치했다.

저녁 퇴근 시간인 탓에 지하철 역 주변은 많은 사람들로 붐볐다. 짙은 화장을 한 서너 명의 젊은 폴란드 여성들이 선우진에게 미소를 지으며 스쳐갔다. 엉겁결에 그도 미소를 보내 인사를 했다. 불과 몇십 년 만에 일어난 변화였다. 이제 폴란드에서 옛 공산당의 흔적을 찾기란 쉬운 일이 아니다. 개방적인 사고 방식과 이기적 욕망을 추구하는 모습은 여느 서구 사회와 다를 게 없었다. 그렇게 냉전의 시기를 거쳐 자유의 봄이 찾아왔지만, 여전히 동유럽 곳곳에선 국경을 사이에 두고 분쟁들이 끊이지 않고 있다. 사회주의를 표방하던 폴란드가 바르샤바 조약기구를 탈퇴하고 나토에 가입할 것을 예측한 역사학자들은 많지 않았다. 역사에선 섣부른 예측은 금물이다. 그 몇 년의 과정을 보면 국가 간에 영원한 동지도 영원한 적도 없다는 말을 실감하게 된다. 이제 바르샤바에서 공산주의의 흔적을 찾기란 쉬운 일이 아니다. 사람들은 더 이상 과거를 묻지 않으려 한다. 현재를 살아가기에도 버거운 현실이다.

선우진은 찢겨진 반쪽 사진을 통해서 폴란드의 과거, 현재, 그리고 미래와 만났다. 과거가 그들만의 고립된 섬이었다면, 다가오는 미래는 불안과 희망이 교차하는 미지의 평원이다. 자신들 앞에 무엇이 나타날지 예상하기 어려운 현실 앞에 서 있다. 선우진은 역사가 남겨준 교훈을 통해 인간의 삶을 되돌아 볼 수 있는 기회를 얻었다. 이번 수사가 그에게 각별한 의미로 다가오는 것은 그런 이유 때문이었다. 선우진은 한 무리 군중들 틈에 섞여 지하도 계단을 빠져나왔다. 멀리서 바르샤바의 랜드마크 문화과학궁전이 뿌연 안개 속에 웅장한 자태를 드러냈다.

폴란드 사람들은 그 건물을 '스탈린의 선물'이라 이름 붙였다. 스탈린의 권력이 동유럽 곳곳에 미치던 시절 소련의 지원 하에 세워진 건물이었다. 파리에서 어딜 가도 에펠탑이 보이듯이 바르샤바에서 문화과학궁전이 보이지 않는 곳은 없다. 1952년 소련 공산주의가 한창 기세를 떨치던 시절에 스탈린의 일방적인 지시에 의해서 공사가 시작되어 1955년에 완성되었다. 전통적인 고딕 양식과 러시아식 바로크 양식에 미국의 아르데코 양식이 가미된 독특한 스타일이다.

미국과 소련이 치열하게 대립하던 냉전의 시기에 만들어졌지만, 공교롭게도 건물의 디자인은 자본주의를 상징하는 미국 뉴욕의 엠파이어스테이트 빌딩을 닮았다. 놀랍게도 스탈린은 폴란드를 비롯해서 루마니아, 불가리아, 체코, 헝가리에 비슷한 모양과 크기의 건축물을 세워놓았다. 공산주의 국가들 사이에 연대를 강화하기 위한 목적이었다고 선전했지만, 실제로는 동유럽 곳곳에 자신의 지배력을 확장시키고 사람들을 억압시키려는 목적이었다고 보는 게 정확한 해석일 것이다.

그래서일까? 폴란드 사람들은 스탈린이 세운 문화과학궁전 건물을 좋아하는 사람이 없다. 그 건물 하나가 과거 자신들을 억압했던 시절을 연상시키기도 했지만, 다른 무엇보다 주변의 현대적 건물들과 잘 어울리지 못하는 폐쇄적인 디자인 때문이기도 했다. 거대 권력과 압제의 상징, 폴란드 사람들은 더 이상 그런 암울한 역사를 반복하고 싶지 않았다.

선우진은 코트 깃을 세운 채 도심 인파 속을 헤치며 문화과학궁전이 있는 방향으로 걸어갔다. 정체불명의 사내가 알려준 바에 따르면 한국인의 눈에 익숙한 사물이 하나 등장할 거라고 했다.

'문화과학궁전 현관을 빠져나와서 쇼핑몰 입구쪽으로 걸어오세요. 그럼 당신 눈에 익숙한 것이 하나 보일 겁니다. 그 앞에서 기다리고 있겠습니다.'

선우진은 손목에 찬 시계를 바라 봤다. 남자가 정해준 시간이다. 선우진은 천천히 약속 장소로 이동했다. 고층 빌딩과 쇼핑몰들이 들어선 거리는 자동차와 사람들로 북적였다. 신호등 앞에서 깃발을 든 중국인 단체 관광객들이 횡단보도를 건너는 모습도 보였다. 선우진은 걸음을 재촉해서 서둘러 신호등이 바뀌기 전에 교차로를 건넜다. 목소리 큰 중국 남자들이 알아들을 수 없는 중국어를 하며 우진의 옆을 스쳤다.

그렇게 잠시 동안 걸음을 옮기던 우진 앞에 거대한 동상 하나가 나타났다. 우진은 그 동상 앞에서 걸음을 멈췄다. 폴란드 하늘 아래 그런 동상이 있으리라고는 상상도 하지 못했다. 펄럭거리는 한복의 긴 치마, 젖가슴이 살짝 보일 것 같은 짧은 윗저고리, 가늘게 찢어진 눈매까지 전형적인 한국인 여성상의 모습을 형상화한 동상이었다. 아마도 사회주의가 기세를 떨칠 때 북한에서 수입한 것 같은 느낌이 들었다.

여성의 모습은 굳게 입술을 다문 채 주먹을 움켜쥐고 앞으로 달려나가는 형상이었다. 그녀의 왼쪽 손에는 한 권의 책이 들려져 있었는데, 김일성주의와 주체사상을 상징하는 서적이란 느낌이 들었다. 선우진은 순간 온몸에 소름이 끼쳤다. 바르샤바 도심 한복판에 이런 북한 여성의 동상이 세워져 있을 줄은 상상도 하지 못했다. 그가 넋을 잃고 동상을 바라보고 있을 때였다. 갑자기 짙은 감색 코트에 회색빛 중절모를 깊숙이 눌러쓴 남자가 다가왔다.

"놀라셨나요?"

선우진은 자신에게 말을 걸고 있는 남자가 정동화라는 것을 직감했다. 일부러 당황한 티를 내지 않으려고 차분하게 남자의 질문에 대답했다.

"바르샤바에 이런 조각상이 있을 거라고는 상상도 못했습니다."

"1950년대 폴란드 공산당과 북한 노동당의 관계를 상징하는 동상이죠. 우리가 이곳에 머물고 있던 시절의 분위기를 고스란히 느낄 수 있는 기념물입니다."

"그렇군요."

"인사가 늦었습니다. 정동화라고 합니다."

"반갑습니다. 대한민국 대사관, 선우진입니다."

"여기까지 나오시느라 수고 많으셨습니다."

"아닙니다."

"레나 선생님은 잘 계시나요?"

"연세가 있으셔서 거동은 불편하지만 그래도 건강하십니다."

"결국 선생님을 찾으셨군요. 저 혼자였다면 불가능했을 겁니다."

"레나 선생님도 당신을 만나고 싶어 하십니다."

정동화는 '레나가 보고 싶어한다'는 선우진의 말에는 일부러 대답을 피했다.

"아직도 고우시겠죠? 참 아름다운 분이었는데……"

"한 번 만나보셔야죠."

"아직 용기가 나질 않습니다. 그분들께 너무 큰 죄를 지어서……"

"네?"

선우진은 동화의 말에 당혹스런 표정을 지었다. 순간 동화는 과거를 회상하듯 깊은 한숨을 토해냈다.

"지금부터 제가 하는 이야기를 잘 들으시기 바랍니다. 그리고 공화국 안에서 지금 어떤 일들이 벌어지고 있는지 그 증인이 되어주십시요."

"알겠습니다. 말씀해보십시요."

동화와 선우진은 북한 여성의 동상이 보이는 곳에서 몇 미터 떨어진 나무 벤치로 자리를 옮겼다.

"1955년 나는 폴란드에서 기숙사를 무단 탈출하고 서방 세계로 망명을 시도한 정치 사상범으로 몰렸습니다. 말도 안 되는 누명이었죠. 당시엔 반항아나 정신이상자들은 무조건 북으로 송환되었습니다. 애초부터 문제가 될 아이들은 제거한다는 목표가 있었습니다. 북으로 송환된 이후 내가 간 곳은 함경북도에 있는 한 정치범 수용소였습니다. 지옥 같은 곳이었습니다. 수용소에 감금된 첫날부터 모진 고문을 받았습니다. 거의 매일같이 구타가 계속되었습니다. 공화국을 배신하고 서방 세계로 탈출한 이유와 뒷배가 누군지, 함께 탈출 공모를 꾸민 배신자들의 이름을 대라는 것이었습니다. 그 이야기를 듣고 기가 찼습니다. 기숙사를 탈출한 건 새로운 세상에 대한 호기심 때문이었고, 그때 갖고 있던 오스트리아행 기차표는 폴란드 친구들과 파리로 여행을 가자는 약속 때문에 갖고 있던 것이었습니다. 공화국을 배신하고, 망명을 시도했다는 것은 전부 거짓말이었습니다. 하지만 진실을 이야기한다고 달라진 것은 없었습니다. 그래서 늘 하던 대로 수용소를 탈출했습니다. 그러다 붙잡히고 다시 또 탈출하길 몇 번이나 반복했습니다. 나중에는 더 이상 상종할 수 없는 놈이라며 수용소 교도관들이 혀를 내두르더군요. 결국 함경북도 신산이라는 탄광으로 이송이 되었습니다. 누구도 살아서는 돌아올 수 없는 막장으로 내몰린 것입니다."

* * *

함경북도 신산 탄광 곳곳에는 천리마 운동을 독려하는 포스터들이 어지럽게 붙어 있었다. 동화는 화차에 실려 나온 석탄에서 이물질을 골라내는 작업에 배치되었다. 몇 시간씩 일을 해도 누구 하나 교대해주는 사람이 없는 고된 노동이었다. 하지만 수십 미터 갱도로 내려가 탄을 캐는 막장 인부들보다는 나은 조건이었다. 갱도에서 막 빠져나온 광부들이 동화를 스쳐지나갔다. 그들의 몸은 하나같이 석탄 가루로 까맣게 물들어 있었다. 오직 보이는 거라곤 하얀 눈동자들 뿐이었다. 동화는 무심코 그들을 바라보다 무리들 속에서 어디선가 낯익은 얼굴 하나가 보였다. 이지적이면서도 선한 눈매, 검은 석탄 가루에 가려져 있었지만, 분명 자신이 아는 얼굴이었다. 동화는 움직이는 사람들 사이에서 다시 그 남자에게로 시선을 고정시켰다. 순간 동화의 눈이 커졌다. 놀랍게도 그 남자는 폴란드 김일성학교의 교장 리명준이었다. 전쟁터에서 자신과 동생 보배의 목숨을 구해준 생명의 은인, 아무리 석탄 가루를 온몸에 뒤집어 쓰고 있다고 해도 명준을 못 알아볼 수는 없었다. 동화는 손을 모아 리명준의 이름을 외쳤다.

"리명준 선생님?"

누군가 자신의 이름을 부르는 소리에 놀라긴 명준도 마찬가지였다. 명준이 고개를 두리번 거리며 주위를 살폈다. 명준의 시선 속에 동화의 모습이 들어왔다. 폴란드에서 강제 추방당했던 바로 그 정동화였다. 두 사람은 주위의 시선을 의식한 듯 서로 눈빛만으로 인사를 나눴다. 달려가 부둥켜 안아 보고 싶었지만, 시선이 너무 많았다. 함부로 많은 사람들 앞에서 아는 체를 했다가는 두 사람에게 무슨 안 좋은 일이 생길지 알 수 없었다.

어둠이 깔리자 동화는 몰래 명준의 기숙사를 찾았다. 다들 저녁 식사를 하고 잠시 동안 휴식을 취하고 있던 중이라 동화의 존재를 특별히 이상하게 생각하는 사람들은 없었다. 정동화가 침대에 누워 있는 리명준에게 다가갔다.

"선생님. 어쩌다 여기에 계신 거예요. 이런 탄광에 계실 분이 아니잖아요. 도대체 무슨 일이 있었던 겁니까?"

명준이 멋적은 표정을 지으며 대답했다.

"일이 좀 그렇게 됐다. 너야 말로 여긴 어쩐일이냐?"

"저도 아까 선생님 모습 보고 정말 깜짝 놀랐어요. 선생님을 이곳에서 만나게 될 줄을 상상이나 했겠어요."

"그래, 나도 반가웠다. 나는 당의 정책으로 교육부에서 지방으로 발령을 명령받았다. 몇 명 선발자 명단에 어쩔 수 없이 내가 들어가게 된 거지…… 아무튼 그 이야기는 나중에 다시 하도록 하고. 넌 어떻게 지냈니?"

"저도 일이 좀 많았어요. 집에서 새던 바가지가 밖에서는 안 새겠어요? 공화국으로 귀환된 다음에도 몇 번 탈출을 했어요. 수용소에서 살 수가 있어야죠. 그렇게 계속 도망을 치니까 안 되겠는지 이곳 탄광으로 보내더군요."

"그랬구나. 동화야. 그때 폴란드에서는 정말 미안했다. 나로선 그때 어떻게 해볼 도리가 없더구나. 널 그렇게 보내고 나서 정말 괴로웠다."

"알아요. 그리고 선생님이 미안해 하실 필요 없어요."

"아무튼 너를 여기서 만나다니 반갑구나. 세상 일은 정말 알 수 없는 것 같다."

"그런데 선생님, 제 동생 보배는 어떻게 잘 지내고 있나요?"

"그러니까 보배가 말이다."

명준은 대답을 할 수 없었다. 북한 국경에서 행적을 알 수 없는 곳으로 끌려간 보배에 대해서 자신도 아는 게 없었기 때문이다.

"보배한테 좀 문제가 생겼다."

이야기를 하려는 순간, 식사를 마친 광부들이 안으로 들어왔다. 더 이상 그런 이야기를 나누기에는 왠지 불안한 느낌이 들었다. 동화는 눈빛으로 밖으로 나가자는 신호를 보냈다. 두 사람은 남들의 눈에 띄지 않게 조용히 자리에서 일어나 기숙사 밖으로 나갔다.

기숙사 밖 화장실 근처에는 가로등 불빛 하나만 외롭게 빛나고 있었다. 명준은 조금 전 못한 이야기를 이어나갔다. 시베리아 횡단 열차를 타고 북중 국경을 지나자마자 군인들이 열차 안으로 들어와 아이들을 어디론가 끌고 갔던 바로 그 이야기였다. 동화는 명준의 이야기를 묵묵히 듣고만 있었다.

"어떻게든 보배를 구해보려고 했지만 소용이 없었다. 그때 이후로 보배가 어디로 갔는지 아무도 아는 사람이 없더구나. 어떻게든 찾아봐야 할 텐데, 병호도 그렇고……"

명준의 이야기를 들은 동화의 눈빛이 일그러졌다. 동화는 주체할 수 없는 감정이 가슴 한가운데에서 끓어오르는 걸 느꼈다. 소리라도 지르고 싶었지만 어금니를 깨물고 참았다.

"선생님, 그거 아세요. 보배가 텃밭에서 배추를 심은 적이 있었어요. 고국에서 가져온 배추 씨가 폴란드라는 낯선 땅에서 싹을 틔우는 것을 보고 너무 행복해 했어요. 그 배추 씨앗들처럼 보배도 낯선 땅에서 적응해서 뿌리를 내리고 싶다고 했어요. 그게 보배의 소박한 소망이었어요. 나중에 배추가 다 자라면 김치를 만들어주겠다고 약속도 했지요. 그때 보배가 심은 배추들이 잘 자랐는지 모르겠네요. 보배가 만들어주는 김치를 꼭 먹고 싶었는데, 그걸 먹지도 못하고 떠났네요. 오빠란 놈이 동생한테 제대로 인사도 못하고 떠났습니다."

"그래. 잘 안다. 보배도 어딘가에서 잘 있을 거다. 살아 있다면 언젠가 다시 만날 수 있지 않겠니?"

"선생님, 정말 그게 가능할까요?"

명준은 동화의 갑작스러운 질문에 뭐라고 대답을 해야 좋을지 적당한 말을 찾을 수 없었다. 대답은 고사하고 막상 자기 앞가림조차 제대로 하지 못하고 있는 자신의 처지가 부끄럽게만 느껴졌다.

"이젠 지긋지긋합니다."

"동화야. 살아 남아야 해. 아무리 힘겨운 상황이라도 참고 견뎌서 살아 남아야 한다."

"이런 곳에서 산다는 게 의미가 있나요?"

명준은 묵묵히 동화의 말을 듣기 시작했다.

"저는 넓은 세상이 보고 싶었어요. 폴란드에서도 남들은 제가 무슨 큰 죄라도 지은 것처럼 말을 했지만, 전 그냥 남들이 가보지 않은 넓은 세상을 마음껏 여행하고 싶었어요. 그게 전부에요."

"그래. 잘 알고 있다."

"선생님, 한 가지 궁금한 게 있어요."

"뭔데? 말해봐라."

"자유가 도대체 뭐죠?"

"자유?"

명준은 대답을 할 수 없었다.

"그게 뭐길래 사람들이 목숨까지 바치면서 두려움 없이 나설 수 있는 걸까요?"

"글쎄다. 나도 뭐라고 설명해야 좋을지 모르겠구나."

"강제 추방되는 열차에 헝가리 부다페스트 공대에 다니던 대학생들이 있었어요. 그들과 같이 이야기를 나눌 기회가 있었습니다. 그 대학생은 다리에 총을 맞아서 제대로 걷지도 못하더군요. 그래서 어찌된 일인지 물었습니다. 부다페스트에서 친구들하고 소련군과 맞서 싸웠다고 하더군요. 그것 때문에 불순분자로 찍혀서 결국 강제 송환 열차에 타게 됐다고 합니다."

"당의 노선에 반대하는 사람들은 그때 모두 그 열차에 올라서 북으로 송환되었지."

"그래서 그 사람에게 물었습니다. 무엇 때문에 총을 들었냐고요. 겁나지 않았는지, 목숨을 잃을 수도 있는데 그럴 가치가 있었냐고 물었습니다."

"그 사람이 그렇게 말하더군요. '거창한 이유는 없다. 그저 친구들을 지키기 위해서 내가 해야 할 도리를 한 거다', 라고요. 그리고는 저에게 물었습니다. '동무는 자유가 뭔지 아시요?'. 저는 그 질문을 받고 한참을 생각했습니다. 대답을 쉽게 할 수 없었습니다. 왠줄 아세요? 살면서 자유에 대해서 생각해본 적이 없었기 때문입니다. 심지어 그런 말조차 사용한 적이 없었습니다. 하지만 저는 그 사람의 마음을 조금은 이해할 수 있었습니다. 그건 제가 폴란드에서 기숙사 담장을 넘을 때 느꼈던 것과 같은 감정이었거든요."

"그랬구나."

"선생님! 저는 이곳을 나갈 거예요. 선생님도 저랑 같이가요!"

"어디로?"

명준의 표정이 굳어졌다.

"국경을 넘을 겁니다."

"위험할 텐데……"

"위험하겠죠. 하지만 어디든 여기보단 낫지 않겠어요?"

명준은 동화의 말을 듣고 깊은 생각에 잠겼다.

"선생님. 용기를 내셔야 해요. 여기 있다간 결국 개죽음만 당할 겁니다. 저만 믿으시면 됩니다!"

명준은 쉽게 대답할 수 없었다. 깊은 한숨이 대답 대신 흘러 나왔다. 명준은 품속에 숨겨두었던 사진 한 장을 꺼냈다. 레나와 딸 파란의 모습이 있는 반쪽 사진이었다. 동화가 사진을 보고 놀라며 말했다.

"아! 이 분은 레나 폴리니 선생님?"

"그래. 우리 결혼했다. 가운데 있는 아이가 내 딸이야. 파란이라고 이름을 지었다."

"두 분 결혼하셨군요! 너무 좋아 보여요. 아이 이름이 파란이라구요? 이름도 참 이쁘네요."

"이제 두 살 됐다. 조선과 폴란드가 낳은 아이란 뜻이지……"

"정말 축하드려요. 그런데 왜 사진이 반으로 찢어져 있는 거죠?"

* * *

선우진은 정동화의 이야기를 들을 때마다 표정이 변해 갔다. 낡고 오래된 반쪽짜리 사진속에 이런 엄청난 비밀이 간직되어 있으리라고는 상상도 할 수 없었다. 동화가 들려주는 이야기들은 지금까지 자신이 찾아내지 못했던 나머지 퍼즐의 조각들이었다. 그건 살아 남기 위해 처절하게 자신과 싸워야 했던 사람들의 숭고한 이야기였다. 이야기를 할수록 동화는 과거를 떠올리는 것에 힘겨워했다. 하지만 그는 마지막 남은 한 조각의 퍼즐을 맞추기 위해 이야기를 계속 이어나갔다.

"그때 제가 리명준 선생님께 탈출을 하자고 말만 꺼내지 않았어도 일이 이렇게 되지는 않았을 겁니다."

"그럼 리명준 선생님은 결국……"

동화는 자신의 코트 안쪽에서 노란색 봉투 하나를 꺼냈다. 선우진이 그가 건넨 봉투를 묵묵히 받아들었다.

"그 안에 리명준 선생님이 쓰신 편지가 들어 있습니다. 사모님께 보내는 편지입니다."

선우진은 봉투를 열고 안에 담겨 있는 내용물들을 확인했다. 하얀색 편지 봉투에 깨알같이 글씨가 적혀 있었다. 가지런히 볼펜으로 눌러 쓴 흔적이 보이는 명준의 편지였다. 그리고 편지와 함께 색바랜 낡은 서류 몇 장도 눈에 들어왔다.

"그런데 이 서류들은 뭐죠?"

"선생님이 탄광에서 빼낸 기밀문서입니다. 6.25때 북한에 끌려 온 남한 국군 전쟁포로 명단이 실려 있습니다. 대부분 탄광 노동자로 살아가고 있더군요."

“네? 남한 전쟁포로?”

“몇몇 분들로부터는 자신이 국군임을 증명하는 군번을 받았습니다. 사진하고 고향에 있는 가족들에게 보내는 편지도 있습니다. 북한이 감추고 있었던 역사의 사실들입니다. 수만 명의 국군포로들이 제네바 협약의 보호를 받지 못하고 북한에 감금되어 있는 현실입니다. 어쩌면 북측을 압박할 수 있는 자료가 될 것입니다.”

“이런 소중한 자료를 저희에게 주시는 이유가 뭔지 여쭤봐도 될까요?”

“그게 리명준 선생님의 마지막 소원이기도 하니까요.”

“마지막?”

* * *

결국 동화와 명준은 수용소를 탈출하기로 마음먹었다. 수용소에서 국경까지는 수십 킬로미터 떨어져 있었지만, 마음만 먹으면 국경을 넘는 것은 불가능한 일이 아니었다. 동화와 명준은 기숙사를 탈출해서 곧바로 국경까지 쉬지 않고 달렸다. 그들은 압록강이 흐르고 있는 조중 국경 경비대에서 불과 수백 미터 떨어져 있는 곳이었다.

두 사람은 목숨을 건 마지막 탈출을 준비했다. 어둠이 내릴 때까지 둘은 풀숲에 몸을 숨기고 있었다. 계절은 여름으로 바뀌고 있었지만, 밤이 되자 기온이 차갑게 떨어졌다. 멀리서 국경 경비대들이 교대를 하기 시작했다. 어둠에 휩싸인 강가에는 흘러가는 물소리만 들릴 뿐고요한 침묵으로 가득 차 있었다. 동화가 먼저 숲속에서 몸을 반쯤 일으켜 세웠다. 사방을 둘러 본 뒤 명준에게 귓속말로 속삭였다.

"선생님, 이제 움직여야 합니다. 이곳만 넘으면 안전합니다. 장마 탓에 물살이 제법 셉니다. 제가 드린 밧줄을 꼭 잡고 따라오십시요. 제가 앞서 가겠습니다."

"그래. 알았다."

동화는 자신의 몸을 묶고 있던 밧줄 끝을 명준의 손에 쥐어주었다.

"선생님, 절대 이 줄을 놓지 마세요."

명준은 대답 대신 고개를 끄덕였다. 먼저 동화가 강물에 몸을 담갔다. 졸졸거리며 흘러가는 강물 소리에 묻혀 동화가 물속에 들어가는 소리는 들리지 않았다. 몇 미터 앞서 가던 동화가 명준에게 손짓을 했다. 이제 명준의 차례였다.

하지만 국경까지 쉬지 않고 달려온 명준의 몸은 차가운 물살을 견디기에 힘에 부쳤다. 물살은 생각보다 차고 거칠었다. 간신히 동화가 건네준 밧줄을 붙잡고 명준은 힘겹게 한 발 한 발 앞으로 나아갔다. 어느새 동화는 강 한가운데까지 도착해 있었다. 순간 강이 깊어졌는지 동화의 머리가 물속에 잠겼다 떠오르길 반복했다. 차가운 물살에 명준의 몸이 떨리기 시작했다. 그러다 그만 발 밑의 돌멩이에 발을 헛디디면서 명준이 균형을 잃고 쓰러졌다. 몸을 일으켜 세우려고 허우적거리는 소리가 고요한 밤하늘의 정적을 깼다. 그 순간 초소 안에 있던 북한 경비병들이 밖으로 뛰어나오는 소리가 들렸다. 강물 위로 서치라이트가 대낮처럼 환하게 빛을 뿜었다.

"어떤 간나 새끼야? 정지하라우! 움직이면 발포하갔어!"

동화는 마음이 급해졌다. 이제 몇 미터만 더 가면 중국 땅이다. 더 이상 지체할 수 없었다. 물살을 가르며 두 팔을 휘젓기 시작했다. 물소리는 더욱 커져만 갔다.

"저기 저쪽, 두 놈입네다!"

"서라! 서지 않으면 발포하갔어!"

명준의 마음도 급해졌다. 동화가 한 것처럼 두 팔로 물살을 휘저어 보지만 이미 지칠 대로 지친 몸으로는 앞으로 헤엄쳐 가기가 쉽지 않았다. 동화는 이미 강가에 도착해 있었다. 땅 위로 올라선 동화가 있는 힘껏 밧줄을 잡고 명준을 끌어 당기기 시작했다.

"선생님 조금만 더 빨리 이쪽으로! 어서요!"

"마지막 경고다. 멈춰라! 발포하갔어!"

"아니다. 동화야 너 먼저 가! 어서!"

순간 북한군들이 소총을 장전하는 소리와 함께 총구에서 불이 뿜어져 나왔다. 총소리가 새벽 밤하늘에 울려퍼졌다. 어둠을 가르며 총탄의 노란 빛줄기가 명준이 있는 강물 위로 빗발치기 시작했다. 동화는 땅바닥에 몸을 숙이고 더욱 세게 밧줄을 잡아 당겼다. 조금씩 명준의 몸이 물 바깥으로 나오는 게 보였다.

잠시 후 명준의 몸이 강가에 닿았다. 동화는 명준을 부축해서 강둑을 넘었다. 둘은 살기 위해서 전속력으로 달렸다. 칠흙 같은 어둠 속에서 두 사람이 뛰어가는 발소리만 들릴 뿐이었다. 둘의 모습이 보이지 않자 경비병들의 총소리도 더 이상 들리지 않았다. 동화는 강둑 너머의 갈대밭으로 뛰어 들어갔다. 일단은 몸을 숨길 곳이 필요했다.

"선생님, 이제 살았어요!"

동화가 들뜬 표정으로 뒤 따라오던 명준을 향해 고개를 돌렸다. 그런데 명준이 보이지 않았다. 아무것도 보이지 않는 어둠 속에서 어디선가 힘겨운 신음소리만 들려왔다. 명준의 목소리였다. 동화는 소리가 나는 쪽으로 몸을 돌렸다. 간신히 풀밭에 누워 숨을 헐떡거리고 있는 명준을 찾아냈지만, 이미 그의 가슴에선 핏줄기가 펌프질 하듯 솟구치고 있었다. 동화는 미친듯이 명준의 가슴에 손바닥을 가져갔다. 하지만 아무리 막으려 해도 솟구치는 핏줄기를 막을 방법은 없었다. 명준의 눈동자가 초점을 잃어가는 게 보였다.

"선생님! 정신 차리세요. 여기서 쓰러지면 안 됩니다. 제발 일어나세요!"

"동화야. 아무래도 난 안 되겠어. 너 혼자 가야 할 것 같아."

"그럴 수 없어요. 여기까지 어떻게 왔는데요."

"아냐. 너무 지쳤어. 눈앞에 아무것도 보이질 않아."

"선생님, 저 혼자 어떻게 가요! 같이 가셔야죠! 어서 일어나세요."

"아니다. 괜히 나 때문에 너까지 위험해져. 어서 가라!"

동화는 명준을 안고 흐느끼기 시작했다.

"선생님! 안 돼요! 여기다 선생님을 두고 갈 수는 없어요!"

자신의 운명 앞에서 시간이 얼마 남지 않았음을 이미 명준은 알고 있었다. 명준은 피에 젖은 손으로 동화의 손을 움켜 잡았다. 이미 명준의 몸은 차갑게 식어가고 있었다. 명준은 벌벌 떨리는 손으로 가슴

속에서 사진 한 장을 꺼냈다. 평양역에서 레나와 나눠 가졌던 바로 그 반쪽 사진이었다.

"동화야. 나 대신 이 사진좀 갖고 가줘. 나머지 반쪽은 레나가 갖고 있거든……"

명준은 마지막으로 한 번 더 힘을 내서 사진 속에 있는 레나와 딸의 모습을 손가락으로 어루만졌다.

"꼭 돌아간다고 했는데…… 아무래도 어려울 것 같아."

"안돼요. 선생님! 다들 기다리고 있잖아요. 제가 모시고 갈게요."

"아니야! 그럴 필요 없다."

명준은 이제 말할 기력조차 없었다.

"죄송해요! 선생님……!"

"그런 생각하지 마라. 그리고 가방에 있는 남쪽 군인들 명단…… 그 사람들 가족과 만날 수 있게 꼭 애써주게. 평생을 노예처럼 살았던 사람들이야. 죽기 전에 빛을 볼 수 있게……"

"네. 선생님. 제가 꼭 전달하겠습니다."

"그럼 됐다."

"선생님. 힘을 한 번 내보세요. 제가 일으켜 드릴게요."

"난 여기까진 것 같아. 레나가 무척 보고 싶구나. 파란이도……"

"선생님, 안돼요! 정신 차리세요!"

"동화야. 너는…… 살아서 꼭 고향에 돌아가거라."

"선생님!"

그것이 명준의 마지막이었다. 동화는 명준을 부둥켜 안고 소리내서 울기 시작했다. 이름도 알 수 없는 낯선 중국 땅에서 그렇게 명준은 생을 마감했다. 죽는 순간까지도 명준은 손에서 가족 사진 반쪽을 놓치지 않았다.

* * *

이른 아침 선우진이 몰고 온 자동차 한 대가 레나의 집 앞에 멈췄다. 잠시 후 아파트 입구에서 레나가 딸 파란의 부축을 받으며 현관문을 나서는 모습이 보였다. 오늘 그들이 가려고 하는 곳은 '친선의 탑'이라는 오벨리스크가 세워져 있는 프와코비체다. 그곳은 40여 년 전 남편 리명준과 북한 아이들을 처음 만났던 곳이자 평범했던 레나의 삶이 운명처럼 바뀐 곳이기도 했다.

레나를 태운 자동차가 목적지를 향해 움직였다. 그동안 레나는 단 한 번도 그곳을 찾지 않았다. 왠지 그곳에 가면 북한에 남겨 두고 온 남편에 대한 미안함과 그리움이 밀려 올 것 같았다. 지금도 북한 땅 어디에선가 살아 있을 남편 리명준, 레나는 그의 흔적과 마주하는 것이 두려웠다. 다시 돌아간다고 약속했건만, 자신은 더 이상 북한 땅 한 자락도 밟지 못했다.

그동안 남편의 구명을 위해서 레나는 안 해본 일이 없었다. 국제적십자, 앰네스티를 찾아가 남편의 귀환을 호소했다. 바르샤바 북한 대사관에는 문턱이 닳도록 찾아갔다. 남편을 가족의 품으로 돌려달라, 만약 그것이 어렵다면 자신의 입북 비자를 승인해 달라. 하지만 북한 당국은 단 한 번도 레나의 요청에 응하지 않았다.

그렇게 40여 년의 세월이 흘러갔다. 남들은 포기하고 새로운 인생을 찾으라고 말했지만, 레나는 남편을 포기할 수 없었다. 그녀에게는 명준과 지켜야 할 약속이 있었다. 숱한 어려움과 난관을 뚫고 결혼하던 순간 함께 약속했던 사랑의 맹세였다. 그건 레나에겐 이 세상 어느 것과도 바꿀 수 없는 숭고하고 행복한 순간들이었다.

차 안에서 자리를 잡고 앉자마자 레나는 손가락에 낀 반지를 만졌다. 그녀의 오랜 습관이었다. 옆자리에 앉아 있던 파란에게는 늘 보아왔던 어머니의 일상적인 모습이었다. 오늘은 왠지 그동안 마음속에 묻어 두었던 말이 하고 싶어졌다. 파란은 어머니의 눈치를 살피며 조심스럽게 말을 꺼냈다.

"엄마. 한가지 부탁이 있는데요. 이제 그 반지 좀 빼시면 안 되요?"

"반지를 왜?"

"아니, 엄마 손가락 좀 보세요. 반지가 작아져서 살 속을 파고들고 있잖아요. 불편하지도 않으세요?"

"괜찮아."

"반지 때문에 손가락이 퉁퉁 부었잖아요."

"이 반지를 어떻게 빼겠니. 너의 아버지가 결혼 선물로 준 반지를."

레나는 언제나처럼 반지를 손가락으로 만지작 거렸다.

"그런데 그거 알고 있니? 반지 안에 글씨가 새겨져 있는 거 말야."

"글씨요?"

레나는 빙긋이 웃으며 손가락에 끼어 있는 반지를 돌려서 힘겹게 빼냈다.

"잘 봐. 그럼 보일 거야."

파란이 눈을 가늘게 뜨고 반지 안쪽을 살폈다. 잠시 후 파란이 눈동자가 커졌다. 진짜 반지 안에 깨알 같이 새겨진 글씨가 있었다.

"정말 글씨가 새겨져 있네요."

"뭐라고 써 있니?"

"1958, MJ?. 명준? 아빠가 새긴 거예요?"

"그래. 아빠가 새긴 글씨야. 네가 태어나기 전이었지. 결혼할 때 아빠는 반지를 두 개 살 형편이 못 됐어. 그땐 참 가난했던 시절이었거든, 그래서 반지를 하나밖에 살 수가 없었단다. 아빠는 비록 반지는 하나밖에 없지만 늘 우리 둘이 같이 있어야 한다면서 반지에 아빠 이름을 새겨 넣었어."

"영원히 함께 한다는 뜻이겠죠?"

"그래. 이 반지를 끼고 있으면 언제나 네 아버지와 함께 있는 기분이 들어. 죽을 때까지 빼지 않을 생각이다."

파란은 고개를 돌려 차창 밖으로 시선을 옮겼다. 어머니의 고집을 꺾을 수 없다는 사실에 기분이 상했지만, 다른 한편으론 그런 어머니가 자랑스러웠다. 만약 자기라면 어땠을까? 시간과 공간을 뛰어넘는 사랑이 있을 수 있을까? 과연 어머니처럼 한 사람과의 사랑을 지킬 수 있었을까?

어머니와 아버지의 모습을 통해 파란은 자신을 돌아보고 있었다. 전쟁과 죽음, 냉전과 이데올로기가 거칠게 휩쓸고 간 1950년대라는 시간이 어쩌면 사람들을 더 강하게 만든 것은 아니었을까. 그래서 지금보다 더 숭고하고 아름다운 인간의 이야기를 써내려 갈 수 있었던 것은 아니었을까.

문득 파란의 머릿속에는 여러 가지 생각들이 교차했다. 어떤 면에서 보면 그 모든 물음들은 앞으로 살면서 자신이 답을 찾아야 하는 질문들이기도 했다. 비록 아버지에 대한 애틋한 기억 같은 건 없지만, 순간 어머니가 사랑했던 남자, 아버지 리명준이 간절히 보고 싶어졌다.

레나 일행을 태운 자동차는 몇 시간 후 프와코비체에 도착했다. 선우진은 친선의 탑이 세워진 검은숲 근처에 차를 댔다. 차에서 내린 레나와 파란이 서로 손을 잡고 선우진의 뒤를 따라 숲속 길로 들어섰다. 멀리서 세월에 색이 바랜 삼각형 오벨리스크 친선의 탑이 보였다. 곳곳이 비바람에 파이고 눈과 비를 맞으며 오랜 세월을 버틴 오벨리스크였다. 비록 성한 데는 없었지만, 폴란드에서 함께 탑을 만들었던 사람들의 흔적을 모두 지울 수는 없었다.

레나 일행이 오벨리스크에 도착하는 것과 때를 맞춰 폴란드 노인들이 탑 주변으로 모여들기 시작했다. 1950년대 이곳에서 북한 아이들과 함께 생활했던 폴란드의 친구들이었다. 그 뒤를 따라 지역 방송국에서 나온 촬영팀이 합류했다. 노인들 손에는 저마다 손에 꽃 한 송이가 들려 있었다. 그들은 한 사람씩 '친선'이라고 적힌 오벨리스크 앞에 꽃을 내려놓고 머리를 숙여 묵념을 했다.

잠시 후 폴란드 노인 하나가 레나에게 다가와 손을 잡으며 말을 건넨다.

"레나 선생님, 잘 지내셨어요? 저 미하우입니다."

정동화와 함께 기숙사 담장을 넘어 세상 끝까지 달려가 보자고 약속했던 미하우였다.

"미하우? 동화의 친구 미하우? 당신이 미하우에요?"

"맞습니다. 동화랑 기숙사 밖에 놀러 다니다 혼나기도 많이 했죠."

"세월이 참 많이 흘렀네요. 당신도 이렇게 늙은 걸 보니까."

레나의 눈가가 촉촉히 젖어들기 시작했다.

"그때 이후로 동화에 관한 소식은 없었나요?

"아직……"

"참 좋은 친구였는데, 많이 보고 싶네요. 만약 동화와 연락이 닿으시면 폴란드에서 미하우가 꼭 만나고 싶어한다고 전해주십시요."

"알겠습니다."

미하우는 이야기를 마치고 하얀 국화를 오벨리스크 탑 위에 올려놓았다. 다음으로 지팡이에 몸을 의지한 할머니가 힘겹게 레나 곁으로 다가왔다. 곁에는 중년의 남자가 부축을 하고 있다. 이번에는 레나가 먼저 여자를 알아 봤다.

"베로니카! 베로니카 맞죠?"

"네. 선생님. 저예요. 베로니카. 잘 지내셨어요?"

"살아 계셨군요. 정말 반갑습니다. 파란아. 이 분이 베로니카 씨다.

인사드려라."

레나는 옆에 있던 파란을 베로니카에게 소개했다.

"안녕하세요?"

"아. 따님이군요. 반가워요. 리명준 선생님을 많이 닮았네요."

파란이 쑥스럽게 웃었다.

"정말 남편을 많이 닮았죠. 성격까지 비슷할 때가 많습니다."

"그렇군요. 선생님, 혹시 이 아이 기억 나시나요?"

베로니카가 손에 들고 있던 사진을 레나에게 건넸다. 정보배의 사진이었다.

"보배, 보배잖아요. 정말 오랜만에 이 아이 얼굴을 다시 보네요. 참 예쁜 아이였는데……"

"혹시 보배 소식 들으셨나요?"

"아니요. 안타깝게도 저도 알지 못합니다."

"참 보고싶네요. 어떻게 살고 있는지……"

"저도 보고 싶습니다."

"남편 분 소식은 아직 없구요?"

"네. 아직 없네요."

"아직 재회를 못하고 계시다니 정말 안타깝습니다."

"그러게요. 하지만 언젠가 돌아올 거예요."

"돌아오실 거예요. 저도 하느님께 기도하겠습니다."

"감사합니다."

"선생님, 그리고 잠깐 이쪽으로 와보시겠어요?"

베로니카는 레나의 손을 잡고 오벨리스크 뒷편으로 인도했다. 레나는 조심스럽게 한 걸음 한 걸음 오벨리스크 뒷쪽으로 자리를 옮겼다.

"선생님, 이것 보셨어요?"

베로니카가 다시 레나에게 물었다.

"뭘 말씀하시는 건지요?"

레나는 걸음을 옮기느라 숙이고 있었던 고개를 천천히 들었다. 조금씩 레나의 눈에 탑 뒷면이 보였다. 순간 레나는 비명이라도 지를 듯 놀라며 손을 입으로 가져갔다. 탑 뒷면에는 누군가의 이름이 새겨져 있었다.

'최병호, 정보배, 이숙자, 이연자, 고동훈, 강철민, 박현숙, 조미연, 김선자, 이주연, 김연호'

아이들의 이름이었다. 언제 아이들이 이곳에 와서 이름을 새겨넣었는지 정작 레나 자신은 알지 못했다. 아마 폴란드를 떠나기 직전이지 않았을까. 베로니카가 레나의 손을 이끌고 아이들의 이름이 새겨진 탑 앞으로 인도했다.

"몰래 기숙사를 빠져 나와서 여기다 이름을 새겼다고 합니다. 아이들이 이걸 돌 위에 새기기 위해 얼마나 힘들었을까요?"

레나는 돌 위에 새겨진 아이들의 이름을 손으로 만져보기 시작했다. 손끝에 하나하나 새겨진 이름들을 느낄 때마다 아이들의 얼굴이 떠올랐다. 레나는 목이 메였다.

“아이들이 어떻게 돌 위에 이름을 새길 생각을 했을까요?”

레나는 충격에 할 말을 잃어버린 표정이었다. 베로니카가 레나 곁으로 다가와 어깨를 감싸며 말했다.

“저도 이걸 볼 때마다 가슴이 먹먹해집니다. 이걸 새길 때 그 아이들 심정이 어땠을까요? 폴란드를 떠나는 게 얼마나 싫었으면 돌 위에 이렇게 이름을 새겼겠어요. 저는 가끔 아이들을 생각할 때면 한 가지 드는 생각이 있습니다. 어쩌면 정말 아이들은 마음속에 두 개의 고향을 간직하고 살았던 게 아닌가 싶어요. 하나는 자신이 태어났던 고향, 그리고 또 하나는 사랑하는 이들과 가족 같은 사람들이 있는 마음의 고향 말입니다. 아이들의 그 심정을 생각하면 저도 모르게 자꾸 눈물이 납니다.”

베로니카는 고개를 돌려 눈물을 보이지 않으려 했다. 레나는 너무나 큰 충격을 받아 아무런 말도 할 수 없었다. 그저 묵묵히 오벨리스크 위에 새겨져 있는 아이들의 이름들을 손으로 어루만지고 있을 뿐. 그 이름들을 만질 때마다 손끝으로 마치 아이들의 머리를 쓰다듬고 있는 듯한 느낌이 들었다. 베로니카의 말처럼, 정말 아이들에게는 두 개의 고향이 존재하고 있었고, 아이들은 그 마음속 두 번째 고향을 향해 지금도 어디선가 돌아올 날을 간절히 기다리고 있는 것은 아닐까?

“병호야! 보배야! 얘들아 너희들이 너무 보고 싶구나……”

레나는 아이들의 새겨진 이름을 불렀다. 돋보기 안경 너머로 레나의 두 눈에서 눈물이 흘러내렸다. 그런 레나의 모습을 뒤에서 지켜보고 있던 폴란드 노인들의 눈에도 이슬이 맺혔다. 파란이 레나 곁에 다가가 어깨를 감싸며 위로를 했다. 그들의 모습은 방송사 촬영팀 카메라에 고스란히 기록되고 있었다.

잠시 후 방송국 프로듀서로 보이는 남자가 노인들에게 앞으로 다가가 머리를 숙이며 인사를 했다.

"여러분들께 이렇게 인사를 드릴 수 있어 너무 기쁩니다. 이곳에 와 보니 여러분들의 순수했던 마음들이 그대로 느껴집니다. 저희는 여러분들의 모습을 기록으로 남기는 작업을 하고 있습니다. 가능하다면 영상을 북한에 전달할 수 있도록 노력할 생각입니다. 여러분들이 친구들에게 전하고 싶은 메시지를 남겨주시면 저희들이 나중에 어떤 방법으로든 북한에 전달할 수 있도록 하겠습니다."

"그 친구들도 많이 늙었을 텐데, 이렇게라도 영상을 통해서 볼 수 있으면 좋겠네요."

"그럼 시작하겠습니다."

카메라를 든 촬영기사가 노인들 앞으로 가서 자리를 잡았다. 잠시 후 카메라 앞에 달린 녹화 버튼에 빨간 색 불이 들어왔다.

"할머니 성함은 어떻게 되시죠?"

"내 이름은 소피아입니다. 내가 기억하는 친구의 이름은 김금순이었습니다. 그녀는 검은 단발머리에 웃을 때 뺨에 보조개가 살짝 드러나던 예쁜 친구였습니다. 나중에 어른이 된 다음에 꼭 다시 만나자고 약속했는데, 벌써 세월이 많이 지났네요. 지금도 그녀가 많이 보고 싶군요."

그녀의 인터뷰를 시작으로 카메라에 한 사람 한 사람 노인들의 이야기가 담기기 시작한다.

"나는 릴카입니다. 내가 만나고 싶은 아이는 박인숙하고 전낙원입니다. 그들과 아주 친하게 지냈습니다. 떠나기 전날에는 호숫가에 앉아서 손잡고 하루종일 울었던 기억이 납니다. 꼭 다시 만나자고 했는데 지금 어떻게 지내는지 궁금합니다. 오래오래 건강하게 살아서 다시 만날 수 있으면 좋겠습니다."

"나는 베셀린입니다. 내 친구 이름은 최병호였습니다. 운동도 잘하고 참 믿음직한 친구였습니다. 가끔 우리 집에 놀러와서 어머니가 해주시던 폴란드 요리를 먹곤 했죠. 그 친구는 늘 저에게 부럽다고 말했습니다. 부러울 게 없는 평범한 생활이었는데, 그래도 그 친구에겐 좋아 보였나 봅니다. 편지를 쓰기로 했는데 갑자기 연락이 끊어져 버렸습니다. 건강하게 잘 지내기를 기원합니다."

폴란드 노인들이 한 사람씩 카메라 앞에서 촬영을 하고 있는 사이, 레나는 걸음을 옮겨 앉을 곳을 찾았다. 오랜만에 숲속을 걸어온 때문인지 다리가 아파왔다. 그루터기 위에 앉아 숨을 돌리고 있는 레나 곁으로 선우진이 다가왔다.

"괜찮으신가요?"

"역시 나이는 역시 못 속이겠네요."

"여사님께 한 가지 전달할 게 있어요."

선우진은 조용히 주머니에서 편지를 꺼냈다. 동화가 갖고 왔던 죽은 리명준의 편지였다.

"정동화 씨가 레나 선생님께 전달해 달라고 부탁한 것입니다."

레나는 묵묵히 편지를 받았다.

"동화는 오지 않나요?"

"아직은 용기가 나지 않는다고 합니다."

레나가 떨리는 손으로 봉투를 뜯자 하얀 편지지에 깨알같이 쓰여진 글씨가 모습을 드러냈다. 레나는 편지를 읽기 시작했다.

'여보, 잘 지내고 있는지 궁금하오. 당신과 헤어지고 벌써 많은 시간이 지났구려. 여전히 예쁜 모습이겠지? 파란이도 잘 지내고 있고? 그때 얼마나 기차에서 내리기 싫었는지 당신은 모를 것이요. 나도 당신과 함께 그 기차를 타고 폴란드로 돌아가고 싶었소. 다시 시간을 되돌릴 수만 있다면 당신과 함께 그 기차를 탔을 텐데……

여보, 그때 그 기차를 타고 당신과 함께 했다면 얼마나 좋았을까? 당신과 헤어지고 나서 그 생각을 얼마나 많이 했는지 당신은 모를 거요. 그랬다면 지금 이런 일도 없었을 텐데……

정말 집으로 돌아가고 싶구려. 당신과 파란이가 너무 보고 싶소. 언젠가 다시 만날 때까지 그럼 건강하시요. 그리고 혹시라도 당신에게 돌아가지 못한다 해도 이 말은 꼭 하고 싶소. 당신을 만난 것은 내 인생에선 아주 큰 행운이었소. 그 말을 꼭 전하고 싶었소.

당신의 영원한 명준.'

레나는 조용히 편지를 접어 봉투 속에 집어넣었다. 남편의 마지막 편지는 그의 죽음을 알리는 편지였다.

"결국 그 사람이 이렇게 내 곁에 왔네요."

레나는 담담하게 남편의 마지막을 마음속으로 받아들이고 있었다.

"사실 이 세상에서 다시 만날 수 없을 거란 생각을 한 적도 있어요. 그래도 언젠가 내 곁으로 돌아올 거라 믿었는데, 많이 아쉽네요."

"남편 리명준 씨의 편지와 사진을 전달하기 위해서 정동화 씨가 그동안 고생을 많이 하신 것 같습니다. 저에게 어떤 일이 있어도 반드시 전달해야 한다고 했습니다."

"동화는 참 생각이 깊은 아이였어요. 책임감 강하고 약속은 반드시 지키는 녀석이었죠. 아쉽지만 이렇게라도 명준 씨가 돌아올 수 있도록 해줘서 고마워요."

"리명준 선생님을 구출하지 못한 죄책감도 큰 것 같았습니다."

"그게 동화 잘못인가요? 불쌍한 녀석. 다들 시대를 잘못 타고 태어난 것이죠. 코레아. 당신네 나라는 사람을 울리는 재주가 있어요. 사람들 가슴에 맺힌 한이 많아서 그런가? 명준 씨도 그렇고 동화도 그렇고…… 부디 이젠 다들 마음의 평안을 얻었으면 좋겠어요."

선우진은 레나의 말에 아무런 대답을 할 수 없었다. 누구보다 가슴 아파해야 할 사람은 레나였지만, 정작 그녀로부터 자신도 위로를 받고 있는 느낌이 들었다. 갑자기 바람이 불면서 눈이 내리기 시작했다. 미란이 레나의 곁으로 다가오며 말했다.

"눈이 오네요. 엄마 이제 그만 가야 겠어요."

두 사람 곁으로 파란이 다가왔다.

“여러분, 모두 한곳에 모여주세요. 마지막으로 기념 사진을 촬영하겠습니다.”

한 사람 한 사람 오벨리스크 주위로 노인들이 모여들었다. 레나는 사람들의 도움을 받아 한 가운데 자리를 잡았다. 그들의 모습 뒤로 오벨리스크가 보였다. 오랜 세월 풍상에 닳고 닳은 친선의 탑, 눈발은 더욱 거칠어지고 있었다. 오벨리스크 벽면에 새겨진 아이들의 이름들 사이로 하얀 눈발이 스며들기 시작했다. 세찬 눈보라와 비바람을 맞으면서도 지워지지 않았던 아이들의 흔적들. 그 이름들 밑에서 각자의 추억과 사연을 간직한 폴란드 노인들이 카메라를 향해 미소를 지었다.

“자. 그럼 촬영하겠습니다. 하나. 둘. 셋!”

찰칵 소리가 나며 사진이 찍혔다. 오벨리스크 앞에 모인 노인들과 레나의 모습이 한 장의 사진 속에 담겼다. 오랜 시간이 흘렀지만 그곳에 모인 사람들에겐 시대의 아픔을 함께 겪은 사람만이 느낄 수 있는 감정이 마치 전류가 흐르듯 그들을 감싸고 있었다. 추억으로만 남아 있던 그 옛날의 흑백 사진처럼, 사람들 사이에서 환하게 레나가 웃고 있었다. 진실한 사랑과 우정을 함께 나눴던 사람들이었다. 그들은 각자 저마다 가슴에 간직하고 있는 리명준의 모습을 마음에 새기면서 조용히 친선의 탑을 떠나기 시작했다.

* * *

사람들이 오벨리스크에서 마지막으로 기념 사진을 촬영하고 몇 달이 지난 어느 날, 한 남자가 광화문 광장에 모습을 드러냈다. 바쁘게 지나치는 행인들 사이로 머리가 희끗희끗한 그의 모습이 보였다. 길을 걷고 있던 그가 횡단보도 앞에 멈춰 섰다. 순간 빌딩에 설치된 대형 모니터에서는 오후 정규 뉴스가 시작되고 있었다. 화면을 바라보기 위해 그가 고개를 살짝 돌리자 그의 오똑한 콧날과 부드러운 얼굴선이 드러났다. 정동화였다.

"한국전쟁 이후 수십 년 동안 베일에 가려져 있던 국군 전쟁포로들의 실체가 우리 정보당국의 손에 의해서 확인되었습니다. 모두 50여 명의 국군 전쟁포로들의 명단과 사진, 남측에 있는 가족들에게 보내는 편지들이 포함된 자료입니다.

지금까지 국군포로들의 존재에 대해서 북측이 일관되게 부정해 왔던 것을 감안했을 때, 이번 자료들은 명백한 정전법 위반으로 국제사회의 비난을 피하기 어려워 보입니다. 한편 이번 자료를 바탕으로 유엔은 북한에 국군포로의 조속한 송환을 요구하는 성명을 발표할 예정인 것으로 알려지고 있습니다.

다음 뉴스입니다. 북한이 다시 동해상에 미사일 발사를 감행했습니다. 국방부에 나가 있는 기자를 연결해서 자세한 소식 듣도록 하겠습니다……"

행인들의 시선은 일제히 대형 전광판에 등장하는 뉴스 속보로 쏠렸다. 그들 사이에 함께 서 있는 정동화의 얼굴에도 묘한 긴장감이 흘렀다. 하지만 동화를 눈여겨 보는 사람은 아무도 없었다. 격동의 역사, 그리고 진실, 그 모든 것을 손에 쥐고 있었던 사람이 지금 그들 사이에 함께 서서 이렇게 뉴스 화면을 보고 있을 거라고는 아무도 상상할 수 없을 것이다.

순간 신호등이 녹색으로 바뀌었다. 다시 무표정한 행인들이 거리로 쏟아져 나왔다. 수많은 인파로 북적이는 도로, 그 군중들 속으로 정동화의 모습은 바람처럼 사라졌다.